李军君 著

天天出版社

图书在版编目（CIP）数据

醉春风 / 李军君著. -- 北京：天天出版社，2025.1.
ISBN 978-7-5016-2269-6

Ⅰ. I267

中国国家版本馆CIP数据核字第2025YW1991号

责任编辑：王晓锐	责任印制：康远超　张　璞

出版发行：天天出版社有限责任公司
地　址：北京市东城区东中街42号　　邮编：100027
市场部：010-64169002

印　刷：成都市兴雅致印务有限责任公司	经销：全国新华书店等
开　本：880×1230　1/32	印张：11.75
版　次：2025年1月北京第1版	印次：2025年1月第1次印刷
字　数：269千字	
书　号：978-7-5016-2269-6	定价：78.00元

版权所有·侵权必究
如有印装质量问题,请与本社市场部联系调换。

创作的动力
——代序

  长期以来,我几乎每天都在坚持文学创作。日积月累,我已经创作了成百上千篇文章,当这些文章一篇篇展现在我的面前时,我不禁为自己的创作感到惊讶。这些文章像一个巨大的黑洞吞噬着我的身心,我不由自主地被它们裹挟。创作成为我生活的大部分内容,消耗了我生命的大部分时间,为了创作,我饱尝孤独,承受痛苦。一天又一天,是什么支撑我一直坚持下来的呢?我创作的动力到底来自哪里?

  作为一名教授作文的老师,我常常思索着孩子们的写作,并且从中寻找那些虚无缥缈的东西。尤其是面对一些写作优秀的孩子,我总是能够深切地感悟到很多神秘的启迪。

  作文课上,一个三年级的胖胖的男孩子睁着一双炯炯有神的眼睛充满期待地凝望着我。

  "你上次的作文写得非常好!"当我对他说完这句肯定的赞扬的话,他如愿以偿地立即兴奋地欢呼起来。

  "仅次于另一个同学。"我的这句话一说出来就像一根尖锐的针狠狠地刺向他,他本能地弹跳起来,口中肆无忌惮地叫嚣道:"这次我一定要写得最好!"

  "来啊,我们看谁写得最好!"另一个同学满脸洋溢着笑容。

这是两个性格迥异的男孩子,一个活跃,一个沉静。但不约而同,他们的作文在这个作文班里都是名列前茅的。他们自主地进行着自己的创作,不甘示弱,争奇斗艳。什么是他们创作的动力呢?他们都热爱写作,一种想要把作文写得越来越好的冲劲奔腾在他们的血液里。

对于他们的优秀表现,我自然给予充分的肯定、高度的赞扬。这无疑鼓舞了他们,给他们的创作增添了动力。当我在所有孩子面前赞扬他们时,他们获得的是一种展示自己的崇高荣誉,这是一种心灵的满足、幸福。这样的幸福激发着他们创作的动力。

为了写得更好,他们不可避免地要比别人付出更多的认真、勤奋,当其他孩子都按部就班地顺利地完成了作文离开时,他们依然快马加鞭地沉浸在自己的创作中。他们想要在我的讲解上施展自己的本领,写得更加详细。一股内在的力量驱动着他们必须承受超过他们所能承受的重担。

"手都写酸了。"胖胖的男孩子一边揉着手背,一边欢快地询问另一个同学,"你写了多少字?快写完了吗?""800字,马上就完。"另一个同学兴奋不已地宣告。"我也一样!"他们顿时成为同甘共苦的朋友,情不自禁地击掌庆贺:"咱俩写得最好!"惺惺相惜。他们展示着精彩的自己,燃烧着生命的火焰。

创作带来的快感和收获席卷着他们的身心,让他们心甘情愿地忍受寂寞,独自前行。在创作中,他们变得越来越自信,一个优秀的自己屹立在众人面前;体验着前所未有的快乐,他们洋溢着生命的激情。

对于那些具有强大创作才能的独特生命，我充满了由衷的爱慕与敬仰。我常常困惑一个幼小的生命为什么能够源源不断地创造出那么多的作品？想想古今中外那些伟大的创作者吧——荷兰大画家凡·高、德国音乐家贝多芬、法国文学家雨果、俄国文学家托尔斯泰、中国作家鲁迅……面对他们的创作，我的灵魂感到战栗。他们创造了一种惊心动魄的美，震撼着千秋万代的生命。

我总是不由得想到凡·高——他是那些伟大的创作者心目中永不坠落的太阳，他短暂的一生和辉煌的作品照耀着、刺激着我的身心。我禁不住思索到底是什么激起他对画画情有独钟的绵绵不绝的热爱，是什么支持着他锲而不舍地在艺术的领域不辞劳苦耕耘呢？

在现实生活中，他是一个彻头彻尾的失败者，没有名利，没有爱情，只有贫穷，只有冷遇，一颗心被摧残得千疮百孔，灵魂却燃烧得恣意喧腾。这个让人不可思议的灵魂一直孤军奋战，在自己的心灵世界里为所欲为。他27岁才开始画画，37岁就走向死亡。10年，1800多幅艺术作品，他旺盛的生命力绽放着璀璨的光芒。他源源不断的创作动力到底来自哪里？

虽然生活布满着苦难，但是生活中的一切都是那么美妙！一道道光芒、一片片色彩、一个个生命在他的身心里是那么趣味盎然！他无比热爱生活啊！"生活对我变得十分珍贵。我非常高兴，因为我爱。"爱啊！一旦爱上，就无法自拔！那是一种全神贯注的热爱啊，他不惜赴汤蹈火！生活燃烧着他，生活打击着他，他只能回归到自己的绘画创作中，寻求心灵的慰藉，释放燃烧的激情。创作是他抵御世俗的铠甲，是他热爱生活的见证。"面对自然的时候，画画的欲望就会油然而生。"阳光在闪烁，生命在勃发，他浑身颤抖着不顾一切地疯狂投入创作！！

在创作中，他在生活里遭遇的所有冷遇都消失了，他成为自己内心王国的王，充满自信，忘乎所以，随心所欲！他相信自己能够创作出流芳百世的作品！这正是他创作的最大动力之一。尽管他的绘画作品卖不出去——生前只卖出一幅！但他坚信它们将来会成为经典。到时候"我就不会对吃喝感到过分耻辱，好像有吃喝的权利了"。他对弟弟迪奥的承诺是那么让人心酸、心痛。整个世界都抛弃了他，他凭什么还那么拼命地进行创作呢？！"我越是年老丑陋，令人讨厌，贫病交加，越要用鲜艳华丽，精心设计的色彩，为自己雪耻……"凡·高啊，你的话像鞭子一样抽打着我，让我惭愧得无地自容！难道你仅仅是在为自己雪耻吗？你是在为整个世界、整个人类雪耻啊！

让我们听听他的内心想法吧！对于绘画，他注入了痴迷的爱——爱得细致入微，爱得不可遏制！"我想画上半打的《向日葵》来装饰我的画室，让纯净的或调和的铬黄，在各种不同的背景上，在各种程度的蓝色底子上……我要让这些画配上最精致的涂成橙黄色的画框，就像哥特式的教堂里的彩绘玻璃一样。"他沉醉其中，他精益求精。一种爱的使命感逼迫着他，他必须倾注整个生命。"我总是全力以赴地画画，因为我的作品就是我的肉体和灵魂，为了它我甘愿冒失去生命和理智的危险。我的最大愿望是创造美的作品。""绘画到底有没有美，有没有用处，这实在令人怀疑。但是怎么办呢？有些人即使精神失常了，却仍然热爱着自然与生活，因为他是画家！"他懂得他活着的使命！他甘愿为此献身！这是他创作的最大动力！

他在创作中拥有了自己的事业，可以安放自己抑郁难耐、狂躁不安的灵魂。他深知"画家只接受死亡和埋葬，以他们的创作，对下一代或下几代人说话。在画家的生活中，死亡也许不是最难过的事"。面对生命中的一切苦难，他为人类创作的信仰始终不会动摇，不可摧毁！

啊，对生活的热爱，对生命的执着，对人类的造福，是那些伟大的创作者不竭的动力！他们把创作当作生活的全部，怀着一种深沉的大爱，用他们短暂而漫长的一生，完成一次自我的终极拯救，回归一条往返人间与天堂的美妙旅途！

CONTENTS

妙不可言的乐趣 001

玫瑰般的孩子 004

悄悄话 007

快乐与单纯 009

深深注视 012

腼腆的人 015

另一个自己 018

柔与刚 021

渴望赞赏 024

优秀总是显得兴奋 027

聆听寂静 029

请管好自己的嘴 032

闹腾与安静 035

情感教育 038

童年与人生 041

我是世界人 045

捡钱的背后 048

旁观与回忆	052
由"坚持"想到的	055
在日记中自由飞翔	057
寻找国家名	061
让孩子们调皮吧	064
惊　讶	066
孩子的眼睛	068
向专家致敬	071
小孩子，大梦想	073
富有创意的孩子	076
好心做错事	079
脆弱的心	081
可爱的"红孩儿"	085
"最好的"和"唯一的"	088
从众与独立	090
律己与待人	093
自信的力量	096
通常与特殊	099
第一个	102
敏感的心	105
强烈的表现欲	109
独立承担	112

不羁的心	115
逗　趣	117
聪明与认真	120
热情与自尊	123
一缕忧虑	126
无聊漫谈	128
天真的人	130
重新再来	133
在简单中学习	136
正视负能量	139
操控与自主	142
对不起·犯错误	145
童言岂能无忌	147
好奇心	150
高手间的战斗	152
专注与博学	155
那些敏感的心	158
自　知	162
对自己狠点	165
相信自己	169
"浪费时间"的论证	172
想　飞	175

在兴趣中坚持勤奋	178
说真话	181
唯一的良药	183
天赋与狂气	185
"清谈"	188
流眼泪	190
驱　使	193
让我们都拥有自己的梦想	196
管好自己	199
推倒心里的墙	203
不安分	206
尝点挫折	208
无形的恐惧	211
美好的信赖	213
熟悉与特殊	216
快乐与痛苦	218
不要限制自己	221
卓越与平庸	224
回归童话	227
多给孩子一些机会吧	229
不依外物，增强自信	231
深深着迷	233

缘　分	235
关注点	240
挑战自己	242
敏感的心灵	245
晶莹的心	248
一颗安静的心还在吗	251
写作状态	254
看书的目的	257
个性留下的印象最深	260
没有最好，只有更好	263
永不停息	266
自知之明	268
玩心大发	271
不安分的小女孩	273
活跃与沉静	276
呵护孩子的心	279
偶像的建立	281
先让自己佩服自己	284
能玩才能学	287
眼前与虚幻	290
面对苦与乐	293
优秀的代价	296

记忆漫谈	299
话语的魔力	302
温柔地对待	305
差　距	308
那一刻唤起的沉思	311
生命中的感动	315
聪明·勤奋	318
别样的表达	320
另起炉灶	322
淡定的拯救	325
乖巧的小女孩	328
认真的孩子	330
"我才穿得厚呢"	332
关于急躁的忏悔	335
温柔地呵护	338
纯真的沉稳	341
别样的吵架	344
未泯的童心	347
思考的幸福和痛苦	350
善良·忏悔	353
那个遥远的时代	356

妙不可言的乐趣

我懂得我是幸运的，因为我在生活中遇到了孩子们。我的眼前总是浮现出孩子们的一张张面孔，他们或安静或嬉闹的模样常常让我禁不住深深地感动。只要我们每一个人随时用心地去感受孩子们，我们就能够从孩子们的身上品味到妙不可言的乐趣。

当我早晨急匆匆地赶往上作文课的地方，我不经意间抬头，一个熟悉的身影就出现了。她骑着自己的小单车，缓缓地向前行驶。她长大了，想要独立了。我刚要加快脚步，她已经拐弯消失了。她是这个作文班里作文写得最好的一个四年级的小女孩。我一走到上课的地方，她就认真地向我打招呼："军君老师好。"她是第一个来到作文教室的孩子，其他孩子都还没有过来呢。她的学习积极性是很高的。"你先玩一玩，我们等一等他们。"我刚说完这句话，她就像蝴蝶一样轻飘飘地飞了出去，独自在门口的草坪上玩得不亦乐乎。看着她那充满童趣、玩得专注的模样，我的心里充满了羡慕、喜悦。

我和孩子们一走进作文教室，孩子们就像一只只小鸟一般叫得叽叽喳喳，说个没完没了——因为熟识而更加活跃了。"好，我们先不说闲话了，正式上课！"我的话音刚落，孩子们立即坐端正了。一问一答，一说一笑，孩子们配合得相当默契。此刻，一股轻松的惬意感荡漾在我的心里。

　　孩子们的思维是活跃的，孩子们的玩心是浓厚的，有时简单的一句话便能激起他们没完没了地讲话——毫不相干的闲言碎语，真是"一石激起千层浪"。这是影响上课的。这时，我忽然变得沉默了，静静地凝视着每一个孩子。有的孩子是非常敏感的，我刚一沉默，他们就觉察到了气氛的改变。比如一个男孩子和一个女孩子，他俩的目光随即投向我，显得认真而专注。我依然沉默，目光不时扫过每一个孩子，每当目光停留在他俩的脸上，我的心刹那间感到暖流涌动。他俩认真地静静地看着我，目光中流露着理解、懂事……孩子们顷刻间惊醒，目光齐刷刷地注视着我，那目光中弥漫着丰富多彩的意味……无须多言，一切趣味都深深地隐藏在这相视的目光中……

　　你是敏感的。也许是因为这次你的作文不是所有孩子中写得最好的，也许是因为我没有特别表扬你，你忽然变得有点失落，流露出一副不高兴的样子。我也是敏感的，我立即觉察出你的情绪变化，但我没有如你所愿地赶紧表扬你，而是一改常态变得心若磐石，不去刻意关注你。孩子，不是我不懂你的心，不是我不去关注你，只是我想让你学会坚强，有时我们需要承受失败以及打击。有委屈就往心里咽，有愤怒就往心里藏，有能力就努力向上。我们要慢慢让自己强大。我的这些话刚在心里偷偷酝酿，你突然满脸洋溢着兴奋的神采，不服输地对我说："我这次一定会写得更好的！"一听到你的这句豪言壮语，我就按捺不住内心的激动，欣喜若狂地为你喝彩了！孩子啊，你能够懂得我的良苦用心，我是多么高兴啊！

"军君老师，你别动，我给你的手背上签个名。"课间休息时，一个小女孩活跃地跑过来，想给我展示她的写字才能。我没有拒绝，乖乖地伸出手，任凭她一笔一画地书写。她一边书写，一边一本正经地叮嘱我："军君老师，你不许擦掉我的大名啊。"我郑重地点了点头。她的小脸蛋儿上立即绽放出纯真无邪的笑容。孩子们的调皮在我看来，充满了生命的种种美好……

和孩子们在一起的世界是单纯、快乐而丰富的。在这个作文班里，每个孩子的个性都是那么鲜明：有的总是兴奋地活蹦乱跳，但又敏感脆弱得一不留神就会哭鼻子；有的一直是笑呵呵的，但又腼腆得一句话就能逗引出满脸的通红；有的时常沉默不语，但是好胜心强得不愿意让自己有丝毫的落后；有的总是争先恐后地积极参与一切话题，并且都能有出类拔萃的表现……面对这样一群孩子，我的心也变得单纯、快乐而丰富。

能够享受这些妙不可言的乐趣，这是我生命里巨大的福气！因为孩子们，我得以体验到生命的大感动、大欢喜！哦，我不知道文字能够写出多少奇妙的趣味，我该如何来表达我面对孩子们时内心滋生出来的欢乐呢？我只愿固守着我的沉默，一切尽在不言中……

玫瑰般的孩子

夜晚,天色灰暗,万籁俱寂。我一个人静静地坐在作文教室里,面对黑板,思绪弥漫。无穷无尽的远方在我的眼前恣意绵延。一切都恍惚得如同梦幻。

我正沉醉不知归路,突然,一个小女孩映入我的眼帘,照亮我的心坎。一串银铃般的笑声早已丁零零轻柔地飘荡在整个教室。这个四年级的活泼小女孩欢快地"飞"进了作文班。

相视一笑,我神情淡然。一朵朵玫瑰花在她的衣服上静悄悄地绽放着笑脸,烘托着她天真无邪的容颜,如同众星捧月般,她变得更加耀眼。她的目光落在我的身上:"军君老师好啊!"清脆的童声在空气中缓缓地飘散。

她活蹦乱跳地跑到一张书桌前,刚一放下拎来的袋子,就显得兴奋而不安,紧紧地握着写好的日记本,一个劲儿地拿给我看:"这是我写的日记,每天都有写哟,您快来看看!"笑意如同春风一样吹拂着她娇嫩的脸蛋儿。这纯真的微笑啊,驱散了我偶尔袭来的疲倦,增添了我一直渴望的清欢。

其他孩子像是变戏法一样一眨眼的工夫都现身在教室里,犹如一只只小鸟叽叽喳喳地说个没完。你一言我一语,像是一朵朵烟花在夜空中争奇斗艳。我身处其间,身心悠然。

"好了,孩子们,我们先管好嘴巴,竖起耳朵,正式上课!"我的话音刚落,孩子们立即变作一只只小兔子欢快地跑回各自的地盘。孩子们一时无法关上他们的"小喇叭",我就忽然沉默不言,静静地看着每一个孩子的笑脸。他们的目光随即向我投来,好奇而慌乱。我依然不动声色,目光如电。孩子们顷刻间惊醒,目光齐刷刷地簇拥着我,仿佛一股股暖流注入我的心间。孩子们的目光中洋溢着多少生命的温暖啊!无须多言,一种深深的感动如同汩汩流淌的清澈山泉……

我和孩子们相处得很随便,一问一答,一说一笑,孩子们都配合得默契而舒坦。当我朗声询问:"谁来表现?"那个玫瑰花般的小女孩赶紧高高地举起了小手,又一次大大方方地站在讲台的中间,滔滔不绝地讲述着自己有趣的往事,沉浸在一种单纯的快乐里。她的欢笑化作一个个小精灵从她的话语里自由地飞舞翩跹,一不留神钻进了每一个正在倾听的孩子的耳朵,逗引来万千小精灵的集体联欢。啊,这曼妙的盛典!

她眨着活泼的笑眼,受着特殊的召唤,写着心中的情感。不期然,她伸出一根小巧的手指在空中漫不经心地画来画去,形成了一个个无形而神奇的小圆圈。多么好玩!我好奇地观看。她发现了我,转头一看,一朵鲜花又一次绽放在她的脸上。

同学们都在认真地写着作文,一声短促的笑声突然响起,显得莫名其妙。她的同桌不由得小声地嘀咕:"你写得那么高兴啊。"她的笑是神秘的，她的笑透露出她正在品尝着别人体会不到的神秘的甘甜。过了一小会儿，她伸手握拳附在同桌的耳畔，说了一句悄悄话。她的一根小手指轻轻地倚靠在嘴边，她歪着小脑袋，倾听着一个问题的答案。欢笑顷刻间变得那么妙不可言！

"军君老师，你今晚到底要写什么？"她好奇地询问着我今晚将要写的日记，我故意保持着沉默，秘而不宣。"快，快，我给你纸和笔，你来写！"她呵呵地露出笑颜，"赶紧写，给我看！"我接过她递来的纸笔，满足她的心愿，悄悄地写下一行美好的祝愿。"我发现了，哈哈……"她笑得合不拢嘴，趁我不备一把夺过纸笺，得意非凡。

啊，一切都是那么妙不可言！一切都是那么生机盎然！孩子们一个个欢快地飞出作文班，带着满心的喜悦，笑得那么自然！那么灿烂！那么美满！！

悄悄话

"军君老师，你今天的发型很时髦啊。"孩子们一走进作文教室，一个女孩子就目不转睛地盯着我的头发，笑呵呵地评价。"什么四毛？我还是'三毛'呢。"听到我忽然变身化作"三毛"，孩子们都禁不住七嘴八舌地乱喊起来。

刚才那个"评价"的女孩忽然扭头，调皮地看着另一个叫"楠楠"的女孩子，眼睛一眨一眨的，一些鬼点子在她的眼睛里小精灵一般飞来飞去。她的小嘴巴赶紧凑近楠楠的耳朵，轻声细语地说着什么。说完以后，她俩同时哈哈大笑，笑声在教室里回荡。我却好像丈二和尚，一时摸不着头脑。

其他两个女孩子也被笑声感染，立即欢快地凑上去。四个女孩子头碰着头，围成了一个密不透风的圈，一些悄悄话像电流一样在这个圈里自由穿梭着。她们一边说着悄悄话，一边不时瞄一下我。每一瞄，都像电击一样，刺得我不由得一哆嗦。她们边说边笑，沉浸在自由而有趣的悄悄话里，享受着只有她们才知道的秘密。

神秘的表情吸引着我的目光，隐秘的语言逗引着我的心，看着她们那副开心的模样，呆呆站立在一旁观看的我，恨不得自己能够摇身一变，立即长出一对可爱的顺风耳，可以清晰地听到她们的悄悄话。

哦，悄悄话本来就是耳语，就是私人之间说的话，不能被外人所知。它逗引着我们的好奇心，它让我们可望而不可即。这正是悄悄话的魅力所在。

记得儿童文学作家杨红樱写过一本书——《鸡蛋里的悄悄话》。书中的小主人公是一个能够听到动物们说悄悄话的孩子。里面的绿鹦鹉也是名副其实的语言天才，它能听懂所有小动物说的悄悄话。从那些悄悄话里，他们获得了别人享受不到的意外惊喜。他们真是让我羡慕不已！

悄悄话如同天上的那轮明月，是妩媚迷人的，人们只有远远地仰望它。虽然我们听不到它，但是我们可以用眼睛去看，用心灵去感受——许多聋人不是能够"听"到别人的话吗？"读唇语"也是另一种听！

在生活中，其实只要我们细心地观察——用我们的眼睛和心灵去观察，便会聆听到大自然中无穷的秘密，能感受到大自然中无限的乐趣……

快乐与单纯

快乐真是一个充满巨大诱惑的尤物,千娇百媚,勾魂摄魄。这个世界上大多数人活着的目的就是追求快乐。能够享受到一劳永逸的快乐,是许多人梦寐以求的;能够感受到稍纵即逝的快乐,是许多人趋之若鹜的。

也许正因为人们对快乐不停地追求,而使快乐变得日益稀少,逐渐成为珍宝。随着阅历的增多、身份的变化,人们追求的档次高了,眼界远了,心思杂了,不再满足于日常琐碎的快乐,而向往富丽堂皇的快乐。快乐似乎成为高不可攀的天上月,让我们可望而不可即。

快乐啊,你到底逍遥云游到了哪里?真是害得我们好生寻觅!

"军君老师,这最后一节作文课玩一个游戏吧,让我们玩得快乐学得快乐,给我们留下美好的回忆,我们会感谢你的。"作文班里的几个五年级的孩子满脸洋溢着快乐,欢天喜地地给我提出建议。"别着急,满足你们,这节课会玩游戏的。"听到我肯定的答复,孩子们立即兴奋得手舞足蹈。

一个简简单单的游戏在我和孩子们之间展开了。我正自以为是、胡思乱想地担心这个简单的游戏能否满足孩子们对快乐的渴求时,孩子们已经忘情地沉浸在这个简单的游戏里，玩得不亦乐乎。我的担忧显然是多余的。但一个六年级男孩子的一副成熟稳重的模样突然撞击一下我的心扉，他并没有积极投入到这个游戏里。他如同置身事外般，淡漠地冷眼旁观。也许他觉得这个游戏太幼稚，或许他没有玩游戏的兴致，他禁锢在自己的世界，无意享受别人的快乐。

"怎么不一起玩呢？"我走到他面前询问。"看起来没意思。"他淡淡地说。"我刚开始也有你这样的想法，用我们成人的眼光来看待，这个游戏是有点幼稚，我本来也担心它不会给我们带来多少快乐。"我循循善诱地讲解，"但是你看，他们玩得多高兴。不要用高高在上的姿态，不要想得太多，放下一切杂念，只以一颗单纯的心，专心投入到这个游戏里，你会享受到更多的快乐！我们一起玩吧。"听了我的解释，他如有所悟，随即放下思想包袱，以一颗单纯的心从简单的游戏里享受着无限的快乐。

一个男孩子装成的傻傻的表情逗引得我和孩子们按捺不住地失声而笑，几个女孩子扮演的疯疯癫癫的模样刺激得我和孩子们情不自禁地哈哈大笑……我享受着这简单的快乐，欣赏着孩子们纯粹的快乐，一道明亮的阳光照进了我忧愁黯淡的心灵。那逍遥云游、无迹可循的快乐原来就在这里啊！快乐其实就是这么简单，只要我们能够以一颗单纯的心来面对生活的一切。

拥有一颗单纯的心的人，该是多么快乐啊！

课间休息时，一个四年级的女孩子尽情地玩耍，随意地闹腾，心中没有丝毫的顾忌、挂碍，脸上的快乐流泻得那么轻松自如。我由衷地羡慕着她的单纯的快乐。"军君老师，你在看我吗？"她眨着聪慧伶俐的眼睛，窥破了我心中的秘密,"呵呵,你今天的文章是不是要写我啊?""对,是要写你!"我感染着她的快乐,连忙拿起一张小纸片迅速地在上面写下文字。"我发现了,哈哈……"她笑得合不拢嘴,趁我不备一把抢过我手中的小纸片,拿给她的同桌去看,一副得意非凡的模样。同桌一看到那些文字,就兴奋地欢呼起来。她们沉浸在自己的快乐里,笑得那么纯粹!那一颗颗单纯的心,在她们的快乐里突显得更加晶莹剔透。

小孩子常常是快乐的,只因为他们拥有着一颗单纯的心,只因为他们是单纯的人。我喜欢单纯的人!单纯的人才是值得交往的,才会向你袒露一片真心。单纯的人拥有一颗赤诚的心,像孩子一样天真。日本小说家岛崎藤村《从浅草来》中有一句话:"我希望常存单纯的心;并且要深味这复杂的人世间。"

随着我们年龄的增长,快乐渐渐离我们越来越远,只因为我们已经抛弃了那颗单纯的心。自古以来,为了追求源源不断的快乐,我们使尽浑身解数,制造了各种各样的方法希望拥有和保持快乐。然而,内心的愉悦、安详和满足一个个消失得无影无踪。我们每天都在寻找快乐,而快乐却无处寻觅。

何必再去寻觅呢?快乐就在每一个人的心里,就在每一个单纯的人心里。快乐是一种心境,是一种精神,是人人都可以随时享受的。单纯的人才容易滋生自身的快乐,才容易感受到外界的快乐。

深深注视

微雨迷蒙，天色阴沉，车辆穿梭，一切都笼罩在一片茫茫的天地中。我独自匆匆地行走在绵长的路上，内心交织着热烈和苍凉，默默地走向一个邈远的地方。

似乎是为了缓解滚滚而来的煎熬，我骤然停住脚步，伫立路边，环顾四野。不经意间的一瞥，一辆疾驰的公交车忽然呼啸着驶来，急切地刹车，刺破了寂寥的长空，注视着变换的红绿灯。这时，一张模糊而熟悉的面孔立即闪现在我的眼前，隔着玻璃窗户，隔着蒙蒙微雨，若隐若现。我的视线被它紧紧地牵系着，不由定睛细看，哦，真的是他——一个三年级的小男孩。一股惊喜顿时涌上我的心头。我呆呆地注视着他……

那是一个阳光明媚的日子，一位四十多岁的妈妈带着一个七八岁的小男孩来到我教作文的地方。一见到我，小男孩的眼睛里洋溢着好奇，流露着羞怯，他抓住妈妈的手臂，躲在妈妈的身后，仿佛找到了一个安稳的容身之处，放心地凝视着我，明亮的眼睛忽闪着，饱满的额头裸露着。正当我被他深深吸引时，他妈妈的脸上弥漫着担忧而失望的神色。简单地相互介绍之后，他妈妈伤心地对我说："他的作文写得乱七八糟，前言不搭后语，在学校考试中经常得不了多少分,老师说他思维跳跃太快……"他站在我们旁边,依然凝视着我,眼睛里却闪耀着兴奋,好像想到了什么高兴的事,自顾自地乐着。他妈妈的话没有引起他一丝一毫的反应,他的身上笼罩着一层保护膜,把他和外界隔绝开来。从始至终,他一言不发。

我对他却感到亲切。从表面来看,他拘谨乖巧,沉迷自我。难道他的作文真是差得不可救药了吗?难道他对作文怀着一种排斥的心理吗?我想一探究竟。

他在我的作文课上写出的第一篇作文就把我震惊了。这是一种出乎意料的震惊,不是震惊于他写得差,也不是震惊于他写得好,只是震惊于他写得那么独特!跳跃的思维、梦呓般的语言、自创的词语贯穿其中,整篇作文笼罩在一种恍兮惚兮的迷幻境界里,让人一时难以捉摸。读完这样的作文,我才深有感触地理解了他妈妈的担忧。这样的作文让人一读就会本能地产生反感,让人无法融入他营造的意境里。

在第一节作文课上,他安静地坐在座位上。无论我讲得怎样,他都摆出一副置身事外的样子,在自己的本子上乱涂乱画。无论我怎样提醒,他都置若罔闻。一等到我让所有孩子按要求开始写作文时,他就表现得异常兴奋,急不可耐地抓起笔,在作文本上不停地写下去。一行行文字神奇地在他的笔尖汩汩流淌出来;我惊异地注视着他那副全神贯注的神情。

他是一个非常特殊的小男孩,孤僻聪明,思维独特。但正因为思维独特,写出的作文常常不被大多数人所认可:学校老师说他思维跳跃太快,不可捉摸;他妈妈说他写的作文没有条理性,乱七八糟……但只要认真细读他写的作文,就会被一股强烈的好奇心所吸引，如沐春风，这是让我十分惊喜的！像是发现稀世珍宝一般，我对他的作文情有独钟……

这样的作文只属于他自己，烙着与生俱来的天赋。如此具有原创性的作文，怎能不引起我的强烈兴趣呢？我索取了他以前在学校里写的一些作文，仿佛误入藕花深处，闯进世外桃源，我在他的作文里流连忘返。我的身心沉浸在一种巨大的创造快感中。我把他的作文拿给一位知识渊博的年长的校长翻阅，这些跳跃的文字像是一个个鼓槌，敲击着年长者阅尽千帆的心。

他用独特的方式诉说着自己，别人常常不得其门而入。在一个不被理解的天地间，他只能被孤立起来。但他仿佛并不在乎别人的眼光，他拥有自己的世界，在那个独立而自由的世界里，他是自己的王！

我的一颗苍凉的心刹那间被一道温暖的阳光照亮。伴随着一声嘶哑的轰鸣，公交车忽然开动了，驶向必将到达的终点。他依然在玻璃窗后，沉浸在自我的世界里，并没有发现一个站在路边正在深深注视着他的作文老师……

腼腆的人

一想到这个小男孩,我的心里顿时就溢满甜蜜。他真是一个难得一见的乖巧孩子!他是我从事作文教学十年以来见到的唯一一个腼腆的男孩子。

"现在我来讲评一下上一次写得最好的同学的作文。"我刚一说完这句话,坐在我面前的一个小男孩的小脸蛋儿唰的一下就泛起了红晕。他自然知道我接下来要讲评的是他的作文。他紧张地凝望着我,眼睛里充满着兴奋的期待。我刚一表扬他,他就害羞地露出纯真的微笑,那绯红的小脸蛋儿像一朵红色的小花悄然绽放。

无疑,他是一个格外腼腆的孩子。这样的腼腆在他的身上就像金子一样闪闪发光,让人一见就难以遗忘。腼腆已经成为他特有的标识,为他披上了一件锦绣的外衣。透过腼腆,我能一目了然地洞见他内心的喜怒哀乐。

腼腆的人通常都心灵纯洁,但是脸皮很薄,容易害羞,他们对周围的事物保持着天生的敏感。一个腼腆的人总是让我情不自禁地欢喜不已,不由得感叹造化的神奇。腼腆的孩子是大自然的杰作,孩子的腼腆可谓清水出芙蓉,天然去雕饰。成人的腼腆可谓千锤成利器,百炼变纯钢。千锤百炼始成金,腼腆的成人更是难能可贵、令人动容!

我敬重的作家巴金就是一个腼腆的人。无论是未经沧桑，还是饱经忧患，他的腼腆保持了一辈子。1949年6月5日下午，文化教育科学界许多知名人士出席了上海开埠百年来未曾有过的一次盛会。文艺界名流们一一讲话，洋洋洒洒、谈笑风生。当轮到巴金发言时，他腼腆地从座位上站起来，第一句话便说："我虽然也是四川人，却是不会讲话的四川人。"此话一出，全场哄笑，陈毅市长也哈哈大笑。即使在非讲不可的场合，他往往也只是讲几句简单的话，脱口而出，不加一点修饰。成名以后的巴金也不喜欢新闻界宣传自己，他的腼腆常常让采访他的记者感到窘迫。

文学大师沈从文也是我非常喜爱的一位作家，他同样生性腼腆。1920年，新月派诗人徐志摩推荐沈从文去上海中国公学教书，当时胡适正担任中国公学的校长，胡适大胆地接纳了这位只有小学学历的腼腆后生。第一次登上讲台，沈从文竟然腼腆得一句话也说不出口。呆呆地站立了十分钟，他才径自念起讲稿。但仅仅十分钟便讲完了原先准备要讲一个多小时的内容，他静静地望着大家，再也无话可说。最后他的脸一片绯红，紧张地转身，在黑板上缓缓地写道："今天第一次登台，人很多，我害怕了。"学生们被他腼腆的可爱逗得大笑不已。

元代杂剧作家王实甫在他的《西厢记》第一本第一折中写道："未语人前先腼腆，樱桃红绽，玉粳白露，半晌恰方言。""腼腆"的情态在王实甫的笔下显得那么妩媚迷人，让人禁不住心旌摇荡、浮想联翩……

女孩子的腼腆总是最美好最醉人的。记得上大学时，我所在的人文学院的法学专业就有一个非常腼腆的女孩子。她是来自陕北的一个农家女儿。每当别人和她说话时，只要稍微称赞一下她，她白嫩的脸蛋儿上立即泛起红晕，随着别人称赞的加深，她脸上的红晕便越来越厚、越来越大，周而复始，她的脸蛋儿常常红得楚楚动人。她纯朴的腼腆给我留下了深刻的印象。

腼腆，一直是我非常珍爱的一种性格，它是一种内心的纯粹，它是一种真诚的羞涩，它更是一种美好的品质！在当下社会里，腼腆的人渐渐犹如绝世美玉，变得越来越稀有。面对这些依然腼腆的人，我禁不住对大自然和人世间充满由衷的感激、爱慕与狂热！

另一个自己

"认识你自己!"古希腊哲学家苏格拉底的话一直在我的耳畔回荡。我们每一个人都在不断地认识自己,但是穷尽一生,我们似乎都很难认清自己。人都是复杂多样的。

在作文课上,我让孩子们用一个词语来概括自己爸爸妈妈的突出性格。孩子们在一番搜肠刮肚之后,有的大声地说爸爸严肃,有的兴奋地说妈妈温柔,有的刚脱口说完温柔后便感到不妥,随即补充道:"我妈妈有时很暴躁!"其他孩子像是找到了知音,得到了援助,七嘴八舌地随声附和:"我妈妈也常常是这样的,有时对我可温柔了,但有时很暴躁!""我爸爸也是有时严肃,有时和蔼!"……孩子们沉浸在对爸爸妈妈的回忆里,每一个爸爸妈妈都在孩子的记忆里留下了双重性格。

人都不是以单一的性格存在的。在我们的内心深处,往往潜藏着各种各样的性格;它们深藏不露而又各行其是,总是在不经意间偷跑出来,给我们猝不及防的惊喜或袭击,连我们自己也震惊不已:难道这是我吗?我们忽然不认识自己了!我们迷失在另一个自己中,他是那么陌生、那么遥远,仿佛来自异域,他可能是我们曾经崇拜的偶像,可能是我们一度厌恶的敌人。然而,他的确是我们真实的自己!

四级作文班里的一个男孩子给我留下了深刻的印象。在这个作文班里，他是一个学习相当优秀的孩子，但同时也是一个活泼爱乱闹的孩子。从一来到教室，他的拿手好戏就上演了：卖萌逗趣。在整个上课过程中，他常常出其不意地露上一手，逗引得其他孩子忍俊不禁。他陶醉在别人的笑声里，这些笑声是对他卖萌的回馈，见证着他卖萌的高超技艺。他在这些笑声里骤然喜逢一个具有幽默细胞、与众不同的独特自己。他享受这样的自己。

　　他的卖萌固然给整个课堂增添了轻松欢乐的气氛，但绵绵不断的卖萌也会让人难以消受。"你怎么这么爱卖萌呢？"我禁不住好奇地问他。"嘿嘿！"他胖乎乎的脸蛋儿上洋溢着神采，"我就是具有这样的天赋！"这时，他所在学校的一个同班的女孩子沉静地说："他在学校班里上课时可不是这样的。我们的老师好凶、好严厉，他上课都不敢乱动、不敢说话的。""那为什么在这里就爱说爱闹呢？""您太宽容太温柔了。"女生果断地解释。她分析得恰切，我对这男孩是太宽容太温柔。我总习惯于顺应孩子的天性，顺其自然地让孩子不受压抑地展露出天性中的自己。在我眼里，这个卖萌的孩子才是更加真实的他，而那个在学校班里不敢说话的孩子只是一个虚假的他。置身于一个相对自由一些的环境，他意外地喜逢另一个自己；面对这另一个自己，他的生活充满了乐趣。

　　能够喜逢另一个自己是值得庆幸的，但有些人会在一种恍然如梦的境地里撞见另一个自己——另一个面目狰狞的自己。这样的不期而遇，让他们一旦想起就不寒而栗。他们无法把握另一个自己出现的时间，无法掌控另一个自己做出的举动，一个自己对另一个自己所做的一切茫然不知，在全然无辜里深受其害。自己终将成为另一个自己的俘虏，这该是怎样的无助啊？

　　自己是谁？在精神的广阔海洋里，我们像是一叶浮萍，顺流漂荡，常常不能从心所欲。我们挣扎在现实生活中，我们遨游在梦幻想象里，期待着另一个自己。另一个自己又是谁？忧郁的大诗人也许只是一个快乐的小王子，生命的奇迹也许只是一个遥远的梦寐……

柔与刚

一个胖胖的男孩子一走进作文教室,其他孩子就都兴奋地欢迎他。他是大家心目中的"开心果"。"你要加入哪个队呢?"我连忙询问他。"我要加入女生队!"他圆嘟嘟的脸上透露着坚定。"你是女孩子啊?"另一个瘦瘦的男孩子满脸洋溢着调皮的笑容。"对啊,我是女孩子!"他一边刚劲地宣告,一边娇柔地卖萌。

这个胖胖的男孩子长得圆头圆脑、憨态可掬,十分可爱。他常常在举手投足之间流露出女孩子一样的温柔。同时,他又是一个学习优秀的孩子,言谈举止之中展现出男孩子特有的坚韧。这样既柔又刚的男孩子是引人关注的、惹人喜爱的。

柔通常是女人的专利。只有女人才能把柔表现得淋漓尽致,这是造物主的精心安排。女人的柔是这个世界上最勾魂摄魄的法宝。作家曹雪芹在《红楼梦》里借贾宝玉之口说:"女儿是水做的骨肉,我见了女儿便清爽。"温柔的女人像涓涓细流缓缓地流淌进一个人干涸的心田。温柔是一种魅力,在不经意间自然地流露,滋润着人的灵魂。

刚通常是男人的专利。只有男人才能把刚表现得淋漓尽致,这是造物主的精心安排。男人的刚是这个世界上最惊天动地的法宝。南宋文学家刘义庆在《世说新语》中描写那个"岩岩若孤松之独立"的嵇康："萧萧肃肃，爽朗清举。"刚强的男人像巍巍山峦一样高高地屹立在每个仰望他的人的眼前。刚强是一种魅力，在不经意间自然地流露，震撼着人们的心灵。

柔与刚，孰轻孰重？

老子在《道德经》中早已为我们诠释了柔与刚的道理："天下莫柔弱于水，而攻坚强者莫之能胜，以其无以易之。弱之胜强，柔之胜刚，天下莫不知，莫能行。""天下之至柔，驰骋天下之至坚。"老子在看望病重的老师常枞时与老师的一番关于"舌头和牙齿"的对话颇耐人寻味。老子问道："先生病得如此重，有什么遗教可以告诉弟子吗？"常枞张开嘴给老子看了看，问道："我的舌头还在吗？"老子说："当然还在。"常枞又问："我的牙齿还在吗？"老子说："早就没有了。"常枞又问老子："你知道是什么原因吗？"老子回答说："那舌头之所以存在，岂不是因为它是柔软的吗？牙齿不存在，岂不是因为它是刚硬的吗？"常枞说："好啊！是这样的。世界上的事情都已包容尽了，我还有什么可以再告诉你的呢？"舌存齿亡，刚硬的容易折断，柔软的常能保全。由此可见，柔能制刚。

我总觉得一个优秀的人——无论是男人还是女人，必定兼具柔与刚。我们能够从他身上强烈地感受到这种柔与刚的存在。柔弱的外表下也许隐藏着一个刚强的灵魂，粗犷的身体里也许蛰伏着一颗柔软的心灵。柔与刚铸就了人的卓越。

《红楼梦》里的林黛玉之所以千百年来惹人心疼，是因为她柔中带刚，这是一种柔到极致的刚，让人扼腕叹息。德国音乐家贝多芬之所以流芳百世让后人追慕，是因为他刚中带柔，这是一种浸满人类大爱的柔，让人击节赞赏。一个人温柔里的坚硬是让人动容的。作家沈从文就是这样一个柔与刚并存的人。他的文字里充满着柔情蜜意，但他的内心深处刚强如磐石。同时代的作家钱锺书评价沈从文："从文这个人，你不要以为他总是温文典雅，骨子里很硬。不想干的事，你强迫他试试！"

一个在柔与刚中淬炼而成的人是一个真正的人。侠骨还需柔情，百炼钢化为绕指柔，这是人生的一种大境界。

渴望赞赏

己经上课将近十分钟，我正在给孩子们讲解着一些作文方法，一个三年级的小男孩忽然推开教室的玻璃门，姗姗来迟。他平常上课前要吃晚饭，偶尔会迟到。顾不上和他多说话，我用眼神迎接着他的到来。他习惯性地坐端正，纯真无邪的眼睛直勾勾地凝视着我，目光中仿佛流露着一丝期待。

当讲解完一个小知识点时，我稍作停顿环顾着孩子们。这时，他的目光依然紧紧地攫住我的眼睛，出其不意地提醒我："军君老师，您讲评一下我上次写的作文。"他平时是一个腼腆的孩子，不爱说话，但此刻，他勇敢地表达着自己的想法。我懂得他的勇敢来自内心深处的自信——这是一种对自己的作文水平的自信。他心里清楚自己上次的作文写得很好，他渴望得到我在所有孩子面前对他的赞赏。

十分钟前我就讲评了孩子们上次的作文，这个环节便翻过了一页。但面对他，我不能狠心地拒绝他的要求，我深深地理解他内心深处的渴望。我立即一边随手拿起他的作文本，一边欢快地提高声音："大家看，上次他的作文写得最好！"一听到我的赞赏，顷刻间他的脸上绽放羞涩的笑容，眼睛里散发出自信的光彩。他如愿以偿地得到了渴望的赞赏，这是对他学习成果的一次肯定与嘉奖。他心满意足而兴味盎然地端正了身姿，听得更认真了。

他是渴望赞赏的，这样的赞赏让他得到心理上的满足，获得人格上的自尊。无疑，这是格外重要的。无论如何，我必须及时地给予他赞赏——这既是对他的一次鼓励，又是对他的一次挽救。为什么成了挽救呢？一个隐藏的原因一直盘桓在我的心里。孩子每一次写作文既需要得到老师的肯定，又渴望赢得父母的表扬。所以，我总是强调每一位父母都要不吝言辞地对自己的孩子进行一次次哪怕无中生有的表扬——表扬是孩子成才的法宝。而每当我问起他的作文有没有拿给爸爸妈妈看时，他的脸上便会浮现出一种不属于孩童的落寞。"我爸爸妈妈没有时间看。"他带着羞赧，喃喃自语，"我爸爸从来都不看……"平平淡淡的一句话里装载着重如千钧的伤感！我的心倏地往下一沉，沉入谷底。缺少了父母的赞赏，孩子的心像是一叶浮萍，任意东西，逐水而流，空荡而寂寥。一种来自生命本身的落寞会不期然地与日俱增，啃噬着孩子稚嫩而快乐的心灵。于是，犹如久旱望甘霖，他那份对赞赏的渴望将显得多么望眼欲穿、心急如焚啊！

没有品尝过赞赏的心灵像是风沙弥漫的荒漠。没有得到过众人的赞赏，再美的珍珠也将会暗淡无光。英国杰出的戏剧家莎士比亚说："如果没有人赞赏，乌鸦的歌声也就和云雀一样；要是夜莺在白天夹杂在群鹅的聒噪里歌唱，人家绝不以为它比鹪鹩唱得更美。多少事情因为逢到有利的环境，才能够达到尽善的境界，博得一声恰当的赞赏！"

每一个人都是渴望赞赏的。赞赏像是一眼清澈的泉水，可以滋润我们干涸的心田；赞赏像是一股柔和的风儿，可以抚慰我们烦躁的心灵；赞赏像是一缕温煦的阳光，可以照亮我们灿烂的信念。赞赏来自朋友、来自亲人、来自爱人，它将焕发出我们生命潜藏的能量。

有一本书叫《好孩子是夸出来的：赞赏是造就天才的最佳方法》，我喜欢这样的书名，我赞赏这样的说法！如果想让我们的孩子生活得更加健康、成长得更加优秀，那么请时不时地张开我们的"尊口"，赞赏一下我们的孩子吧！

不仅是孩子，成人更渴望赞赏。随着我们在繁忙的俗世生活的不断深入，我们成人逐渐成为被赞赏遗忘的角落。我们活得日益寂寞，如同在旷古洪荒中独自生活，每一个人都是一座孤独的岛屿。

赞赏是所有声音中最优美动听的！常常聆听赞赏的人，会葆有一种年轻的心态，会拥有一颗美好的心灵。赞赏啊，你为什么还么犹抱琵琶半遮面，待字闺中难相见？你可曾知道，我们全身心地渴望你啊！

如果这个世界没有给予我们及时的赞赏，如果我们缺少众人的赞赏，那么我们就在渴望中绝地反击，让我们自己来赞赏自己吧！

优秀总是显得兴奋

"军君老师，让我来讲！"一个二年级的小男孩嗖的一下高高地举起了手，同时提起了身体，满脸流露着兴奋。他的兴奋模样感染着我。"好！你来！"我也如同触电一般兴奋起来。他欢快地蹦上讲台，急忙转身，随之自然而然地扭了扭身体，兴奋地跳起舞来。这通常是他上台演讲前的"开场白"。

兴奋在他的身体里自由地穿梭着、奔腾着，让他不由自主地手舞足蹈。他的兴奋鼓舞着他，让他对周围的一切都充满着热情。而当写作文时，他往往会显得更加兴奋。在兴奋的刺激下，他的作文常常能达到令我击节赞赏的效果。对于他的兴奋，我总是真诚地投去赞赏甚至佩服的眼神。无疑，他是一个优秀的孩子。这样的优秀，总是深深地吸引着我；在他纯真的兴奋中，一些闪亮的精神的光芒不经意地照耀着我！

兴奋总是能激发我们身心中潜在的能力，让我们获得意想不到的惊人表现。兴奋的人常常跃跃欲试，处于随时战斗的状态，这时，我们全身的器官便显得异常活跃、敏感，眼察细小，耳听细微，脑转急速，情绪高昂，躯体敏捷……奇迹，在这时总能不期而至！这就是兴奋创造的奇迹！

纵观古今中外那些优秀的人，所有的优秀总是显得兴奋！

听啊！美妙的音乐响起，排山倒海！那个被尊称为"乐圣"的贝多芬是家喻户晓的德国音乐家。他就是一个兴奋的典型。生活让他兴奋！世界让他兴奋！音乐更让他兴奋！他的一生都是在兴奋的汹涌波澜里跌宕起伏。

那是普普通通的一天，饥饿的他打算到一家饭店吃饭。他一边走，一边思考正在创作的一首乐曲。走进饭店，他刚坐下，忽然一段优美的旋律电光石火般闪现在他的头脑里，他顿时显得异常兴奋，顺手就把饭桌上的菜谱翻过去，在菜谱的背面兴奋地画出许多像小蝌蚪一样的音符。他一边用手指轻轻地在饭桌上敲打着节奏，一边投入地继续构思他的作品。那些天籁，在兴奋中曼妙生姿、漫天卷地！

看哪！米开朗琪罗！这个意大利文艺复兴时期伟大的绘画家、雕塑家、建筑师和诗人！这个文艺复兴时期雕塑艺术最高峰的代表者！他面对创作时展现的兴奋更是让我浑身颤抖而仰慕不已！在伟大的创造中，一种裹挟着旺盛骇人的生命力的冲动，让他除了夜以继日地工作，还是痴迷地工作！他在持续不断的兴奋中忘我地创作！他那无与伦比的艺术天赋和创造力，在兴奋地恣意燃烧，舞动着熊熊烈火一般惊世骇俗的真善美！

哦，苏格拉底——还有他！古希腊著名的思想家、哲学家和教育家！他经常被自己的思想激动着，处在兴奋的状态，情不自禁地在街上跳舞或跳跃。他那在兴奋中激发的思想犹如恒星般照耀着整个人类！

啊，优秀总是显得那么兴奋！在那兴奋中，为人世间的一切美好高歌喝彩吧！在持续而长久的兴奋中，不期然地，便爆出一个辉煌的伟大！

聆听寂静

"嘘——"我的一声命令,犹如一颗小石子忽然从天而降,缓缓地掉落到深山空谷的水潭里,一下子溅起清脆悠远的回音;整个教室刹那间陷入一片神秘的不可捉摸的安静里。

所有的欢呼声都被冷冻了,所有的吵闹声都被熄灭了。一切声音在这里消失殆尽。

这时,一个男孩子像探寻者正在黑暗中蹑手蹑脚地摸索着,显得茫然;另外六双眼睛像十二盏探照灯一样正在黑暗中聚精会神地凝视着他,显得紧张兴奋。

我悄悄地集中全部精力,深深地沉浸在这短暂的寂静里;我只是一味地沉浸,不去在乎它的转瞬即逝。这真是令人享受的寂静啊!我似乎已经很久没有享受到这种精致的寂静。它是暴风雨来临前那最后的蓄势,它不动声色却包罗万象。它是空无的,却从无中生出有。

这是无声的召唤。我的灵魂响应着召唤,飘荡于蓝天白云之外。多么妙不可言的寂静啊!仿佛被汹涌澎湃的寂静冲破了堤坝,我突然承受不住这无边的压力,冷不防睁开了双眼。

不,这真是令人窒息的寂静啊!这样的寂静也许只是我心里一厢情愿的享受，而在孩子们的心里，却是漫长难熬的窒息吧。看哪，那六双小眼睛啊，已经按捺不住滴溜溜地转个不停；那六个小嘴巴啊，已经控制不住呵呵呵忍俊不禁。

"我抓到了！"那个男孩子突然欢呼雀跃！他赶紧揭开眼睛上蒙着的红领巾，露出胜利者的笑容。而被抓到的那个女孩子也欢天喜地地笑着。这毕竟是一场游戏，孩子们只在乎短暂的寂静之后长久的嬉闹——寂静似乎是不被孩子们喜欢的。

"刚才那个女孩子并没有笑出声来啊，你怎么知道她在那里呢？"我好奇地采访那个男孩子。他自信地回答："军君老师，我听出来的！蒙上眼睛以后，我专注地听，她肯定发出了一点点声音，就被我捕捉到了！"他的话多么振奋我的心灵啊！我不由得对他赞赏不已，他是一个会在寂静中聆听的孩子！我们的孩子仍然能够聆听到寂静。但是成人的我们是否还能懂得聆听寂静呢？

对我们来说，寂静总是可怕的。我们宁愿整天生活在人与人之间的喧闹里，而不愿独享片刻置身于大自然中的寂静里。难道我们真的不愿吗？不，不是的！我们的身心饱受生活的摧残，我们多么想偷得浮生一日闲，沉醉在一片无忧无虑的自然山水里。然而即使我们愿意，也无能为力了。

我们的耳朵早已熟悉并且习惯了世俗的喧闹；那纯净的寂静啊，如果我们突然身临其境，无疑就是比噪声更加恐怖的电闪雷鸣呢！在所有的感官中，我们的耳朵被侮辱与被损害得最为严重！我们目明而耳难聪……

寂静是一支缥缈悠长的神曲，如同极难寻觅、不可多得的天籁，倏忽而至、须臾即逝。聆听寂静，这需要一颗幽静深邃的心……

嘘！请细细聆听吧——

唐代诗人白居易正在雪夜聆听："夜深知雪重，时闻折竹声。"寂静的夜间，漫天飞舞的雪花飘得那么潇洒自由，院落里的竹子被悄悄堆积起的雪压折的声响不时地敲击着诗人的耳膜。

唐代诗人王维正在幽林聆听："月出惊山鸟，时鸣春涧中。"夜幕笼罩的空谷，万籁都陶醉在那种夜的色调、夜的寂静里了，那皎洁的银辉惊动山鸟，琼音不时地抚摸着诗人的耳膜。

唐代诗人李白正在子夜聆听："长安一片月，万户捣衣声。"月色如银的京城，一切都沉浸在漫无边际的寂静中，但闺中守望的妇人思念边关丈夫的捣衣声不时地刺激着诗人的耳膜。

…………

啊，这些寂静中的声音啊，是多么美妙啊！它们是多么吸引我，让我魂牵梦萦。犹如草地上荡过的最柔和的风儿，犹如湖面上飘落的最温馨的雨儿，一个个像心爱的人儿一样滋润着我干涸的心田……

这些充满诗意寂静的声音是人世间最美妙动听、最赏心养耳的音乐。能够聆听这种寂静的人们，将是多么幸福！

人们啊，置身在这喧哗与躁动的社会中，请静下心来，静下心来，紧紧地追随内心的声音，静静地聆听吧！

嘘——

请管好自己的嘴

我甘冒落得一个"不能管好自己的嘴"的恶名之险,还是要情不自禁地喊出:"请管好自己的嘴!"这既是对我自己的严厉警告,也是对大家的温馨提醒。

"我们等一下,那四个女孩子马上就过来了。"下午五点,我刚给两个提前来到作文教室里的男孩子说完这句话,一个男孩子马上信口说道:"那四个傻子……"没等他继续说,我立即截断他的话,严肃而郑重地脱口而出:"乱说什么?怎么乱称呼别人?管好自己的嘴!"他顿时脸红了,小声道歉:"我说错了。"我知道他是随口说说而已,并没有辱骂别人的意思,他只是一个二年级的孩子,并不知道一个词本身含有多重的分量。但是,我不能允许他乱用词语,我希望他能管好自己的嘴。

管好自己的嘴,既是对别人的尊重,也是对自己的尊重。我们不自重,别人也不会尊重我们。

过了一会儿,那个二年级的男孩子正在兴奋地讲自己学习游泳的经历,忽然另一个男孩子说:"不是这样的!"接着动不动就径直插进一句话,不断影响那个男孩子说话。那个男孩子顿时感到一种被侵犯的威胁,一下子生气了,目不转睛地瞪着那个打断他说话的男孩子:"你给我闭嘴!别影响我讲话!"这种不被尊重的委屈让他恼羞成怒——但是他有没有感同身受而幡然醒悟呢?看着所有的孩子,我刚好以此为契机,再一次给孩子们强调:"请大家管好自己的嘴,认真听别人讲,这是对别人的尊重,更是对自己的尊重!"

到了写作文的时间,一个女孩子突然伸手碰了碰另一个女孩子的手,接着低头告诉了她一句悄悄话,她俩便心照不宣地笑成一团。悄悄话是迷人的,但此时的悄悄话摇身一变化作肆无忌惮的笑声突兀地回荡在整个教室里,久久地徘徊流连、驱之不去。这自然影响周围的孩子。我不由得严肃起来,厉声警告她:"管好自己的嘴!"

这个世界上的喧哗与躁动每时每刻都在灼伤着我们的耳朵——我们的耳朵是被欺凌与损害最严重的!孩子们啊,请不要再给这个世界制造噪声了。每个孩子都管好自己的嘴,每个孩子都能迅速地进入自己良好的学习状态。孩子们啊,当你们管好了自己的嘴时,你们静静地写作文的纯真乖巧模样,在李老师看来是多么美妙动人啊!孩子们啊,你们要懂得无言的纯洁天真,往往比叽叽喳喳地说话更能打动人心。安静里孕育着一切生命的奇妙啊!——我是多么陶醉于安静中蕴藏的一切啊!

老子在《道德经》中说道:"希言自然。"孔子也在《论语》中强调:"天何言哉!""君子欲讷于言而敏于行。"少说话、不说话被这两位大智者所推崇、倡导。这是意味深长的,值得我们每一个人掩卷深思。

从古至今,我们对这句四字名言耳熟能详——"祸从口出。"很多时候,语言是一把双刃剑,当我们口无遮拦地对别人说三道四时,我们自己常常会被刺得体无完肤。

古人也常讲慎言，就是说人说话前要多加考虑，不要信口开河，不知深浅，没有轻重。一个人说话前应该三缄其口，该说的话则说，不该说的话绝对不能说。这看似十分简单的道理，做起来却一点也不简单。因言获罪的例子，在我们人类的历史上屡见不鲜。从某种意义上讲，我们可以这样断言，能否管好自己的嘴关系着事情的成败、个人的安危以及人生的命运！这绝不是我一厢情愿的危言耸听。

请管好自己的嘴，不要让它任意妄为！聪明的我们终将发现：当我们管好了自己的嘴，我们就能管好我们的生活。请多用自己的眼睛观看，请多用自己的耳朵聆听，我们将会发现生活中更多美好的"秘密"。难道这样不是更加妙不可言的吗？

闹腾与安静

教室里是安静的,我享受着这份安静,等待着几个孩子来上作文课。"哈哈哈……"一阵阵纯真的欢笑声从教室间的过道里传来。多么熟悉的声音啊!几个孩子终于来了。

"怎么只有你们两个?她俩呢?"我不禁好奇地询问。

"她俩失踪了……""她们不来了……"两个小女孩你一言,我一语,像是表演相声一样说个不停。

"哈哈,她俩又去捉迷藏了?"我故作神秘地猜测。她们肯定又在逗我玩,她们的鬼主意是层出不穷的。

"赶紧去找吧。"她俩立即向我"发号施令"。我准备领命寻找。还没开始找,另外两个小女孩已经神出鬼没地出现在我的眼前了。她们四个心照不宣,一阵哈哈大笑的声音久久地回荡在教室里。

"你是新来的,赶紧上去做自我介绍吧。"三个三年级的小女孩俨然小主人一般,异口同声地对着另一个小女孩说。这个小女孩有点害羞,安静地坐在座位上,一时不知所措。她们三个便叽叽喳喳地催促她赶紧站起来走到讲台上。和她的目光相遇,我也微笑着点头示意,她才静悄悄地走上讲台。"嘘!"我向她们三个伸出一根手指,"尊重别人,请认真听!"

"刚才我们一起阅读了这篇作文《他这样做对吗?》,现在谁来说一说你身边的一个人做的一件'不对'的事?"我刚说完,她们三个中的一个小女孩便嗖地站起来,欢快地说:"军君老师,我来说一说我们班的'徐猪脚'吧。"其他两个女孩子一听到"徐猪脚"这个名字便一下子炸开了锅,都嗖嗖地站起来,纷纷表示要说一说。"你三个一起上讲台吧,边说边演,集体表演。"她们三个一边兴奋地欢呼,一边活蹦乱跳地走上讲台。

一上讲台,她们三个就更加"得意忘形"了。分配角色,讲说台词,她们讲说得绘声绘色、表演得惟妙惟肖。教室里顿时显得一片闹腾。那个新来的女孩子只是浅浅地笑着,安静地坐在座位上;我似乎被她的安静感染,和她一起安静地观看着。

忽然,不知怎的我也被她们三个卷入这个闹腾的"闹剧"里。她们分别扮演"暴力的徐猪脚",一会儿一只手掐我一下,一会儿一只手打我一下……防不胜防,我这个"倒霉的演员"被欺负得欲哭无泪。此时,一阵阵欢笑声在她们天真无邪的小脸上激起了一圈圈迷人的涟漪,在整个教室里荡漾着……

那个安静观看"闹剧"的女孩子的脸蛋儿上顷刻间流露出同情,似乎在替我鸣不平。我的目光求救似的投向她,赶紧问:"她这样做对吗?她这样做对吗?——她们这样做对吗?"这个安静的女孩子满脸流露着诚恳,轻声细语地说:"不对,很不对。"

孩子们依然叽叽喳喳地讨论个不停,对刚才的话题意犹未尽。"好了,现在我们都静下心来,认真地写作文。"看着活泼好动的孩子们,我忽然提高嗓音。

孩子们渐渐安静下来,面对自己的作文本,手里紧紧地握着一支笔,开始沉浸在有趣的作文世界里。刚才的闹腾、好玩,转瞬间幻化成安静、幽美。嘘!请细听!"沙沙沙……"那是一支支笔在本子上跳跃的声音;"簌簌簌……"那是思维在空中曼妙飞舞的声音!哦!请细看!一张张可爱的小脸显得那么投入而静谧,这是一幅多么富有魅力的图画啊!

这闹腾中展示着孩子们的可爱,这安静中流露着孩子们的善良。置身在这闹腾与安静中,我一下子感受到生活的单纯与美好……

静静地聆听,细细地品味,慢慢地享受着这安静中难能可贵的奇妙……

情感教育

早晨,离上课还有十多分钟,一个八年级的男孩子慢悠悠地走进教室,一脸的闷闷不乐。静静地注视着他,我并不说话,等待他主动开口。

"我有情敌了!"他忽然脱口而出,语气落寞。

哦,难怪他忧心忡忡,原来是情敌惹的祸。他每周日来上语文课时总习惯于把一些深藏在内心的感情秘密告诉我。最近,他悄悄喜欢上班里的一个女孩子。一提到那个女孩子,他就情不自禁地乐了。对处在青春期的他来说,情窦初开,喜欢女孩子是非常自然的。

"好事啊,你喜欢的女孩子有更多的人喜欢,说明她的魅力大。"我一本正经地说道。

"我不想看到她在我面前和别人说说笑笑。"他真诚地表达内心的想法。

"这样的想法很正常,但你想多了。她能够开心,你应该高兴。关键是你要做好自己,更能够引起她的关注。"我进一步开导着他。

"我怎么做好自己啊?"

"比她学习更优秀啊!"

"怎么可能呢?她学习成绩非常好,在全年级排名前十名！而我在一百多名。"

"怎么不可能？你现在看你哪科学习成绩差，多投入一些时间有针对性地学习，肯定会提高成绩。"我想借此激发他的学习动力，点燃他的学习斗志，便继续借题发挥，"她学习成绩比你好那么多，作为一个男孩子，你凭什么让别人喜欢你呢？你必须超过她！最起码比她提前一名。反正名次要排在她的前面，让她无论如何也不能超过你。这样她才会更喜欢你。"

他似乎如有所悟，变得沉默不语。

"我不想看到她和别人说说笑笑……"这句话像是一个浮在水面上的软木塞，刚刚用手指按下去又躁动不安地浮上水面。他还在为这个耿耿于怀。

"你和她经常说说笑笑吗？"我旁敲侧击。

"经常说话啊，但我不敢向她表白。"哦，这就是问题的症结，犹如横亘在他心里的一块石头，压得他浑身不舒服。

"你做得很对！不用表白。心里暗恋着就好！不要多想，慢慢学会享受这种感情——这是一种最美好的感情，是整个人生中最纯洁最梦幻的感情！它像是我们追逐的梦想，可望而不可即；但正因为不可即才更加朦胧而迷人。"我好为人师，苦口婆心，滔滔不绝地给他进行一次情感教育，"你要懂得珍惜这种感情！暗恋是自己一个人的事，与任何人没有关系。初中时代，我希望你只是止于暗恋就好了，不要打破这份最美好的感情。很多时候，雾里看花才美不胜收。如果捅破那层朦胧的窗户纸，往往就会失去神秘感以及美妙感。"

"我就担心如果向她表白了，她可能再也不会理我了——也许得到了反而就减少了趣味。"他醍醐灌顶、茅塞顿开。

　　每一次在班级里看到那个女孩子,他都会脸红心跳,陶醉于看看她并且和她说说话的一种妙不可言的感受中。这样的美妙感受让他从内心深处觉得暗恋一个女孩子真是一件神奇的事情。每当听到他给我讲述这些神奇的事情时,我都由衷地替他感到高兴。在生活中,能够为了一个女孩子而体验甜蜜、感受忧愁,这是他的福气。我羡慕他,我更羡慕他所拥有的青春——我所拥有的青春依然在熊熊燃烧吗?

　　为了呵护他的这份美妙的感受,为了他的初中时代能够更加投入地学习,作为他的一名作文辅导老师,我必须让身处青春期的他懂得珍惜、懂得享受、懂得守望——守望人生中最纯洁最梦幻的一份感情!

　　每一个生命的成长都是一个自然而然的过程。我们要懂得尊重生命的成长规律,静待花开,芳香四溢。不鼓励,不压抑,我们要顺其自然地珍惜、享受、守望生命在每一个环节恩赐给我们的难能可贵且稍纵即逝的一份美好……

童年与人生

作文课上,我刚和六个五六年级的孩子谈到童年的事情,孩子们就立即欢呼雀跃起来。童年勾起孩子们美好的回忆,孩子们愿意在童年中捕捉那些一去不复返的快乐。

孩子们本应该是属于童年的。但童年似乎早已经远离这些五六年级的孩子了。一个五年级的女孩子一提到童年,就会以一种怀旧的口气略带伤感地慨叹:"唉,我多么怀念童年啊,那时候我们多么无忧无虑啊!"这样的怀旧刺痛着我的心。我多么希望童年能够在这些孩子身上多驻留一段时间。——每当看到那些低年级的孩子在童年中如鱼得水般玩得不亦乐乎时,我的内心总是兴奋而欣慰的。我深深地懂得:能够拥有童年的孩子是幸福的;对一个人漫长的人生来说,拥有童年的时间越长,他以后的成长乃至未来的成就就会相应地越顺利。

这个作文班里的三个女孩子情同姐妹,一起成长,拥有着许多共同的童年。她们性格开朗,一会儿工夫就沉浸在童年的趣事里,笑得合不拢嘴。而一个男孩子的性格相对内向,长时间地深陷童年的回忆里,愁得抓耳挠腮。童年的事情给他们带来了迥然相异的体验。童年在不期然中给他们的生命烙上了难以磨灭的印记,童年常常会左右着一个人一生的发展。

一个七年级的男孩子比较好动、贪玩，总是管不住自己，时常制造一些"有趣的事"。看着他，我不禁好奇地问："你怎么跟小孩子一样，总是那么贪玩呢？"他的嘴随即一噘，流露出一脸的纯真："我本来就想一直做一个小孩子，不想长大，整天无忧无虑地玩——童年多好啊！"

他的这些话不经意地道出了我们成年人的心声，这也应该是我们很多成年人在繁杂的生活之中梦寐以求的事情。是啊，童年多好啊！无论是小学生、中学生，还是成年人，对童年的记忆总是刻骨铭心的，即使童年早已经远离了我们的生活。童年是人生的开始，犹如舵轮，童年将掌控我们整个人生这条巨轮航行的旅途与风景。

毫无疑问，童年是重要的，不仅是对每一个平凡的人来说，也是对每一个优秀的人来讲。那些格外优秀的人物常常是用一生来捍卫童年的——他们深谙童年的重要性。他们虽然在身体上已经成长为大人，但他们葆有了一颗童年的心。对童年的捍卫，对孩子的学习，是他们乐此不疲并且引以为豪的。

俄国著名诗人沃罗申曾经满怀无限憧憬地吟唱着这样的诗句："让我们像孩子那样逛逛世界／我们将爱上池藻的轻歌／还有以往世纪的浓烈／和刺鼻的知识的汁液／梦幻的神秘的吼叫／把当今的繁荣遮盖／在平庸的灰暗的人群中间／孩子是未被承认的天才。"这简直是对孩子的无上赞美啊！孩子似乎蕴藏着世界的无穷无尽的秘密，孩子给平庸灰暗的人生增添了一道璀璨夺目的光彩。

秘鲁作家胡安·拉蒙·里维罗意味深长地解释："岁月

使我们离开了童年，却没有硬把我们推向成熟……说孩子们模仿成年人的游戏，是不真实的；是成年人在世界范围内抄袭、重复、发展孩子们的游戏。"对孩子的推崇，对童年的守望，难道不是一目了然的吗？

人生在童年的滋养下，焕发着灿烂的光彩。而一个个辉煌的人生则不可避免地与童年的经历形影不离。被世人誉为"精神分析之父"、20世纪最伟大的心理学家之一的弗洛伊德提出了这样的观点：一个人童年的经历会在潜意识里影响成年后的自己。童年对人生的影响，不可估量。

我们从童年的生活经历中所获得的体验，往往会对我们的一生产生广泛、深刻而持久的影响。对作家们来说，更是如此。

当代作家余华是我喜欢的一位作家。比起大家熟知的《活着》《许三观卖血记》，我更喜欢他的一部不为很多人所提及的小说——《一九八六年》。在这部小说中，余华以他惯用的手法，给我们展示了一些死亡与血腥的画面。余华为什么如此钟爱这些惨不忍睹的"暴力"呢？我们不得不谈到他的童年。1960年出生的余华经历了一个孤独灰色的童年。他的父母都是医生，他从小就是在医院的环境里长大的。他曾经解释："我对叙述中暴力的迷恋，现在回想起来和我童年的经历有关。我童年经常见到血，我父亲每次从手术室出来，身上都是血迹斑斑，即使口罩和手术帽也都难以幸免……后来的日子，我几乎在哭泣中成长……太平间以无声的姿态接待了那些由生到死的匆匆过客，而死者家属的哭叫声只有他们自己可以听见。我觉得哭声里充满了难以言传的亲切，那种疼痛无比的亲切。在一段时间，我曾认为这是世界上最为动听的歌谣……"这种童年的经历深深地影响了余华的人生以及他所有的创作。

我可以毫不夸张地说,没有童年的那些经历,便不可能有作家们关于人生的那些伟大的创作!那么,面对逝去的童年,我们应该怎么做呢?面对孩子们即将要度过的童年,我们每一个还没有或者已经做了父母的成年人应该怎么做呢?这是值得深思并不容小觑的!

俄国作家列夫·托尔斯泰激动地写道:"快乐的,快乐的,不再回来的童年时代啊!怎能不让我珍视对你的回忆呢?这些回忆让我精神亢奋、心灵愉悦,是我无限乐趣的源泉。"童年像一眼奔腾的清泉,滋养我们的精神;童年像一轮火红的太阳,照亮我们的道路。童年,将让我们受用一生!我们一边怀念,一边守望吧!

我是世界人

已经下课了，孩子们写完作文，把作文本交给我，一个个准备离开教室。这时，一个三年级的女孩子还在急匆匆地写着最后一段。我默默地守在她的身边，静静地看着她写完。

她一写完作文，就赶紧收拾书包。正当她蹲下来收拾书包的时候，一张糖纸恰好飘落在她的旁边。也许是急着回家，她并没有注意到这张糖纸的存在。我的声音忽然响起："那是你刚才掉下来的糖纸吗？"她平淡地说："不是我的。""你顺便帮忙把那张糖纸捡起来扔出去吧。"我认真地提醒她。她的小嘴巴立即一噘，轻轻地抛出一句话："又不是我扔的，我又不是他们的仆人。"她一边若无其事地说着，一边高昂起头潇洒地走出了教室。

看着她匆忙走出去的背影，想着她淡然回答时的模样，我一下子觉得有点心痛，刚才那句话犹如一根刺，刺进了我的内心，一阵阵难受顿时攫住了我的灵魂。我弯下腰，轻轻地捡起这张无辜而无助的糖纸，迈着沉重的脚步向外面走去。

孩子啊，有些话我闷在心里不得不说。我自然理解你的想法，也并不是要指责你的过错。那确实不是你扔的，这个你没有做错；你确实不是他们的仆人，这个你说得很对！我们每一个人都不是别人的仆人。我们每一个人都没有义务为别人的过错而承担什么。这些，你都没有过错啊！

孩子啊，但是，我还是要指出一些你刚才行为中存在的巨大问题——请注意，我是使用了"巨大"这个词。你的态度让我感到一股寒意的侵袭，你的想法让我感到一种悲凉的渗透。孩子啊，你为什么没有想过你将要做一件关于爱心的事情呢？你为什么会觉得帮助别人捡一下就成了仆人呢？你为什么不觉得你是在助人为乐呢？我本来以为顺理成章的助人为乐，没想到在你那里却成了无事生非的多管闲事。孩子啊，你的想法让我在表示理解的同时，更多地感到震惊……

难道这是因为我们的思想观念里缺失了一些什么吗？

面对一件与自己利益相关的事情，我们往往首先想到的是自己，这也无可厚非，这是人之常情。但是我们在想到自己的同时，也可以接下来再为别人想一想啊。如果我们能够帮助别人做一些事情，而且是不图回报、默默无闻的，那么我们的心灵是不是会因此变得更加丰富而高尚呢？

在这个瞬息万变、翻天覆地的时代，科技早已经使身处天南地北的人类成为一家人。这是一个全球化的时代，我们都生活在一个小小的地球村里，天下一家亲。我们不再只是自己，同时，我们也是中国人，更是世界人。

对，我们每一个人都要在内心深处树立一个"我是世界人"的观念。这个世界的一切都与我们息息相关。不只是身边的人，这个世界的每一个人都值得我们去关爱、去帮助。我们要知道帮助别人就是在帮助我们自己。印度的圣雄甘地曾经谦卑地说："你不要抱怨，如果你觉得这个世界有些地方要改善的话，不是别人要去做，而是你自己。"我们自己的每一次努力，都是这个世界的每一次进步。

联合国原秘书长潘基文对我们寄予着希望："有一个远大梦想，做一名世界公民。"我们应该超越一国一族的狭隘情感，具有世界情怀。"世界公民"应该是我们的身份。每一个人都将和我们有关，我们心中要拥有博大的爱——爱自己、爱别人、爱世界。正如我们伟大的作家鲁迅所说："无穷的远方，无数的人们，都和我有关。""心事浩茫连广宇"，整个民族、整个人类、整个宇宙的生命都和我们自己的生命息息相关。

记得苏联作家高尔基说过这样的话："诗人是世界的回声，而不仅仅是自己灵魂的保姆。"生在这个伟大的时代，让我们像诗人一样，不仅仅为自己的灵魂而活，我们要心怀世界，为这个广阔的世界而绽放出自己普照万物的光辉！

捡钱的背后

一个八年级的男孩子忽然满怀失落地喊道:"他怎么没有来呢?真是太失望了!"

另一个高个子男孩因为家里临时有事,这次的作文课请假了。别人没有来上课怎么会让他这么失望呢?我充满了好奇,连忙询问:"你怎么对他来不来那么关注呢?为什么失望?有什么重要的事情等他?"

"不告诉你!你别管。反正很重要。"他闷闷不乐地回答。

既然他打算保持神秘,我就不便再多问,但心里还是悬着一个问号。

这个问号在我的心里藏了整整一周,直到一天的作文课上课前才彻底解开了答案。

7:50,我正在和提前来到教室的他聊天,那个高个子男孩神不知鬼不觉地走进教室。一看到高个子男孩,我就饶有兴趣地问道:"上节课曹同学非常想念你,念念难忘,你们有什么约定吗?"

"没有啊。"高个子男孩漫不经心地说道。

"不可能。"我已经大约猜到上次曹同学失望的原因了。昨晚他妈妈特意给我打来电话,说是他的手上多了三百元——他已经用这些钱买了东西,而他却说是自己捡到的,让我询问其他同学是否借了钱给他。"

"哦,他向我借钱呢——我上次刚好有事没来就没有借给他。"高个子男孩恍然想起。

"借多少?"

"三百。"高个子男孩伸出三根手指。

"你怎么能随便向同学借钱呢?这是一个很不好的习惯!你借钱干什么呢?"我转向曹同学,告诫他。

"买东西用。"

"什么东西?"

"你别管。"

"那你手上的三百元最终又是向谁借的?"我刨根究底。

"我捡的。"他小声嘀咕。

一听到他说钱是捡的,我和高个子男孩都表示无法相信。难道捡钱就这么容易?高个子男孩笑着说:"你再去捡几百元试试。"曹同学却置若罔闻。

这时,另外一个胖胖的男孩子走进教室。我不禁想,他们两个之间应该存在着"金钱交易"。为了进一步确认情况,我随即一本正经地问道:"你有没有借钱给曹同学?"

胖同学一脸懵懂地摇了摇头。接下来,胖同学知道他"捡钱"的事以后,开玩笑地说:"在哪里偷的呢?"曹同学听后沉默不语。

"不要乱开玩笑,他可是一个好孩子。"这既是对孩子们说的,也是对我讲的。

既然他们两个都没有借钱给他,难道他又向其他同学借钱了?从根本上来说,我在内心里对捡钱就持否定态度,难道钱是随意能够捡到的吗？况且以前听他妈妈说他有时爱说谎，经常胆大妄为地做出一些叛逆离谱的事情，所以我从一开始就先入为主地对他的话产生了怀疑。我一而再，再而三地对他口中说的"捡钱"予以否定，一直咄咄逼人地询问他钱的来源。虽然初衷是出于担心，怕他养成不好的习惯，但是这样三番五次的不相信显然变成了对他的不尊重。

一想到这里，我感到问题的严重性。面对一件未知的事情，我们对他信任的缺失将会让事情变得更加扑朔迷离。我们的怀疑给他的精神造成的伤害将是不容忽视而无法弥补的。蝴蝶效应是骇人的。说不定他的运气就是这么好，捡钱也是正常的事，我们为什么不能够信任他呢？

"好，我相信你的钱是捡来的！"我郑重地对他说。

"军君老师，如果你相信他，就被骗了。"高个子男孩打趣道。

"我宁愿相信他！"我斩钉截铁地说，"我们不要想多了，想偏了，要懂得相信别人。"

人性的复杂、世事的繁杂，常常会阻隔我们对一个人的认识。我们容易相信自己，而相信别人往往是困难的。如果一个人在经历世事、看透人性以后依然能够相信别人，那么他无疑具有一个高尚的灵魂，怀着一颗博大的爱心。

在不可相信中相信别人，犹如在黑暗中迎接光明，这是一次灵魂的洗礼与升腾。相信别人就是相信自己，相信生命就是尊重生命。

"你应该值得我相信！我还是了解你的——在哪里捡来的钱呢？"我真诚地对他说。

"公交车上。座位上放着一个钱包，恰好我上车时看到了。钱包里装着三百一十元。"他慢条斯理地讲述。

"你怎么没有拾金不昧呢?应该物归原主,最起码要上交公交车司机。"我提醒他。

他顿时陷入了一种尴尬的沉思默想中。

"别人丢东西,自然很着急。你应该为别人想想,怎么就随意花了别人的钱呢?"我循循善诱,"如果你希望别人以后都能够为你着想,那么你就首先应该多为别人想想。设身处地,换位思考……"

他一脸迷茫地望着我,若有所思。

旁观与回忆

刚一走出门,一阵冷风迎面袭来,我不禁打了一个寒战。站在门口,冷风像刀子一般轻轻地划过脸颊。我的身体不由得有点发抖。深圳的天气好冷啊!

然而,我的眼前正活跃着六个奔腾的身影。我的作文班里六个六年级的孩子正在门外的空地上玩耍,他们一边使劲儿地跨步,一边兴奋地欢呼。他们玩得那么投入,面对冷风似乎全然不顾。他们在尽情的玩耍中享受着童年的乐趣。我静静地站在门口,欣赏着他们奔腾的身影,羡慕着他们纯粹的快乐。

"军君老师,一起玩。"一个男孩子注意到了我,欢快地邀请着我。

"不用了,我站在这里看就好,你们玩你们的。"我赶紧谢绝了他的邀请,安心地做一个旁观者。我的谢绝仿佛激怒了冷风,一股凛冽的冷风肆无忌惮地钻进我的身体。这恼人的冷风啊,难道它是在警告我快点去参与到孩子们的玩耍中?难道它要剥夺我作为一个旁观者的身份?

冷风啊,无论你居心何在,我都已经回不到孩子们的玩耍中了,我只能做一个旁观者。

"你们冷不冷啊?要不进来玩?"我在关心着孩子们,同时也在提醒着自己。

"我们不冷！玩得热呢！"孩子们七嘴八舌地喊道。

他们的"热"刺激着我的"冷"，我感到难以支撑。为了更好地观看他们的玩耍，我不得不退回门内。一道玻璃门和平调解了我和冷风的纠纷。像是得到了保护，我有恃无恐、自得其乐地站在玻璃门前，双臂环抱，目光恋恋不舍地追逐着门外冷风中孩子们奔腾的身影。

我似乎已经无法融入他们的玩耍中，但我依然对他们的玩耍充满着向往。那一去不复返的童年啊！时空交错，我的眼前忽然浮现出另外一群可爱的孩子。他们也是小学六年级的孩子。一副副单纯的面孔、一身身朴素的衣服、一个个奔腾的身姿，在一间砖瓦砌就的简陋教室前的空地上自由地飞舞。他们也在跨步，他们笑得那么专注。哦，他们之中一个瘦弱的小男孩安静地站在旁边，出神地凝视着他们，目光中充满着羞怯和迷恋。他总是沉默不语，习惯一个人静静地待着，旁观着身边的一切，无法融入，自我禁锢。

恍惚间，那个瘦弱的小男孩就站在我的身边，是那么柔弱孤单，是那么惹人爱怜。我看着他，他看着外面。他一边安静地凝视着那间简陋教室前的同学们，一边好奇地欣赏着这个远方的繁华都市中六个同样年龄的孩子。他的目光中流露着羡慕，他的神情里充满了疑惑。目不转睛的他突然抬起头凝望着天空，天空是那么纯净明媚，天空又是那么阴沉寒冷。他全神贯注地凝望着，探索着，他的眉头紧锁，他的灵魂出窍，在一个世外桃源般的仙境里沉醉不知归路。他的脸上终于绽放出难得一见的笑容——犹如连绵的阴雨天之后的一缕和煦的阳光。

他单薄的身体弱不禁风，他孤独的身影茕茕孑立，生命的忧患过早地侵袭着他，与生俱来的忧愁伴随着他的童年。在童年的天真烂漫里，他总是一副忧心忡忡的样子。而他又是多么脆弱啊，他只能躲在自己的世界里，作为一个旁观者，安静地羡慕着、欣赏着一切……

他骤然转头，一朵灿烂的鲜花在他纯真的脸蛋儿上悄然绽放，他面对我，笑得那么纯粹热情。我触电般避开了他的目光，我无法直视那样的笑容。我还沉浸在童年的回忆里，但不知何时，我的眼睛里已噙满了泪水……

这六个孩子依然在门外欢快地玩耍着，一如那群朴素的衣服在自由地飞舞。不同的地域，相同的情愫。童年总是奔腾不息的。我依然只是一个旁观者，徒有羡鱼情，站在玻璃的后面安静地回忆。一扇玻璃的门，隔绝了我和孩子们，也隔绝了现在与过去。

一切都回不去了。待我再次转头寻觅那个瘦弱的小男孩时，他早已失去了踪迹。我懂得，只有他是可以回去的，他回到了我的内心深处，将一辈子与我一起并肩行走，走在我们前进的道路上——那将是一条光荣的荆棘路。

由"坚持"想到的

让孩子们每天坚持写一篇日记，这是我告诉孩子们和家长们的事情——这不是我布置的作业，而是让孩子们自觉书写心情、记录生活的喜怒哀乐，可以写得随心所欲、自由自在、无拘无束。

然而，我知道大多数孩子都没能坚持下来。这也在意料之中，确实很难坚持——坚持从来都不是随随便便就能完成的！坚持不断地去做一件事，的确很少有人能做到。况且孩子们还小，自制力不够，需要家人不断督促，更需要自己拥有顽强的毅力……

当然，一定是有孩子能够坚持下来的，这也是我确信的！

那么，那些大多数孩子难道真的不能坚持下来吗？

哦，我完全没有指责孩子们。还是不要总拿孩子们说事吧。"坚持"对我们大人们来说呢？

当我不厌其烦地每天提醒大人们督促孩子时，此时的我，就摇身一变成了"长舌妇"，喋喋不休，也许会让人反感，这是难免的，犹如孩子总把妈妈没完没了的关心看作唠叨一样……但是，天下所有的妈妈总是坚持着一如既往的唠叨，不仅每天如此，而且世代如此！我对妈妈们表示由衷的敬意的同时，自然也把她们当作我学习的楷模。所以，我愿意成为"唠叨"一族中的光荣一员！

当坚持成为一种习惯时，不坚持便成为一种罪过。不坚持的念头经常如同闪电一般在我的头脑中闪现，尤其是在过年期间，当我悠闲时，当我放松得忘乎所以时，我确实有那么一瞬间"忘乎所以"地不想再写点什么了。然而，每当想放弃时，我便感到良心的不安，我便感到责任的重大，我不仅仅是在给孩子们做一个榜样，更是在给自己做一个榜样！这是对自我的一种肯定。我喜欢每天写点什么，文字已经成为我生命的一部分，已经融进我的血液里，不离不弃……

每天坚持写，对我既是一种习惯，更是一种爱好。只有这样，我才觉得生活过得实在、过得充实；只有这样，我才觉得人生活得自由、活得有趣！

在日记中自由飞翔

记得在2015年2月27日我写过一篇文章——《由"坚持"想到的》，这篇文章主要谈的是让孩子每天坚持写日记的问题。我为什么一直不厌其烦地强调要坚持写日记呢？因为我从中品尝到了它无以言表的美妙滋味，并且深有感触地懂得它潜移默化的影响力。

时间的流逝是无情的，生命的存在是美好的。怎么才能够抵御无情的流逝而驻留美好的存在呢？我想每一个热爱生活、珍惜生命的人都会想方设法地挽留、珍藏每一个转瞬即逝的日子。写日记就是一种难能可贵的方式。我们的喜怒哀乐在日记中纤毫毕见地展示出来，我们的悲欢离合在日记中淋漓尽致地表达出来。随着时间的流逝，日记渐渐发酵成陈年的佳酿，散发着醇香的芬芳。

我个人一直坚持着写日记的习惯。随意翻看大学时期写的那些日记，一种久违的感觉沁满身心；扑面而来的是一阵阵青春的奇妙气息，让我一下子沉醉其中而难以自拔。我的写作生涯必须追溯到我写日记的时光；可以肯定地说，我的写作得益于我写日记的好习惯，为此，我深深地感激着日记！日记承载着我的过去，记录着我的生活，安慰着我的灵魂，寄托着我的梦想；它是完全属于自我的一片蔚蓝、纯净、广阔的天空，可以让我爽快地、尽情地、自由地展翅飞翔……

我常常爱读一个个大作家的日记——虽然日记是非常私人化的东西，但在百年之后很多大作家的日记也被公开出版了。这些日记让我近距离地亲近他们，感受他们，任凭时光流逝，任凭天涯相隔，他们如同兄长一般就站立在我的面前，可以聆听教诲，可以畅叙幽情，可以围炉夜话……

现在，我的手头摆放着我热爱的两位大作家的两本书：一本是《托尔斯泰日记》，一本是《鲁迅日记》。它们深深地吸引着我。我无意窥探他们的私人生活，我向往着走进他们的心灵世界。这是中西方两位文学巨人。他们一辈子都保持并写日记的习惯。

这本《托尔斯泰日记》是陕西人民出版社出版的，它详细地记录了托尔斯泰从1847年到1910年逝世前写的所有日记。这部伴随托尔斯泰终生的日记，内容丰富、卷帙浩繁，向全世界人民揭示了一个隐秘而真实的文学大师。它独放异香、引人入胜，成了世界文苑中的一朵奇葩。

这位俄国文学大师意味深长地说："日记就是我。"——这句话应该是对日记最高的评价。他几乎每天都在日记中反躬自省，从思想、生活、写作到家庭各个方面，认真而深刻地解剖自己。日记是一条通向自我救赎的道路，他常常在里面独自漫步。每一个人的内心都需要有一个隐秘的领地，在这里，自己只属于自己！托尔斯泰就在这样一个自我的精神天空中，尽情地、自由地飞翔。

为了保护自己写日记的爱好，为了呵护自己写日记的自由，他甚至和年迈的妻子闹了不少的矛盾。当妻子纠缠着非要看他的日记时，他终于忍不住喊了出来："我把我的一切都交了出来，财产、作品……只把日记留给了自己。"是啊，他只把日记留给了自己，这是他精神自由飞翔的最后一条出路。他用生命来捍卫这最后的尊严！

这本《鲁迅日记》是人民文学出版社出版的，书中收录了鲁迅从1912年5月5日至1936年10月18日所写的日记。这些日记在他生前没有发表过。这个一辈子都在战斗的"精神界斗士"，用他的一生坚持着写日记。他从1907年至1936年30年间写作、翻译了300多万字的著作。即使在这样繁重的劳动中，不管工作和写作多么忙碌，环境和身体条件多么恶劣，20多年的日记写作他也从来没有间断过！——这样的坚持源自怎样的动力呢？这本日记历时25年，80万字，字里行间处处散发着鲁迅对生活的热爱，时时弥漫着鲁迅对人性的关怀，他的铮铮铁骨浇铸了他的人格魅力！他在他的日记中体味生活，他在他的日记中自由飞翔。

无论是托尔斯泰还是鲁迅，他们都是热爱现实生活、珍惜内心生活的人，他们都用全身心来呵护日记这种最纯粹的私人写作。为了心灵的需要，他们用一生来捍卫这种写作。当代作家周国平说："一切真正的写作都是从写日记开始的，每一个好作家都有一个相当长久的纯粹私人写作的前史。这个前史决定了他后来之成为作家不是仅仅为了谋生，也不是为了出名，而是因为写作乃是他的心灵的需要，至少是他的改不掉的积习。"

为了守护纯粹的精神自由，他们毅然决然地选择了写日记。在日记中，他们的灵魂在自由地飞翔。他们在这个远离世俗社会的精神生活的隐秘世界里不知不觉地羽化成了永恒的自由之神！

寻找国家名

　　这是李军君老师写给四年级何幸谊小朋友的文章。

　　何幸谊是一个在香港读书的孩子。跟随我学习作文以后，我一直关注着何幸谊小朋友，并对香港的教育产生了好奇，开始沉思教育问题。这算是我写这篇文章的缘起。

　　非常高兴认识何幸谊小朋友！非常感谢何幸谊小朋友！

　　"我们课间休息一会儿。"我刚说完，孩子们便如同小鸟一般飞出了教室。安静的客厅一下子沸腾了起来，孩子们在客厅里随意玩着。

　　客厅的桌子上站立着一架地球仪，像是一位久历风尘的侠客，像是罗丹手下那位沉思者，更像是一位隐居山林的智者，孤独、沉默而淡泊。几个孩子恰好在这里热闹地玩着。

　　热闹是惹人注目的。但对我来说，这无人问津的地球仪更能引起我的关注，似乎冥冥中因缘早定，情有独钟，它的孤独、沉默和淡泊更让我深深着迷。静静地看着它，我思绪飞舞，忽然对孩子们说："你们几个过来，我们进行一个小比赛。"

　　"什么比赛呢？"孩子们很好奇。

　　我指着地球仪，神秘地说："寻找国家名。我随意说出一个国家名字，你们在地球仪上找它在哪里，看谁找得快。"

"好！"孩子们跃跃欲试。

"中国。"我脱口而出。

几个孩子迅速地拨动地球仪。地球仪安静地承受着一切。

"中国在哪里呢？"一个平时贪玩的孩子不解地问道。

"这最简单了。"一个淡雅而沉静的声音缓缓响起，然而似乎如同轻烟一样倏忽消失了。

"哈哈。我找到了！"一个三年级的女孩子欢呼着。

我向孩子们投去赞赏的目光，并对那个安静的四年级女孩子笑了笑。"好了，你们都是好样的！现在，开始第二轮比赛——英国。"

冷不防听到我报出一个国家名，那个三年级的女孩子立即转动地球仪，慌忙地寻找起来。这时，旁边那个四年级的女孩子丝毫没有寻找的迹象，只是马上镇定地轻轻说："哎，不用转了，我知道在哪里。"说着，直接用手指着英国所在的地方。

我更加好奇，她并没有寻找，就知道地方，难道她凑巧看到了？还是对地球仪很熟悉？

"这么厉害啊！再找另一个。"鼓励着孩子们，我又发号施令，"美国。"

我刚说完，这个四年级的女孩子又径直把地球仪轻轻一转，手指便飘落在美国的地方。

我不由得惊喜，她真的是熟悉地球仪吧。

忽然，这个女孩子淡雅而沉静地对其他孩子说："我来出一个，你们找一找——沙特阿拉伯。"

这个名字对孩子们来说应该是陌生的，其他孩子顿时茫然失措，盲目而艰难地寻找着。而她淡淡地一笑，手指如同带有魔法，轻轻地一点。

　　看着这个安静的女孩子，我不由得再次陷入深思。她是一个在中国香港读书的孩子，现在跟我一起学习作文。记得上节课，她刚来写作文时，就用**繁体字**来写，引得其他孩子好奇不已。我同样对她充满着好奇，从她的一言一行中，琢磨着她的教育情况。而这次小比赛，从她身上，我不由得又想起了这些……

让孩子们调皮吧

"现在我们课间休息一小会儿。"我的话音刚落,两个三年级的孩子顿时变得活跃了。"军君老师,我给你涂点指甲油。"一个小女孩突发奇想,狡黠神秘地说,并瞪大黑亮的眼睛询问着我。我好奇地看着她。她立即拿起圆珠笔在我的手指甲上信笔涂鸦起来。

没有想到她会如此毫不顾忌,顷刻间原本粉色的手指甲披上了一层黑色的外衣,油光闪闪。看着她涂得开心的模样,我似乎被感染,一时倒来了兴致,非但没有指责她,还饶有兴致地看着她继续作画。完成"杰作"的她,见我并没有制止,便更加肆无忌惮,又在我的手上画起了手表,一边认真地画着,一边乐呵呵地下令:"不准乱擦掉,下次我要检查!"言辞已经斩钉截铁,而眼神更加犀利逼人,我只能乖乖谨遵"圣旨",没有丝毫拒绝的余地。

多么调皮的孩子啊!同时,她又是多么可爱啊!让孩子们调皮吧!孩子们的调皮是一种天性的自然流露,是一种可爱的自然呈现!孩子们是天生的艺术家,他们随时都在创作。

嘘!这时,我们千万要静下心来,耐着性子来欣赏孩子们吧,来感受孩子们的创作吧!一切美好总在我们静心的欣赏中幻化得越发美妙……

　　静静地欣赏着手上涂画的"大作",孩子们可爱的笑脸顿时浮现在手上。我情不自禁地露出了会心的微笑……

惊　讶

"军君老师，我写完作文了！"一个三年级的女孩子欢呼着。

"那么兴奋啊，表现挺好的。马上就要下课了，你把剩下的那篇满分作文默读一下，把里面心理描写的句子画出来。"

她嚅了嚅嘴，随即低头看了起来。忽然她在发的资料上画了起来，嘴角流露着调皮的笑容……

下课铃声刚响，一个"惊雷"就响彻教室："军君老师，你看！我给你这上面的每篇作文都打分了！"她举起发的资料，在我面前耀武扬威。

"我看看。"我拿过资料一看，只见第一页上龙飞凤舞地写着我的名字，第一篇作文题目旁边闪耀着红色的"0"。

我还没有来得及惊讶，她又发布"命令"："赶紧看后面的。"

我乖乖地一翻，一个个醒目的红色"0"像一张张调皮的笑脸绽放着别样的可爱，每一张"笑脸"旁边都带了一个"丫鬟"——"鸡蛋，好吃吗？"

我还没有品尝到"鸡蛋"的妙味，她已经笑得前俯后仰了。她一边呵呵笑着，一边焦急地说："军君老师，看你的这些作文都是'鸡蛋'啊。我要赶紧回去,把它们拍成照片,发到我的微博上,刷微博,让我的朋友圈里的朋友看一看你的杰作……"

吃"鸡蛋"还没让我气定神闲,发微博却已使我目瞪口呆。我禁不住又惊讶又羡慕:他们真是新时代的弄潮儿啊!

孩子的眼睛

孩子的眼睛常常让我惊讶、惊喜，充满着对生命的敬畏、感激……

我早早地来到教室，等待着几个可爱的孩子来上作文课。宽敞的教室里空荡荡的，我的内心却是满登登的：一个个孩子欢跃在我的心里，一双双眼睛跳跃在我的眼前。哦，最难忘的便是孩子的眼睛！

不一会儿，两双圆溜溜的熟悉的眼睛闪现在我的眼前，像是一束束鲜花绽放在空旷苍茫的沙漠中，让我感受到生命的奇迹，享受到生命的惊喜。这是两双会说话的眼睛，远远地凝望着我，洋溢着欢快的微笑，诉说着相逢的喜悦。"李老师好。"这四个字似乎是从这两双眼睛里偷跑出来的。"你俩来得挺早啊。"迎接着这样热情的眼睛，我的眼睛一瞬间被点燃了。

正当我沉浸在惊喜中时，另外一双陌生的眼睛忽然从天而降，撞击着我的心扉。"咦，她是谁呢？"我莫名其妙。"这是我们班的同学，我带来的。"一双圆溜溜的眼睛赶紧做着介绍。"欢迎你过来。"我的眼睛滋生感激，热情地望着她，她的眼睛带着羞赧，小心地望着同学。

"欢迎新同学！先给我们做个自我介绍吧。"面对孩们,我充满期待地看着新同学的眼睛。她显得有点拘谨,迟迟不敢站起来。孩子们兴味盎然。"千呼万唤始出来,犹抱琵琶半遮面。"新同学缓缓地走上讲台,微微地低着头,眼睛俯视着地面。新的环境、新的老师让她有点害羞呢。直视着她欲说还休的眼睛,其他孩子的眼睛里伸出一双双温馨的小手,都在提醒、鼓励着新同学怎样讲得更全面。而新同学的眼睛一直不敢与我们对视。我多么希望她能够坦然地看着我们。

根据课程需要,我和孩子们一起玩了一个"木头人"的游戏。刚开始,扮演木头人的孩子都聪明地把头深深地埋起来,眼睛自然深藏不露;这样,即使"逗笑人"使尽浑身解数,木头人还是如同老僧入定,充耳不闻——眼不见,心就静。这就给逗笑人增添了致命的难度。

第二轮,我规定孩子们不许埋头,必须眼睛直视着逗笑人。木头人的一双双眼睛光明正大地展露在大家面前,你中有我,我中有你,逗笑人的一举一动都巨细无遗地尽收眼底。夸张的动作、搞笑的卖萌、滑稽的笑话,一次一次刺激着木头人的眼睛。这样,几个孩子,几场挑战,都以木头人的忍俊不禁而完满结束。眼睛是心灵的窗户,眼睛是心情的自然流露,眼睛是最不能骗人的——孩子的眼睛更是如此!这样天真无邪、纯粹真挚的眼睛怎能不让我充满对生命的敬畏呢?

文学家、教育家丰子恺喜欢孩子,一辈子都在研究孩子,他曾经说:"孩子的眼光是直线的,不会拐弯。"孩子眼里的喜怒哀乐都是不能隐藏的,孩子们眼睛能够穿透人世间的一切。

孩子的眼睛是大自然最真实最美好的珍宝。它赐给了我生命的启迪，它开悟着我人生的意义。我全身心地热爱它！让我们多去看看孩子的眼睛吧！让我们努力地保持一双孩子的眼睛，好奇而纯真地看着这个五彩斑斓的世界——拥有孩子的眼睛的大人们啊，你们将是无比幸福的！

向专家致敬

"军君老师,我刚又用了一个成语!"一个正在写作文的二年级小男孩忽然兴奋地对我说。

"好样的!会用成语啊!"我立即称赞他。

"小心翼翼的'翼'字怎么写呢?"他紧接着问。

我随即在白板上写了这个字。

"军君老师,我早就知道这个字!"一个二年级的胖乎乎的小男孩马上骄傲地喊道,"它就是翼龙的'翼'!"

"这么厉害啊!翼龙你都知道啊!"我不禁赞叹。

"我最近在研究恐龙呢!看了很多关于恐龙的书!"胖乎乎的小男孩满脸流露着神气。

"还研究呢,恐龙专家啊!"我为他竖起了大拇指。

"我最近在看关于人类的书籍。"刚才那个说用了一个成语的小男孩不甘示弱,一本正经地说,"我在研究人类呢!"

"哇!你真了不起!人类专家啊!"在我的赞扬声中,他甚是得意。

"我……我最近没看什么……我在做电子发明,研究发明一些电子玩具。"另外一个沉默的小男孩终于忍不住,慢悠悠地说了起来。

"哇!你是电子发明专家啊!"

小男孩真诚地点了点头:"嗯。"

"各位专家,你们真是太厉害了!我真是佩服!"我禁不住拱手向这几个二年级的孩子致敬!

孩子们的小脸蛋儿上绽放出奇妙而梦幻的神采……

小孩子，大梦想

"军君老师，你知道宇宙是怎么形成的吗？"一个二年级的胖胖的男孩子一走进作文教室，就盛气凌人地考问我。

这么强盛的气势！这么宏大的问题！面对宇宙，我自然只能充满敬畏，不敢随意开口回答，只有请教的份儿。我诚恳地反问："你说呢？"

他不假思索地答道："人类想要一个宇宙，于是，就有了宇宙。"

乍一听，我一惊，似曾相识。

这个小孩子的想象力真奇特。这样的询问岂是我能够回答出来的？教育家陶行知说："小孩子是再大无比的一个发明家。生下地一团漆黑，过不了几年，如果没有受过母亲、先生和老妈子的愚惑，便把一个世界看得水晶样的透明。他能把你问倒。这有什么羞耻？倘使你能完全回答小孩子的问题，便取得一百个博士的头衔也不为多。"想到这里，我顿时释然，又禁不住对他拱手佩服。

"李老师，你知道我的梦想吗？"看到我满脸流露出佩服的神情，他的气势陡然猛增；虽然我站立着低头看他，但此时眼睛里对他已是仰视。

"登上太空，探索宇宙！"面对我沉默的"仰视"，他已经急不可耐地想要继续展现自己，语气铿锵，斩钉截铁。

他的话音刚落，我的精神为之一振。这么高大上的梦想我是连想都不敢想的。伟大的梦想鼓舞着他，他的脸上洋溢着光彩，他的浑身散发着魅力，让我不容小觑。于是，我对这个小孩子更加充满了敬慕之情。

"我的梦想是当一名伟大的企业家！"

"我的梦想是当一名伟大的科学家！"

…………

听到这个小孩子在谈论梦想，其他孩子也争先恐后地宣告着自己的梦想。

我的目光热情地抚摸过一个个孩子，随即栖落到一个腼腆的小男孩身上："你的梦想呢？"他略带羞涩，但郑重而谨慎地说："我的梦想是当一名伟大的作家！"多么了不起的梦想啊！

一个个伟大的梦想从小孩子们的嘴里说出来，显得那么神圣而庄严。我没有丝毫嘲笑的心思，只听得既振奋又惊喜，身心沐浴在一种灿烂的光辉里。对这些小孩子的大梦想，我逐一地表示赞赏、敬佩！

然而，对孩子们赞赏的同时，我忽然感到自身的渺小。我的梦想呢？记得小时候，我的梦想只有一个，那就是写下一些真情实意的文字，留给这个广阔无垠的世界。仅此而已。这也算是一个大梦想。

我不禁又扪心自问：这么多年过去了，长大的我还依然保持着我小时候的大梦想吗？我还依然坚持实现我的大梦想吗？我是否能够终其一生为了实现我的大梦想而奋斗不息呢？

"小孩子，大梦想"，这是多么难能可贵的启示啊！孩子们越小，梦想往往越大；孩子们敢于拥有伟大的梦想。随着年龄的增长，我们的大梦想似乎在悄悄地变得越来越小。长大的我们中大多数人在烦琐冗杂的生活中渐渐淡忘了小时候的大梦想，也不敢再拥有伟大的梦想。

没有梦想的人生是否充满趣味呢？没有梦想的人生是否值得用心度过呢？既然我们小时候拥有大梦想，那么成年的我们就能够重拾我们的大梦想，记住我们的大梦想，并且始终坚持不懈地为自己的大梦想而奋斗不息！

富有创意的孩子

1

"军君老师,今天只有我们两个上课啊。"我正在教室等四个三年级的孩子来上作文课,忽然,其中两个女孩子气势汹汹地走进来,一看到我,就像煞有介事地对我说。

"她们两个呢?"我自然好奇。

"她们有事请假了。"两个孩子异口同声地解释。

"我怎么不知道呢?"看着她俩那小眼珠子滴溜溜地乱转,似笑非笑的样子,我觉得她们故意在调皮捣蛋,"她俩去哪里玩了?"

"她们两个去结婚了。"一个女孩子突然调皮地笑起来。

"对,是去结婚了。"另一个女孩子随声附和。

"你们是好朋友,你俩怎么没去参加她俩的婚礼呢?"我也故意逗她俩玩。

她俩马上向外跑去,同时喊着:"军君老师,赶紧过来。"拐过弯,一间教室里,两个小调皮鬼躲在里面。我刚一走进去,她俩就忽然冒出来吓我一跳。"你俩怎么在这里举办婚礼呢?"四个孩子都哈哈大笑起来。

这是她们四个女孩子合演的一出戏剧,简单有趣,富有创意。

2

给孩子们播放"憨豆先生"的一个剪辑视频。孩子们围在电脑前,目不转睛地看着,认真而专注。我被孩子们的表情深深吸引。每当看到憨豆的一个搞笑细节,孩子们都展开联想解说着下面将要发生的事,天马行空、奇思妙想、妙趣横生……

"接下来,根据视频里的片段,我们进行一个游戏——'我是小演员',把里面的片段表演出来。""耶!"我刚一说完,孩子们就欢呼雀跃起来。

四个孩子分为两队进行表演。两个女孩子率先登场。在我这个"总导演"一声"action(开始)"的号令下,她俩迅速进入角色,根据设定的剧情,别出心裁地进行着创新表演。她俩在人物的特定性格上,运用夸张的表情、丰富的联想,对剧情重新进行别开生面的演绎……

"表演结束。我们来评判一下她们两个表演得怎么样。"我一边看着孩子们,一边说。两个孩子刚刚表演结束,然而意犹未尽,还在乐此不疲、浑然忘我地继续进行着创新的表演,一副陶醉的样子。

"你们两个快醒醒吧,表演结束了。"另外一个女孩子提醒着她俩。她俩依然乐呵呵地沉浸在表演中,给我们带来趣味盎然的故事。

3

刚刚写完作文,一个女孩子忽然斜眼瞪着我,眼睛里进射着调皮、倔强、高傲的光彩，同时小嘴巴微微上翘，样子非常可爱。

趁我不注意，她迅速抓住我的手，在我的右手中指上用圆珠笔画上一个戒指，突然大喊："看，军君老师结婚了，戴金戒指呢！"其他孩子都笑呵呵，一起蜂拥而至，抓住我的左右手，在我的手上、胳膊上乱涂乱画。一会儿，我就成了富翁，我左手手腕戴着金表，右手手腕戴着金手镯，两只胳膊上都"藏龙卧虎"。"好了，你们看把我画得多吓人，别再乱涂了。"孩子们都回到自己的座位上。这时，那个"斜眼"女孩子轻声对我说："军君老师，你去把胳膊洗一下吧。"

"不急，过会儿再去洗。"我若无其事的样子。"一会儿洗不掉了！现在赶紧去洗！"她有点生气地看着我，又摆出刚才那个"斜眼"的表情，我只好听话地乖乖去洗。

交完作文本，下课了，孩子们准备回家。几个女孩子又一次冲过来在我的胳膊上乱涂起来……我只好任凭这些"小画家"在我的胳膊上二次创作了……

孩子们是富有创造力的。他们思维活跃，想象力丰富。最重要的是他们拥有一颗成人所无法比拟的童心——童心是一切艺术的源泉！

好心做错事

好心总希望得到好报，但好心总能得到好报吗？好心总希望做好事，但好心总能做对好事吗？好心做错事，在生活中这样的例子数不胜数。

这天上午，我给几个孩子上作文课。一个游戏玩过两轮，小小的黑板几乎已经画满了圆圈和孩子们天马行空的涂鸦，它们一目了然地展示着每个孩子在每轮比赛中的精彩表现，是孩子们智慧的结晶和成就的证明。

终于，最后一个男孩子该玩第二轮了。他立即兴奋地跑到黑板前面，准备大展身手。我赶紧在黑板的一个空白处画上一个圆圈，让他迎接挑战。"现在，我们一起来观看他的精彩表现吧！"我转身面对孩子们，大声宣布着。当我说完这句话再一次转身面向黑板时，我顿时惊讶不已——顷刻间，黑板摇身一变，已经还原成本来纯净的"黑模样"，刚才那些蕴含着孩子们智慧和成就的搞笑"杰作"竟然完全隐身不见了。静静地看着眼前的这个男孩子，我的眉头不由得打成一个结："你全部擦掉了？""嗯。"他满脸洋溢着喜悦，似乎等待着我对他的不怕脏累、手疾眼快、积极主动擦黑板的行为进行表扬。顿时，我只好无奈地失声笑了笑："那些不需要擦掉的，我们还没结束呢，一会儿还要总体评价呢。"

他的脸唰地红了，尴尬得不说话了。

我并没有责怪他。然而，他确实做错了，虽然出自一片好心——原本，他的行为是应该得到表扬的！现在，他的好心带来的更多的是遗憾。这样的遗憾难免会让我们耿耿于怀。有时，好心做错事的后果是非常严重的。

义务教育课程标准实验教科书的四年级语文下册里的一篇课文给我留下了深刻的印象。它是第九课《自然之道》。这篇文章讲的是"我们"来到一个海岛上，想实地观察一下幼龟是怎样离巢进入大海的。一天黄昏，一只幼龟离巢出来，正好被一只嘲鸫发现，嘲鸫随即俯冲下来要叼幼龟。这时，向导善心大发，"不能见死不救"，毫不犹豫地抱起幼龟护送它到大海。实际上这只幼龟是侦察龟，其余待在龟巢的幼龟由于没有看到侦察龟返回，以为外面很安全，就成群结队地从巢口鱼贯而出。结果这样的做法很快招引来许多食肉鸟，它们全部俯冲下来，成群的幼龟顷刻间就成了嘲鸫、海鸥、鲣鸟的口中之食。

这是多么令人悲伤啊！人们自以为是的一片好心，似乎充满着爱心和责任感，然而，实际上，这种只按照个人意愿或生活逻辑一厢情愿地去做的主观行为，往往与愿望相背，导致难以挽回的错误以及伤害。帮蝶破茧、揠苗助长，固然出自好心，但结果弄巧成拙、事与愿违。

凡事还是要三思而行。当我们做出某种行为时——包括善意的举措，我们是否可以先静下心来思考一下，这样做的结果会是怎样的呢？我们到底在为谁负责？更加真实的情况又会是什么呢？我们不要只顾自己，要多从大局来考虑问题。只有三思，才会让我们的行为更加合理，才会让我们的好心做出好事！

脆弱的心

两张男孩子的脸突如其来地浮现在我的脑海里，不时地折磨着我的心。这是两张哭泣的脸。潮红的眼圈，纯真的眼睛，让我的心久久不能平静。

"谁第一个来挑战？"作文课上，我向所有孩子解释清楚一项游戏规则后，便朗声询问着他们。孩子们都跃跃欲试。没有亲身经历过的事情，对孩子们来说都具有莫大的诱惑。这时，一个胖胖的男孩子按捺不住内心的激动，兴奋地第一个跑上来，尝试挑战。但当他鼓足了劲，用尽了力，仍然挑战失败时，他的兴奋里随即掺杂了一丝失落。兴奋来得突然，失落变得敏感。

这并不是一项仅凭力气就能挑战成功的游戏，它需要的是智慧。孩子们顿时都陷入了思索中。他的眼睛里依然洋溢着兴奋。正当他似乎要说出自己的想法时，一个戴眼镜的男孩子踊跃地举起了手："我来！"戴眼镜的男孩子快速地跑到挑战的地方，迅速地摆弄着道具，轻而易举地就完成了挑战。孩子们都欢呼起来。欢呼声刺激着他，他的脸上掠过一抹红晕，顷刻间变得沉默。

"刚才那个戴眼镜的男孩子做得很好。方法很多，谁还有更好的？"我再一次提问。孩子们都紧张地思索着方法，胖胖的男孩却显得焦躁不安。他突然把嘴巴贴近同桌的耳朵，嘀嘀咕咕地说着什么。他的同桌马上兴奋地跑上来挑战，结果又是一次失败。"失败是很正常的，我们继续想。"我安慰着他和孩子们。他敏感的心似乎受到了打击。

过了一小会儿，几个孩子争先恐后地举起了手，都想一展身手。我安排着他们一个一个地进行着挑战。他们的每一次成功挑战都迎来大家的高声喝彩。而当我的目光再次落到胖男孩的身上时，他却用茫然无助的目光凝视着我。我的心中不禁一凛，一种想要呵护他的想法滋生出来。我充满期待地望着他："你再来尝试一下，你还有什么更好的方法呢？""我不去。"他像是一只受惊的蜗牛，防御着外敌的入侵，驻守着自己的地盘。我热情地鼓励着他："大胆地想，勇敢地表现。"他还是不说一句话，头摇得像拨浪鼓一样，同时他的眼圈变得潮红，纯真的眼睛里泛起了泪花。他竟然哭了。

他是一个敏感的孩子，而敏感让他变得脆弱。他是一个优秀的孩子，平时的作文写得很好，经常受到我的表扬、同学的羡慕。此时，优越感遭受着挫败，他的自尊心受到了伤害。他的脆弱深深地刺痛着我的心。脆弱的心啊，你什么时候才能学会坚强？

课间休息时，胖男孩和三个男孩子在教室外欢快地玩耍。等我走到他们身边时，他却露出一副委屈的样子。我急忙询问怎么回事，其他两个男孩子连忙告状另外一个瘦瘦的男孩子玩的时候打到他身上了。这些调皮鬼啊，总爱玩闹惹事。

那个瘦瘦的男孩子来上作文课前手里拿着一把玩具手

枪，我特意强调他收起来，不要乱玩。现在他又拿出来玩，还打到别人身上。这激起了我的愤怒。我质问他为什么乱打别人，他赶紧反驳："我没有打他！""他们两个都说是你打的。"我进一步证实。"李老师，他打我们两个时不小心打到别人身上了。"另外两个男孩子赶紧补充着。孩子们天性都是贪玩的，打打闹闹是正常的现象。"以后不要带与课程无关的东西过来，玩耍时注意安全。"我警告着他们。瘦男孩却觉得委屈，只因为他是在玩闹时不小心打到了别人，这无心的过失让他感到蒙受了冤屈。刹那间，他的眼圈变得潮红，眼泪似乎要从他纯真的眼睛里流出来。另外两个男孩子嘲笑着他："被打的人没哭，打人的人反倒哭了。我还是第一次见。"

我发现，瘦男孩也是一个敏感的孩子，而敏感让他变得脆弱。他也是一个优秀的孩子，平时的作文写得很好，经常受到我的表扬、同学的羡慕。此时，过失侵袭着他的心，他的自尊心受到了伤害。他的脆弱又深深地刺痛着我的心。脆弱的心啊，你什么时候才能学会坚强？

我懂得他们与生俱来的敏感。因为敏感，外界刺激着他们，内心折磨着他们。他们在脆弱的心中警惕而畏缩地活着。我能够了解他们，我想要呵护他们。我希望他们学会承受、学会坚强，如同种子冲破泥土，如同阳光刺破乌云。

不少优秀的人往往因为敏感和脆弱而让自己受到无处不在、无法承受的伤害。他们的内心深处常常笼罩着一个连他们自己也无法控制的保护层，小心翼翼地保护着他们那敏感而脆弱的心。即使长大成人，他们依然葆有孩子般的脆弱，生活中一丝轻微的擦伤对他们来说都可能是致命的打击。躲进脆弱的心里,他们活得自足而精彩。坚强是心灵的翅膀,可以让他们在这个人世间飞翔得更加自由、更加恒久、更加美好……

可爱的"红孩儿"

她的一只小手又一次高高地举起,一双热情活跃的眼睛静静地凝视着我。我的目光充满期待地从所有孩子的眼睛上一个一个掠过,又栖落在她的眼睛上。"真积极!你再回答。"我的话音刚落,她立即轻声细语地说出自己的想法。

"哪位同学还想回答?自由说出自己的想法。你看别人多积极、说得多好呢。"我鼓励着孩子们。几只小手顷刻间争先恐后地举了起来。男孩子们更是欢呼雀跃。她的同桌似乎也被她的热情所感染,也笑呵呵地举起了手。我赶紧让他们一个一个表达自己想要说的。听完他们几个的想法,我随即继续兴奋地引导着孩子们:"激活我们的大脑,以各种各样的事情来说,还有许许多多可以说的例子。"片刻的沉默后,她和她的同桌一起举起了小手。她俩默契地一唱一和,像是相互比赛,越说越开心,满脸洋溢着兴奋的笑容。

这是两个聪慧好学的四年级的小女孩,平时都显得文静乖巧。这次积极的发言让她俩出尽了风头,赢得了表扬。她俩上一次的作文都写得格外优秀,我不由得更加关注她俩。一件粉红色的外套闪闪地装饰在她的身上,一朵玫瑰色的蝴蝶轻轻地停落在一根马尾辫上。而她的同桌呢,一对调皮的羊角辫乖巧地矗立在脑袋的两侧,一件朱红色的外套安静地陪衬着一张纯真的笑脸。她俩真是一对可爱的"红孩儿"!

"咦,你们手里怎么拿着饼干呢?谁给你们的?"课间休息一小会儿,我刚准备走出教室,她俩就迎面走来。一人手里拿着一块饼干,正吃得津津有味。"不告诉你——我们变来的。"她俩异口同声地笑呵呵地回答,一副神秘的样子。她俩真是心有灵犀啊。"再变一个,有没有给我吃的?"我好奇地追问。"没有!呵呵呵……"好像是担心我抢走饼干,她俩赶紧欢快地跑开了,只留下一串银铃般清脆的笑声,经久不息地回荡在整个教室里。

她俩端正地坐在一张桌子前,开始认真地写着作文,一言不发,又恢复到文静乖巧的模样。我正环视着教室里所有写作文的孩子,忽然,一阵窸窸窣窣的声音在我的耳畔低回。循声望去,她俩竟然在说话——别急,只是悄悄话。我像是一个偷听者,做贼心虚一般走到她俩身边。"粉红色"正悄声地问着"朱红色"一个字怎么写,"朱红色"立即会意地在我发的作文资料上轻松地写出这个字。哦,原来这就是她俩的悄悄话呀。我"窃取情报"以后暗自窃喜,不动声色地从她俩身旁悄悄走过。

她俩紧握着笔,专心致志地写着,不时侧着头、嘟着嘴,不经意间流露出最纯真可爱的自然模样。我静静地站立在讲台前,仔细地欣赏着这些可爱的孩子,我的心里溢满着一种大喜悦!这是多么令人感动的可爱啊!

她俩写得真是认真,按时把作文本交给了我。"李老师,你为什么总是笑着看我们呢?"刚一下课,"朱红色"就突袭了我。"你猜……"我也学着她俩一样保持着神秘。"你是不是在写我俩啊?""朱红色"睁着一双火眼金睛盯着我。啊,真是厉害,我的"阴谋诡计"竟然被看穿了!"朱红色"敏感地洞察到我的尴尬,满脸绽放着清爽的微笑,立即伸出一只手附在"粉红色"的耳朵旁,轻声细语地嘀咕着什么。她俩一起神秘而甜蜜地笑了……

啊,那醉人的微笑啊!那可爱的生命啊!我的眼前依然浮现着那纯真的大眼睛、那一脸无邪的天真烂漫、那两抹可爱的"红"……

"最好的"和"唯一的"

"按照我刚才讲的,大家现在开始认真写作文。"我刚对孩子们说完这句话,一个四年级的男孩子立即转过头,急不可耐地对我说:"军君老师,我能不能按照自己的想法来写开头呢?"

"当然可以。我刚才说的开头只是一个参考,你完全可以以自己喜欢的独特方式来开头。"我对他的想法表示着肯定。

他马上变得兴奋起来:"我不想和其他人写的一样,我想写出自己独有的!我不做最好的——最好的以后也会有人超过,我只做唯一的,这样就没有谁能够超过我了!"

他的话说得真是太精彩了!我越听越兴奋。他能够有这样的认识,这是他的自信,这是他的优秀。我在心里暗暗为他击节赞赏。一个多么优秀的男孩子!他说完这一番"至理名言",就埋头认真写起自己的作文。他的作文平时写得相当优秀,他有一种追求卓尔不群的性格,这是值得肯定的。

他的这一番话是我所欣赏的,也是我希望孩子们能够这样去做的。不必强求做最好的,只做唯一的!这是每一个人立身处世所需要的。这里面蕴含着世事洞明以后的通达和明智的抉择。

在这个世界上,我们都追求着优秀,都想做得最好,我们不断努力,朝着最好的目标奋斗。我们千辛万苦、费尽心思,有朝一日终于成为最好的。在我们心安理得地享受着"最好的"时,一不留神"最好的"已经花落别家了。强中更有强中手,高手林立的时代,到处都虎视眈眈,"最好的"成为人人争夺的香饽饽。可是,江山代有才人出,各领风骚数百年。这是千古不易的道理。成为最好,谈何容易!守住最好,难于登天!

既然如此,难道我们就不需要追求"最好的"了吗?难道我们就不需要追求卓越了吗?不,我们依然要行走在通向"最好的"的道路上,只是"最好的"并不能作为我们奋斗的终极目标。

而那"唯一的"却成为我们在追求"最好的"道路上的一个最好的安慰。做最好的,我们就时时有被超越的忧虑;而做唯一的,我们就能享受着最独特的自己。只做唯一的,真好!

然而,并不是每一个人都能够成为唯一的。做唯一的是要有实力支撑的。我们想成为唯一的,需要叩问自己的内心:什么才是我们想要成为的唯一?我们能够成为什么样的唯一?这往往是最难确定的问题。选择好我们自己想成为的,并且持之以恒地去做,我们终将可以成为我们心中的那个唯一的。

法国思想家卢梭说:"大自然塑造了我,然后把模子打碎了。"我们生而与众不同,却在现实生活中被打造成了同样的模样。每一个人都是独一无二的;只做唯一的,是让我们只做那个唯一的独特的自己!成为你自己吧,这应该是我们每一个人的终极追求。

从众与独立

下午的作文课上的一种现象引起了我的极大兴趣，从而引发了我深深的忧虑。

"现在我要给表现好的孩子奖励两颗糖。"我刚说完这句话，孩子们就欢呼雀跃起来："我要！"与此同时，一个男孩子的不和谐声音却突兀地响起，他噘着嘴嘟囔："军君老师，我不要！"他倒是反应挺快的——因为刚才他在课堂上没有认真听讲，我批评了他，他似乎觉得自己不属于"表现好"的范围，赶紧为自己找一个台阶下。我没有理会他——让他慢慢反思吧，继续给其他孩子奖励着糖——每奖励一个孩子，我都会说出这个孩子哪里表现好。看着每一个孩子都获得了奖励，他静静地坐在座位上，脸上写满了失望与冷落。"我们的刘同学一直坚持写作文，表现得很好，我要特意奖励给他两颗糖。"我不动声色地对所有孩子说。一听到我打算给他奖励，他立即咧开嘴笑了，脸上的乌云一扫而光，赶紧站起来接过两颗糖，快乐与满足已经让他忘记了刚才的"不要"。

每一个孩子都在"要"，无论表面如何拒绝，他的内心自然也想和大家一样去"要"，对于糖的渴望，是所有孩子的自然愿望。出于心理需求，他必须从众。

"听了老师的讲解，会写今天的作文的孩子请举手。"大多数孩子听到我的提问以后齐刷刷地举起了手，而几个男孩子在片刻的发呆、左顾右盼以后也如法炮制地举起了手。看着那一只只高举着的小手，我自然是欣喜的。但我的心里还是充满了疑虑。我的目光落到几个不认真听讲、作文基础差一些的孩子身上，再一次询问："真的都会写了？没有一点问题吗？有问题的话赶紧提出来，老师帮你解决，一会儿写的时候就不准说话了，拿起笔飞快地写。"听完我的提醒，个别孩子的目光开始游移，似乎想提问，但当大家都异口同声地回答"都会写了，没有问题"时，竟然变得一片沉默。

在大多数孩子都不存在问题时，个别孩子即使存在问题，也不会自揭伤疤、献丑于众，所有问题将被深埋。出于自尊作怪，他们必须从众。

"军君老师，你的快递。"一个四年级的男孩子一写完作文，就一边高高地举起作文本交给我，一边笑呵呵地打着比喻。作文本在他口中成了快递，这是多么新颖别致的说法啊！这个说法立即赢得所有孩子的一致认可。"军君老师，快递，请签收。""快递，记得给个好评啊。"其他孩子都模仿着这种说法，一时作文教室里"快递"满天飞。

受其他孩子的影响，所有孩子都自觉地改变着作文本的称呼；一个时尚名词顷刻间就会因随大流而受追捧得以流行起来。出于趋同心理，他们必须从众。

孩子们在作文课上的这种从众现象显得纯真可爱，给我带来很多趣味。但是，这种现象的背后所蕴藏的深层原因不由得引发我的诸多忧思。对孩子们来说，这样的从众行为意味着趣味，那么对成年人来说，它又意味着什么呢？

不仅是孩子们，成年人更喜欢从众。从众可以说得上是一种普遍的行为，是人类的一种生存习性。人类与生俱来携带着孤独，从众便是一种温馨的救赎。为了让我们能够摆脱孤独，我们心甘情愿地拥抱从众。然而，在从众的同时，我们渐渐迷失了自己——这是多么让我痛心啊。正因为孤独，人类与生俱来就是独特的。于是，我想到了独立，我渴望着独立！

天生我材必有用，每一个人都拥有着一个有天赋的头脑，用自己的头脑来独立地思考，这是作为人所独享的权利。

法国作家罗曼·罗兰说："每一个人都有他隐藏的精华，和任何别人的精华不同，它使人具有自己的气味。"这样的话听起来多么大快人心啊！我痴迷于这种自己的气味！许多人往往在人世的沉浮中保留了自己的气味——这是多么难能可贵啊！他们把独立看作生命的第一要务。追古溯今，这样保持独立的人不乏其人。他们苏世独立，横而不流。他们的独立注定着他们的孤独。但他们因为这样的独立而流芳百世！

作为人类中的一员，从众是不可避免的，但我始终对从众保持着高度的警惕，始终对独立保持着狂热的痴迷！失去了独立，也就失去了自己；拥有了独立，也就拥有了世界。

律己与待人

　　作文课上,一个小男孩的言行举止激起了我的恼怒,引起了我对律己与待人的思索。

　　"军君老师,流逝的'逝'字怎么写?"一个正在写作文的文静女孩子轻声细语地询问着我。我正要给她说,一个声音突兀地响起:"连这个字都不会写!哈哈!"此刻,他的声音在我听来显得格外刺耳。他那一副盛气凌人的模样浮现在我眼前,我顿时有点忍无可忍了。"你怎么又在说话?"我立即转头直视着他,警告他不要乱讲话。

　　他是一个爱随意乱讲话的男孩子,总管不住自己的嘴,不能严格管束好自己。不能律己的他,对待别人总是充满苛刻。

　　刚来到作文教室时,他一见到一个穿蓝外套的乖巧女孩子,就立即叫她的外号。这个外号是他给这个女孩子起的。之前的作文课上,他动不动就随口叫她这个外号,惹得她委屈难过,因此一度眼泪汪汪。我因此教育过他不要乱给别人起外号,不要欺负这个女孩子。但他屡教不改,总是嘴上耍贫。这次他又嘲笑她,她的脸唰地一下子涨红了。我自然生气了,郑重叮嘱他不许乱叫,否则重罚。

　　在上作文课的过程中,他一会儿碰一下旁边的同学,一会儿嘲笑别人的回答,一会儿忸怩作态卖萌耍酷……他的言行举止不断地刺激着周围的同学,终于,引起众怒,孩子们都对他抱有怨言。他成为众矢之的,被大家孤立起来。

看着他被孤立的处境,我虽然有点恼怒,但也不由得担忧起他,便提醒着他:"你还记得你们在课本'日积月累'上背过的一句名言——'爱人者,人恒爱之;敬人者,人恒敬之'吗?你是怎么对待别人的,别人也会怎么对待你;你待别人好,别人也会待你好。自重者,人恒重之!"他似乎意识到自己的尴尬处境,一时显得茫然无助,听到我的话就像是抓住了一根救命稻草,随即听取了我的话,开始律己。

"终于写完了!"刚写完作文的他在短暂的律己以后故态复萌,兴奋地叽叽喳喳。我赶紧凝视着他、提醒着他:"写完把发的资料里的作文看一看。"他吐了吐舌头,一边漫不经心地看作文,一边嘀嘀咕咕地自言自语:"李老师,你已经管不了我了!"刚一下课,他就乐呵呵地炫耀着。他的诸多情态让其他孩子都感到无语。

他不能够律己,总挑别人的问题,自然成为被孤立的孩子。记得当他说别人的坏话时,我曾经问他:"你怎么不这样说自己呢?"他立即反唇相讥:"我傻啊?我怎么可能那样说自己呢!"这是他的聪明之处,但这也正道出了他被孤立的原因:他不能待人如待己。而待人如待己是多么重要啊!

待人,重在与人为善。孟子说:"君子莫大乎与人为善。"以善意的态度对待别人,才能得到别人的善意。待人,重在谦和宽厚。孔子说:"宽则得众。"得道者多助,失道者寡助。待人,重在严于律己。严以律己,宽以待人,才能赢得别人的尊重和爱戴。不能律己,如何待人?

随着我们的成长,律己与待人的关系逐渐变得更为微妙、最难处理,这是一门最难参透的学问,值得我们终身探究。

自信的力量

　　享受过由于自信而获得成功的人，一定会深深地感受到自信的力量。他们一旦感受到这种神奇的力量，就会对它情有独钟、痴迷难忘。从一个小男孩的身上，我又一次感受到了这种自信的力量。

　　"现在我们抓紧时间开始写作文。"伴随着我的一声令下，一个三年级的胖胖的小男孩立即兴奋地喊道："李老师，这篇作文我会写好的！我会写得比唱得还好！"他在向我展示着自己的写作态度，同时，他也在向自己表明他的写作决心。从他的语气中，自信喷薄欲出！他是一个自信的孩子——至少是在写作文上很自信。在长期坚持写作文的过程中，他收获着一次又一次的进步以及荣耀，他的自信与日俱增。啊，自信燃烧着他浑身的血液，他变得无比热烈！

　　热烈搅动着他的情感潮水，他似乎在回忆里打捞感动，沉浸在一种温馨的甜蜜中。突然，他被一缕感动闪电般击中，情不自禁地宣告："我要写得非常好！让我妈妈感动得流泪……"啊，自信犹如一股神奇的力量，拨云见日，灵感忽至，普照脑际！

　　他赶紧抓起笔，目不转睛地凝视着作文本，任凭一个个句子像流水一样从他的笔端汩汩涌出。他小心翼翼地低着头,屏息敛气,似乎担心惊扰了一个个美好的小精灵。他是那么专心致志、心无旁骛,只是一味地埋头书写。啊,自信亲密地呵护着他,凝聚着无与伦比的专注!

"军君老师,我能写400字!"一个三年级的小女孩一直静悄悄地写着作文,快写到结尾部分时,她按捺不住地说——说得自信而爽朗。"你真棒!你是高手!"我向她投去赞赏的目光,表扬着她。"她是中手!我才是高手!400字太少了!我将来会是大作家,我要写得更多一些——写六七百字!"似乎想要垄断荣耀,不许别人分享,他忙不迭地抢过话头,兴奋不已地说——说得自信而认真。我懂得他不是在骄傲地说大话,他只是在真实地表达着自己。面对自信满满的他,我顿时充满了生命的大感动,我的眼前似乎起了一股奔腾的龙卷风!怀揣着一颗沸腾的心,他继续投入"更多一些"的写作中,忘记了手指的辛酸,攀登着巍峨的高山。啊,自信让他变得更加勤奋!

已经下课了,其他孩子按照规定写完了作文,一个个满足地离开。他依然独自在写着作文,他忘记了周围的一切,他沉醉在自己的世界!啊,在自信的驱使下,他坚持不懈地勇往前行!

"哈哈!我写了这么多了!还没有写完呢,感觉写得非常好!"我耐心地陪伴着他,聆听着他的豪言壮语,分享着他的欣喜荣誉。他情绪高涨,自视甚高。他是完全有资格拥有这样的自信的,他的作文在三年级甚至四年级的学生中写得最好!自信像是一道神奇的光,笼罩着他的全身。啊!自信终将会让他迎来一次又一次通向心灵幸福的成功!

这种自信的力量,是多么难能可贵,是多么神奇梦幻,是多么辉煌绚丽！它让一个小男孩沐浴在一片心灵纯洁而美妙的光辉里，享受着伟大的生命创造的奇迹。

那些优秀的创造者啊，对于自己所从事的创造从来都怀有高度的自信！他们总是认为自己的创造是超越一切的，是无人替代的！他们并不自吹自擂，他们只是高瞻远瞩。他们不拒绝、不骄傲，他们耐住寂寞、甘于淡泊。享受着自信的力量，他们源源不断地迸发出昂扬的生命力、奋发的意志力！

他们中的一些人可能是不幸的，他们的创造不被同时代的人所理解，但自信会让他们忍受一切的误解！他们自信他们的创造不同流俗、超越时代！他们自信隔着时间空间的遥远河岸一定会有知音和他们莫逆交心！他们自信他们的创造一定会流芳百世、惠泽万代！

通常与特殊

"咦，奇怪，这排怎么只摆放一张桌子呢？前面空那么多地方干什么呢？"一个四年级的男孩子一来到作文教室，刚放下书包，就敏锐地觉察到教室里桌椅的位置变化；他的脸上弥漫着疑惑，随即流露出窃喜："李老师，是不是一会儿上作文课时要在空的地方做什么活动？"

他被这个新奇的发现鼓舞着，期待我的肯定答复。他这样想是理所当然的，因为通常情况下教室里的变动都是我做的手脚；为了上课，我常常给孩子们制造一些特殊的惊喜。每当我们上活动课时，我通常会把教室的前面腾出位置，方便活动的展开。以此推测，这次教室里显著的变化肯定暗藏玄机。尽管我不想扫他的兴，但我依然平静地说："你想多了，这次没有活动。"那教室里怎么忽然发生变化了呢？只是因为刚才隔壁教室里的一位老师由于今晚多了几个学生才临时搬走了几套桌椅。

一次小小的扫兴并没有遏制他的好奇心。他的眼睛突然放光，注视着我放在桌子上的一瓶绿茶，惊喜地询问："这是上课用的道具？里面是水吗？你拿这个干什么呢？"他一边连珠炮般地提出问题，一边拿起瓶子把玩起来。这是他自然而然的反应。之前上作文课时，我曾经拿过一瓶类似的

"水"给孩子们玩了一个智力游戏；这次一看到这瓶"水"，他就条件反射般地兴奋不已，以为像通常一样又要玩了。然而，熟悉的一幕并不总是上演，通常的情况总会有特殊。想到他刚才的扫兴，我有点于心不忍，但也如实道来："不是水，你看盖子还没有打开呢，这是一瓶新买的绿茶。"我在心里暗暗发笑：这瓶绿茶是我刚来到上课的地方时一位老师送给我的。

两次都没有猜中，他显然有点失望了，但他探寻的目光依然如探照灯一般照射在教室的每个角落；他的好奇心是按捺不住的，他总认为能够揭穿我深藏不露的花样。"啊！李老师，你说今天作文课我们要学对联吗？"他像发现新大陆一样又一次惊叫着。我不禁哑然失笑。他发现了我压在作文本下面的一本关于对联故事的书。通常我都没有带过这一本书，这次突然带来，显然是别有用意的，他认为这又是我的一番花样。他揪出了这次"特殊"事件，希望我能够老实交代。但我的交代是那么苍白乏味："你啊，总大呼小叫的——真是善于发现啊。学什么对联呢？这节课跟这本书没有关系。"他的希望再次落空，他在通常与特殊之间品尝着世事难料的滋味。这也是我始料不及的。我刚来到作文教室时，恰好桌子上摆放着一本关于对联故事的书，我随手翻看了一下，就压在了作文本下面。

这个男孩子的这些细小的经历倒是充满趣味。发生在他身上的这些事情，也经常在我们每一个人身上不断地上演。我们常常置身在生活的通常与特殊的两端，无可奈何地饱尝着生活带给我们的不可思议的意外。忽然想起今晚当我正在和一个高中时的老同学微信聊天时，不料黑暗竟然莫名其妙地降临了。长时间的黑暗让我惊慌失措,停电的特殊遭遇把我一下子抛出了通常对黑暗的熟悉状态,我的身心感到极不适应。特殊总是这样突如其来,打破生命的常规,送给我们意想不到的"惊喜"。

  人生一幕幕悲欢离合的故事往往就是发生在通常与特殊之间。通常早已经让人们司空见惯而难以忍受了,人们躁动不安地渴盼特殊的不请自来、蛮横闯入。正因为如此,人生才变得耐人寻味——不可预料而别有趣味!这样的人生才是值得我们来尽情地探索并由衷地热爱的!

第一个

"我们现在一起来玩一个游戏!"课间休息时,面对孩子们,我忽然兴奋地宣布。"好啊!"孩子们异口同声地欢呼雀跃。

"谁第一个来挑战?"当讲完游戏规则以后,我充满期待地看着孩子们。孩子们顿时陷入一片沉默中。孩子们的眼睛里依然闪烁着渴望玩的热情,但一种无形的阻力紧紧地束缚着他们。"第一个"像是一座五指山一样狠狠地压在这些活泼好动的"齐天大圣"身上,他们贪玩的天性一时无法释放。

难道"第一个"就这么可怕?难道它瞬间就能够熄灭孩子们天性的活泼好动?我感到不可思议,同时也意识到问题的严重性。"谁先来?"我再次急切地询问,目光扫视着教室里的每一个孩子。男孩子们随即把脑袋摇成了一个个拨浪鼓;一个四年级的男孩子摆出一副懒洋洋的模样,似乎玩与不玩都无所谓地说道:"我不想玩。"女孩子们立即趴在课桌上,纯真的脸蛋儿上泛起羞涩的红晕,流露出一种娇柔的脆弱。

看来"第一个"的确是拥有震慑人心的威力!没有孩子愿意做"第一个"。这不仅仅是在玩游戏上,在其他事情上，我也常常遇到这样的尴尬。面对一件事情，响应者往往云集，但第一个挺身而出、铤而走险的人寥若晨星、无可寻觅。

这类现象应该是习以为常的。在长期的处世生存中，人们渐渐懂得了明哲保身，没有人愿意随意去做第一个"吃螃蟹者"——那简直是冒天下之大不韪啊！鲁迅的名言引人深思："第一个吃螃蟹的人是很可佩服的，不是勇士谁敢去吃它呢？"是的，只有勇士才敢做第一个啊！作为普通人的我们，谁都不愿意去蹚"第一个"的浑水啊！看来，"第一个"只能沦落成孤家寡人了。

追根溯源，我们似乎并没有提倡"第一个"的优秀传统。"枪打出头鸟！""木秀于林，风必摧之。"……这些千古流传的警世名言让人读起来感到不寒而栗。我忽然想到我们的老祖宗老子在《道德经》里流传的名言："我恒有三宝，持而保之，一曰慈，二曰俭，三曰不敢为天下先。慈故能勇，俭故能广，不敢为天下先，故能成器长。"老子说得多妙啊！"不敢为天下先"——智慧的老子以"不争、处下、柔顺"的"无为"思想警醒着世人，这是一种顺其天地自然之道的博大境界。这样的博大境界只能让尚在人间冥顽不灵、翻江倒海的我"高山仰止，景行行止"。

一句口号突然穿云裂石般在我的心头响起——"敢为天下先！"这是中国民主革命的伟大先驱孙中山先生率先喊出的口号。像是一把开天辟地的神斧，像是一轮刺破黑暗的太阳，这是一种自信者的冲天豪气，这是一种勇敢者的无畏精神，这是一种奉献者的无私情怀！开天下万物之先河，创古今人类之文化！

不管怎样，此时此刻，面对这些顷刻间沉默的孩子，我顿时滋生出一种"怒其不争"的恐慌与忧虑。"你来，第一个你先来！"凝视着那个懒洋洋的四年级的男孩子，我斩钉截铁地说。他嘿嘿一笑，稍微摆了摆头，就大摇大摆地挺身而出，接受挑战，光荣地成为第一个"吃螃蟹者"。孩子们毕竟是活泼好动的，孩子们毕竟是热爱游戏的，再沉重的"五指山"也不能镇压住他们啊！"李老师，我来！""军君老师，下面该我了！"在第一个男孩子站出来顺利地挑战成功并玩得不亦乐乎以后，其他孩子都争先恐后地加入"第一个"以后的挑战者的行列中。

看着这些活泼好动、敢于挑战的孩子，我的心里溢满了甜蜜的喜悦……

敏感的心

1

"军君老师,好安静啊。"一个六年级的女孩子忽然受到惊吓似的焦急地喊道。

刚才热情似火的讨论,顷刻间变作空谷幽林的沉默。六个孩子在我的督促下开始准备写作文。教室里立即笼罩上一层静谧的气息。

"安静好啊,我喜欢安静。"我满脸流露出陶醉的享受模样,认真地说着。

一个胖胖的男孩子随即摆出一副制造恶作剧的样子,故意哈哈笑起来:"就不让你安静。"其他孩子也凑热闹地群起响应,一起奏响了一支欢笑交响曲。一些不和谐的声音便在教室里张牙舞爪、肆无忌惮地回荡开来。

一个瘦瘦的女孩子一边爽朗地笑着,一边欢快地说:"我笑得快疯了,手都没劲儿写了。"

"你的笑点也太低了。"那个胖胖的男孩子慢悠悠地数落。

"你们真调皮。别笑了。我神经很脆弱,无福消受你们的这些交响曲。"这些声音刺激着我,我感到心烦意乱。

"我觉得没有什么好笑的。"这时,另外一个女孩子变得安静下来。

"好了,我们不笑了,认真写作文吧。"那个六年级的女孩子似乎感受到他们的"胡作非为"和我的"无辜受罪",便倡导大家安静下来。

像是一切都没有发生一样,孩子们都静悄悄地管理好自己。

孩子们都是懂事的,一时的玩心大发以后,都收心敛性,投入到写作中。教室里又重归平静。孩子们都是敏感的,一颗敏感的心让他们随时能够感受到外界的变化并做出相应的调整。

2

"你们谁先来给我们分享一下自己在这一周发生的印象深刻的一件事?"我询问着八年级的孩子们。

一个男孩子的目光随即敏锐地投向我,一丝淡淡的忧郁从他的目光中流泻出来。我充满好奇地凝视着他。

他开始平静地讲述自己的故事。"我昨天下午和一个好朋友一起打篮球,他忽然走到我面前跟我说:'我和你绝交!'我顿时一头雾水,不知道是怎么回事,于是就问他为什么。他没有多说什么,只是漫不经心地说:'开玩笑呢。'但他接下来真的不再理我了……"他的声音忽然哽咽,眼睛忽然潮红,"他真的和我绝交了……"泪水在他的眼眶里打转,似乎遏制不住地要溢出来。

一个高高的八年级的男孩子在我面前忽然哭了,这让我感到措手不及。多么纯真的孩子啊,多么敏感的孩子啊。面对纯洁的友谊崩开的一点裂痕，他禁不住难受得哽咽流泪！我的心被感染得疼痛起来。

"你不要光难过，如果他是你的好朋友，你就要认真地询问清楚他绝交的原因，到底是因为你的过错，还是他的责任。调查清楚以后，再和他说明白。你那么重视他，作为你的好朋友，他是不应该随意和你绝交的。好的友情是能经受住事情和时间的考验的……"我开导着他，希望他从这件伤心事中摆脱出来。

他目不转睛地看着我，仔细地聆听着我的教诲，他的一颗敏感的心稍稍地平静下来。

敏感的孩子啊，你对友情的珍重和痛惜深深地感动着我，我能体会到你那颗敏感的心所承受的折磨。我希望你能够坚强地面对生活中的打击。

3

另外一个八年级的男孩子静静地聆听着别人讲的故事，他的神情显得沉静，他的脸上泛起忧愁。

"你怎么忽然那么沉默呢？——你来分享一下自己的故事吧。"我觉得有点不对劲，似乎有什么事触动了他。

他一声不吭地坐着，深陷在自己的情绪里。他突然站起来，一边沉郁地说："我先在白板上写几个字，再讲吧。"一边走到前台在白板上写字。

随着他的书写，一行诗展现在我们的眼前："一生一世一佳人，半醉半醒半浮生。"这么富有诗意、蕴含深意的诗句竟然在他的笔下诞生，我不禁向他投去探寻的目光："这句诗写得很好，我很喜欢——你懂得它的意思吗？"

"嗯，我懂得——这是我在书上看到的，是在这两天才懂得的——我失恋以后才懂得的。"他落寞地说。

他的这句话吓了我一跳！我清楚正处于青春期的他自然面临着这样的人生问题，这是非常正常的生命现象。我是了解他的，便认真地问道："说一说，这是怎么回事呢？"

在我的鼓励下，他开始真诚地讲自己如何喜欢班里的一个女孩子，那个女孩子长得一般，却有许多男孩子喜欢她。但某一天他偶然得知她在很久以前就喜欢另一个男孩子……他讲得专注又投入，他的言语中间流露着自己的失落。

如此，我明白他说的"失恋"。我看着他，我有一种想安慰他的冲动，连忙劝导他："现在你喜欢一个女孩子也很正常，自己喜欢就好了。你正处于学习的阶段，先把精力多用在学习上，安心学习吧。你那么有才华，先把自己做好。男孩子嘛，不要多想这些……"

他是一个情感细腻的孩子。他具有一颗敏感的心。正因为敏感，才让他变得可爱。

4

孩子们往往都是敏感的，他们面对外界的感觉神经系统还保持着与生俱来的新鲜，能够敏感地察觉到外界的变化。

许多优秀的人常常是能够保持孩子般的敏感的，他们因为敏感而成就了自己、影响着别人。

这些敏感的心总是让我感到生命的奇妙。我对这些敏感的心怀着深深的爱意和希冀。

强烈的表现欲

一个胖胖的小男孩一来到教室,就看到另一个男孩子正在看一本书,他立即好奇地凑上去。也许这是他熟悉的书,他对里面的内容了若指掌,他随即欢快地说出其中的情节。另一个男孩子应对着说出自己的想法。他不甘示弱,又进行着新的解说。

他俩忽然摇身变作两个辩论家,你一言我一语地针锋相对,都在表达着自己的见解。他俩是那么聚精会神,完全忘记了周围人的存在。一种对所知强烈的表现欲望形成了一个巨大的磁场,紧紧地吸引着他俩以及我——我饶有兴致地听着他俩的辩论。

他越说越兴奋,边说边做动作示范,惟妙惟肖、形态可掬。他的争辩让人不容置喙。另一个男孩子被他的逼真生动的语言和动作所吸引,情不自禁而又无可奈何地欣赏着他强烈的表现欲——似乎被龙卷风卷进了中心地带。他依然滔滔不绝地高谈阔论。

真是两个可爱的孩子!而他强烈的表现欲一下子激起了我的好感。他是一个善于表现的孩子,无论在口头表达上还是在书面作文上——他上一次的作文写得格外优秀!

"我们一起把掌声送给他。"孩子们坐好以后,我讲评着作文，兴奋地赞赏着他的作文。享受着我们送给他的掌声，他感到一种难以抑制的激动与羞赧："你们的掌声不要那么热烈，我会不好意思的。"他沉浸在兴奋的喜悦里，浑身孕育着一种蓄势待发的力量。

"李老师，我第一个来讲！"当我刚提醒孩子们注意听讲并提出第一个问题时，他急不可耐地抢先举起了手争抢着要回答。其他孩子还没有反应过来，他已经跃跃欲试了。他真是才思敏捷啊——那种蓄势待发的力量总是要释放出来的，不然会把他燃烧得坐立不安！

他又一次声情并茂地讲述着自己所经历的事情。我和孩子们都专注地凝视着他，聆听着他的"演说"。一开始我们就被他带进他的故事里，享受着他流畅的叙述……但到最后，我和孩子们忽然发现他的讲述中存在着一些前后矛盾的小问题，几个孩子马上唇枪舌剑地与他争论起来。我赶紧解围地询问："这是你自己的亲身经历吗？"他兴奋地摇了摇头。哦，原来当我提出让孩子们讲一个有关自己经历过的事情时，他并没有刹那间想到一个自身的经历，但他依然不假思索地迎难而上，而且出口成章、引人入胜地讲述出一个"真实"的经历。

他在现场编造故事啊。这是他的过人之处！他强烈的表现欲驱使着他毫不迟疑、马不停蹄地勇往直前，克服困难，迎接挑战，创造奇迹！他的确是在进行新颖的创造啊！回想一下，我不禁惊叹他叙述的详细和趣味——这是他的即兴演讲啊！这是他的激情演说啊！

强烈的表现欲激发着他新颖的创造力。他得以源源不断地说以及写。他上次的作文就写了将近一千字！——他还只是一个三年级的小男孩啊！这样的表现欲能够翻波涌浪、翻江倒海！

伴随着自我意识的增强，表现欲在孩子们的情感世界中变得越来越强烈。一旦取得一点一滴的小成绩，孩子们总想迫不及待地展示自己，期望赢得别人的评析、欣赏。而这样的表现欲往往能激发孩子们的自信心、增强孩子们的积极性——强烈的表现欲更能促进孩子们的创造力。如此看来，表现欲便显得难能可贵了——保护这种表现欲是重要的！

越是个性突出、生命力强悍的人，他们的表现欲越是强烈！他们希望能够满足自己更高层次的需求——人本主义心理学家亚伯拉罕·马斯洛提出过一个人类的需要层次理论：生理需要、安全需要和社交需要只是低层次的需要，而尊重需要和自我实现需要才是更高层次的需要。他们独特的生命价值在强烈的表现欲中体现出来。这种强烈的表现欲将会一辈子陪伴着他们，不会像大多数人那样随着社会阅历的增加而减弱。他们一生都能够保持一种积极旺盛的表现欲！

历史上，那些出类拔萃的人物往往就是最具有强烈表现欲的人！他们在强烈的自我表现欲中，体验着一种前所未有的强大生命带来的极致快乐！他们雄浑伟岸的生命犹如晨曦照耀着世界！

独立承担

"赶紧把那些卡片收拾一下,我们准备上课。"我给作文班的孩子们强调着。

一听到"上课",孩子们随即条件反射一般奔回各自的座位,摆出一副严阵以待的样子,似乎都很听话。而那些卡片依然散乱地躺在一个孩子的桌子上,睁着无辜的眼睛看着正襟危坐的孩子们。

"咦,你们怎么没人收拾刚才玩过的卡片呢?"我好奇地询问。

孩子们茫然地摇了摇头,露出一副事不关己、高高挂起的表情。

这样的表情让我感到尴尬。我的目光立即落到刚才提前来到作文教室、拿起卡片玩的三个男孩子身上,示意他们三个赶紧收拾残局。他们三个忽然转动着头,你看着我,我看着你,似乎都在期望对方主动去收拾,而自己可以置身事外。

他们三个的反应引起了我的不悦,他们三个竟然没有一个人主动承担责任!我凝视着他们三个:"你们怎么回事?自己做的事情,自己要负责啊!——你,赶紧去收拾!"我盯着一个四年级的男孩子,命令他去收拾——他平时的作文是写得最好的，但他在这件小事上的表现让我相当失望！

"军君老师，为什么光叫我呢？他们两个也玩了，怎么不让他们去呢？"他忙不迭地反驳着，扭头噘嘴指着另外两个男孩子。本来这是一件小事，他们三个只是一起玩耍，一起狠心抛弃玩过的卡片置之不理。但是他们面对这件小事的态度激起了我极大的担忧。

我懂得他们三个心里打的小算盘，他们知道这是三个人一起作的"案"，不想独自承担这份责任。如果随意叫其中一个人单独去收拾，就都不会去的。他们在相互推诿责任，只想摆脱自己的干系。"好了，你们三个一起起来！一起去收拾！"我"善解人意"地命令他们三个一起行动。他们三个像是奔赴一场丰盛的宴会一样，马上站起来欢快地跑到那些散乱的卡片旁边，片刻便收拾干净了。

看着他们三个你争我抢地兴奋地收拾着这些卡片，我不禁感到好笑，同时一缕悲凉袭上心头。

我不由得想到了那个大家耳熟能详的古代寓言故事《三个和尚没水喝》。当只有一个和尚时，他理所当然地自己独立挑水喝；当两个和尚一起生活时，相互之间的依赖便产生了，于是，两个和尚只好抬水喝；然而，当三个和尚相遇时，他们便注定了没水喝的命运，他们相互推卸责任，都不想出力，都想坐享其成，他们自然而然地沦落为依赖别人的寄生虫！他们都把希望寄托在别人身上，幻想着别人是自己的救世主，他们在众人中自甘堕落地失去了自己。

这是应该引起我们每一个人高度重视的问题！面对自己做的事，我们失去了敢作敢当的勇气！——"敢作敢当，才是英雄好汉。"等到我们每一个人都敢于独立承担自己的那一份责任时，我们就是真正的英雄好汉了！

　　我们的心态和思想境界决定着我们的行为方式。敢不敢独立承担，本来是由我们自己的心决定的。三个和尚所住的寺庙中的那一场大火烧得真是及时啊！"好险哪，要是大伙不一块儿灭火，咱们和这小庙恐怕都得烧成灰了！"这话说得多妙啊！火烧眉毛了，难道我们每一个人还要依赖别人替我们灭火吗？！

不羁的心

"李军君,我来了!"一声欢呼犹如一支利箭从远处呼啸着飞奔而来,射向我的耳膜,飘散在作文教室里。一个三年级的胖胖的小男孩背着一个鼓鼓的书包,高昂着头从外面风风火火地跑进来。

"站住!怎么乱叫呢?"我严肃地警告他。他似乎没有想到我会教训他,微微一怔,睁着一双大而发亮的眼睛顽皮地望着我,满脸洋溢着按捺不住的欢快微笑。

"这么调皮,嘴巴还没有擦干净吧,赶紧到外面去擦一擦。"看着他那调皮可爱的模样,我不禁调侃他。他敏感地察觉到我的语气变得缓和了,立即肆无忌惮地转身,像一匹小野马一样扬蹄奔腾,一边飞快地跑到教室后面扔下书包,一边笑哈哈地反驳:"早就擦干净了——非常干净!"

这个捣蛋鬼,总是无拘无束地玩得"惊天动地"。精力充沛的他到处释放着激情,总是制造着一幕幕恶作剧:有时洁白的墙壁被他装点上"到此一游"的豪言壮语;有时整洁的作文本被他涂抹上别具一格的"传世名画";有时平静的教室被他搅动起喧闹沸腾的欢声笑语……我的脑海里顷刻间浮现出他上次写的那篇作文——他的爱好就是恶作剧。

他拥有一颗不羁的心,总是奔腾不息。任何的拘束限制，他似乎都不放在眼里，他在自己的世界里翻江倒海。

"你上次的作文写得很好！"当我举起他的作文本在孩子们面前表扬他时，他随即不屑一顾地批判自己："写得那么差！不行不行！""这次我一定会写得更好！"他总是给自己制定更高远的目标，挑战自己，追求卓越！

作文课上，他常常积极主动地回答问题，常常滔滔不绝地发表自己的见解。每当写作文时，他的一颗不羁的心总会点燃他写作的激情，让他在写作的漫漫征途上可以随心所欲地纵横驰骋。只要紧握着手中的"战刀"，他就会不停地写下去，专心致志，兴奋不已！"我的故事写得真有逻辑性！哈哈哈……"他越写越兴奋，总是抑制不住内心的狂喜。才思敏捷、文思泉涌，他沉醉在自己的作文世界里，策马扬鞭！当别的孩子还在精雕细琢地构思自己的作文内容时，他的欢呼声已经振奋人心地响起："我写好了！"倚马可待，一篇800字的作文神奇地诞生了！

不羁的心锻造了他的不羁之才。他常常能够出人意料地写出一篇篇让我惊叹不已的作文。面对他的不羁，我充满赏识与欣喜。这才是一个鲜活灵动的生命所释放出的能量！它总是在不可思议里制造着越来越多的奇迹！

穿越历史的云烟，一颗颗不羁的心激荡起汹涌澎湃的波澜。他们特立独行、才识超凡，独立于天地之间，搏击于时代之巅，或淡泊隐逸、自由疏狂，或热血沸腾、精神昂扬！他们不羁的心谱写了激越高亢的生命乐章，奏响了高远清迈的广陵绝响！

逗 趣

  我正站在讲台前给孩子们上作文课，一个矮小的身影忽然出现在教室外面，影影绰绰，如同鬼魅，甚是吓人。待我定睛凝视，一张调皮的笑脸骤然从教室后面的玻璃门外闪现出来。哦，他是作文班里的一个四年级的男孩子。
  这个调皮鬼缓缓地推开玻璃门，立即抬头挺胸、气定神闲、大摇大摆地走进来，如入无人之境。他刚坐到座位上，一声"耶"的欢呼便突兀地响起，同时两根手指搭建的胜利姿势明目张胆地炫耀在我们眼前。一石激起千层浪，孩子们都被他的经典搞笑动作逗得哈哈大笑，教室里顷刻间沸腾起来。他的脸上掠过一丝得意的窃喜，随即不动声色地坐端正了。
  这是他意料之中的收获，每当他做出逗趣的表情，都会自然而然地受到大家的青睐，引来大家的欢笑。大家乐了，这就够了。一曲已经落下帷幕，他顷刻间摇身化作入定弥勒，风雨不动安如山，似乎在积聚着更加劲爆的逗趣节目。这个调皮鬼啊，全身心都弥漫着捣蛋的趣味，哪能随意就稳若磐石呢？
  他已经坐得端正，俨然进入听课的状态，我了解他一贯的"胡作非为"，便提醒他："按时来上课，不要总表演迟到啊。""哦，收到。"他又变身机器人一般点头称是。我的提问常常能够得到他的回应，他的回应中常常卖弄着表演。他尽情地施展着七十二变的本领，一会儿变作小狗，"汪汪汪"地叫个不停；一会儿变作蜜蜂，"嗡嗡嗡"地闹个没完……整个作文教室里因为有了他，而到处弥漫着诱人的趣味。

　　孩子们开始写作文了。教室里顿时一片安静。每个人都关注着自己独特的内心世界，忘记了周围的一切。然而，这对他来说似乎变得有点残忍。他的逗趣仿佛一下子失去了效用，在一个无声的世界里，趣只能在内心暗自潜"逗"，犹如一颗石子投入了古老的枯井，激不起丝毫的回音，他刹那间感到英雄无用武之地。

　　为了消除他的遗憾，为了展示他的才能，他按捺不住地开始突围了！伴随着一声哼哼，他的一根大拇指瞬间往鼻子底下潇洒地一顶，一个擦鼻涕的动作做得铿锵有力。未见鼻涕而先闻其声，孩子们的目光齐刷刷地投向他。他自我感觉良好，竟不好意思地羞赧一笑。我的目光紧紧地盯着他，示意他少安毋躁，自我约束。他忽然暴露出两颗大门牙，摆出一副龇牙咧嘴的憨丑模样，我被他逗得忍俊不禁。"好了，别调皮了！赶紧管好自己！安心写作文。"我向他强调道。他像煞有介事地安分守己了。

　　时间一分一秒静悄悄地流逝着。我享受着这难得的安静。这安静中渐渐滋生出一种别样的窸窸窣窣的声音。我敏感地一边聆听着，一边寻找声音的来源。哦，又是他！他在喃喃自语！我随即横眉冷对，他顷刻满脸羞红，赶紧伸出双手捂住了脸，仿佛我窥探了他的心思。待我目不转睛地凝视着他，他又匆忙地把双手放下，一张正合不拢嘴的笑脸生机勃勃地绽放开来。"李老师,我脸痒,正在挠痒。"他一边为自己辩解,一边做出挠脸的动作。他似乎在跟我玩着猫捉老鼠的游戏。

这时,他的作文才写了100多字,而其他孩子的作文大多写了两三百字了。逗趣上瘾的他总是动不动逗笑大家,耽误自己。这个调皮鬼应该好好地治一治,我决定把他"镇压"在五指山下。为了不让他影响大家,我让他从前面坐到了最后一排。他勇敢而大方地接受了"命运的安排",静静地坐在后面,他忙不迭地用衣服裹住了头,扮演着乌龟,蜷缩在自己的壳里,慢悠悠地写着作文。过了一会儿,"好热啊。"他突然被自己捂得透不过气来,掀开了衣服。一个人仍然可以自得其乐地逗趣。

他常常给别人带来无穷的笑声,自己却总是成为别人嘲笑的对象。这些,他总是不在乎。别人在他的逗趣里快乐地学习,他在自己的逗趣里忘记了自己。

聪明与认真

"我希望这节作文课大家都能够认真一些!只有认真才能够让你取得更大的进步。你们都很聪明,现在你们要比的不是聪明,而是认真。谁认真了,谁就能更胜一筹。"作文课上课前,我对六个六年级的孩子叮嘱道。

我这样的叮嘱,是基于对这个作文班里六个孩子的长期观察。这六个孩子都是相当聪明的。然而,聪明的孩子作文不一定写得好、写得有进步,而那些资质一般但认真的孩子作文却是显而易见地取得了一次又一次的进步。对于那些聪明的孩子,我一直寄予厚望,他们由于自以为是而故步自封让我分外恼怒。

我特意给一个聪明的男孩子强调他的作文中存在的问题,并指出由于不认真而出现的疏漏,他漫不经心地听着,对自己的问题也表示认可。他上次的作文写得很好,但是并不突出,没有达到我预期的效果。所以,我希望他能够戒骄戒躁、踏实认真。

当我和孩子们在一场模拟游戏中一起体验人生的种种不可预测的遭遇时,也许是太过认真地投入情境中,一个胖胖的男孩子忽然情不自禁地失声哭泣,其他孩子也因为感同身受而怨声载道。在认真的体验中,那个胖胖的男孩子的身心经受着从未有过的、刻骨铭心的折磨。那个聪明的男孩子转瞬间已经从刚才的情境中抽身而出,理智地分析着那些子虚乌有。

"刚才我们虽然玩的只是一个模拟游戏,但是认真投入、经受折磨的孩子,一定感受很深,一会儿你们就真实地记录自己的内心感受,认真对待,倾诉你们的不满与痛苦。"我强调道。

那个胖胖的男孩子似乎一直沉浸在自己的悲伤里,难以自拔;课间休息时,他依然坐在自己的座位上,忧心忡忡。他妈妈告诉我:"他很善良,做事挺认真的,看到感动的情景常常会哭鼻子。""这是优秀的品质,希望孩子能保持。"我连忙称赞道。

胖胖的男孩子抓起笔就像是抓住一根救命稻草,狠狠地握住不放。他目不转睛地凝视着作文本,开始埋头写作,倾诉自己刚才经受的情感。而两个自以为聪明的孩子却交头接耳地嘻嘻哈哈。一股无名怒火"嗖"地蹿上我的心头,我立即警告他俩:"埋头写作,认真专注!"创造性的写作是需要凝神静思的,只有认真专注的人,才能享受到硕果累累的荣誉。

孩子们认真地回归自己的心灵世界,屏息敛气地捕捉情感的飞蝶。那个胖胖的男孩子更是显得全神贯注,笔不停挥地进行写作。"李老师,我写完了!"那个聪明的男孩子第一个写完了作文。"先自己读一遍!看能否感动你。"我随即强调道。他一目十行地浏览以后,自信满满地说:"写得很好!"我静静地走到他身边,翻看他的作文。真是聪明的孩子啊!他真会偷工减料!他巧妙地把几个心路历程连缀起来，展示自己心理的变化，但它们之间缺少情感的润滑剂，读起来是那么干燥艰涩。"别自作聪明，把这些中间该写的过渡的语句都写出来。""哦。小意思，懒得写。"

当其他孩子都写完作文离开教室时，那个胖胖的男孩子仍然沉浸在自己的情感天地里认真地跋涉。相对而言，他的作文基础比较弱。这次，他不是在挑战自己，他只是在认真地倾诉心灵。在刚才的整个体验中，他的感受是最深刻的，在痛苦的泪水中，他被赋予了写作的魔力，他必须奔腾不息地宣泄情感。我和他妈妈在教室外面守候着他；他妈妈喜不自禁地说："他从来没有这样能写，看他这样认真地写作文，我的心里很高兴。""自己真实体验过，写起来就得心应手。他很认真，这是最重要的。"我再一次表扬了他。在我们长久的守候中，一篇一千多字的真情流露的作文奇迹般地诞生了。他的脸上洋溢着酣畅淋漓的写作之后的兴奋——这应该是他第一次因为写作而兴奋。这都是认真的结果。

聪明属于智商，而认真属于情商。对成功而言，智商是必要的，而情商更为重要。对一切创造者而言，聪明是开启创造之门的金钥匙，而认真是获得创造成果的发动机。认真是一种难能可贵的精神，拥有这种精神，一切创造都将熠熠生辉。

热情与自尊

上完作文课以后，我和孩子们的家长简单地聊了聊孩子们的学习情况，便拎着提包准备回去。"军君老师，等一等，给你带一把伞，外面正下雨呢。"一位同事连忙喊住我，热情地递给我一把伞。

"没关系，不用打伞了，蒙蒙细雨。"我感受着她的热情，但若无其事地回应。

"还是打着吧，你穿得薄，淋雨可不好。"一把伞已经递到我的手中，犹如一股电流一样刺激着我的心。这样的热情让我只能接受，无法拒绝。

"谢谢。明天还你。"我接过了伞，转身走了出去。

抬头仰望，天空一片灰蒙蒙，似乎黯淡得让人看不到丝毫的光明。我径直跨进盛放雨水的大地上，寒风和冷雨凑趣地钻进我的衣服里，冷飕飕的感觉瞬间弥漫全身。我不由自主地撑开了伞——那把热情的伞。在伞的温暖呵护下，我行走得轻松而自在。

"军君老师，你现在要去哪里啊？"一阵温和的声音又忽然在我的耳畔曼妙地响起。

我不禁一凛，转头循声望去，一张热情的面孔正绽放着温暖如春的笑容，像是一缕阳光一般照耀着我。她是我的一个六年级学生的妈妈。她也是深圳龙岗公办学校的一位数学老师。她正坐在自己的私家车里，抬头凝视着我。

"我去前面的公交车站，坐车回去。"我注视着她，平静地说道。

"我送你过去吧，我也顺便路过。"她的神情是那么善良友好，她的目光是那么热情真挚！

然而，就是这样的神情和目光最让我难以接受。想起手中的伞，我像是再一次被雷电袭击，整个身心不由得战栗。我不愿意直视这样的善良友好、热情真挚，我担心自己无法拒绝它所带来的温馨暖意。"不用了，我自己走过去吧。你赶紧开车回吧。"我故作镇静地应答，静静地看着她，内心享受着被关爱的温暖。

在彼此理解的目光中，我依然默默地独自向前走去，打着雨伞，迎着冷雨寒风。但她善良、热情的笑容已经在我的心里悄悄贮存，我在内心里深深地感激着她。善良、热情的人啊，你们的关爱一直在温暖着我。

汽车缓缓地从我的身旁驶过，我目送着它渐渐消失在远处。一种漂泊异乡的孤独感顷刻间弥漫心头。我在深圳这个城市里已经生活了六年。六年的风吹雨打，六年的拼搏奋斗，经历着一次次灵魂的洗涤和启示，我早已不再是当初的稚子。在这个喧嚣的都市里，我的一颗心被锤炼得深沉而充满自尊——我是雄踞在自己精神王国里的那个独立而自由的王！

刹那间，我热血沸腾！一股股热情的暖流在我的身心里奔腾不息！我即使穿着单薄的衣服，也总是感到阵阵温暖的呵护。我默默地行走,火热地燃烧。哦,我的心为什么燃烧得那么火热?只因为它时时饱蘸人间友爱的燃油!

一缕忧虑

一个小男孩睁着一双大大的眼睛焦急不安地注视着前方，脸上流露出茫然无助的神情。我的目光立即停留在他的眼睛上，一缕忧虑袭上我的心头。

他久久地呆坐着，似乎陷入了一种孤立无援的境地里。他应该是在写作文时遇到了关卡。我快步走向他。他察觉到我向他走来，赶紧收回视线，埋下头，紧握着笔，摆出一副准备写作文的样子。

我默默地站在他的身边，浏览着他写的作文。他的语言表达能力是相当弱的，他只是在用七零八落的句子拼凑一段内容，每一个句子都显得干瘪而乏味。"怎么不写呢？"我轻声询问。"不会写。"他从嘴里慢吞吞地挤出三个字。"我刚才不是讲过写完'看'，就写其他几个吗？你依次来写就好。"我提醒他。"嗯。"他如有所悟一般拿起笔写起来。

过了一会儿，他又一次坐在座位上发呆。时间一分一秒地流逝着，我不由得替他着急，再次走到他身边："又怎么了？""不会写。""这个写好了，就写下一个，你把老师刚才讲到的那几个都写了，写完就好。""嗯。"他顿悟似的继续拿起笔。我有点不放心地看着他写。

这时，他妈妈忽然走进教室。"他会写吗？"他妈妈压低声音询问我。"写得慢一些，需要多训练。""他在学校里不会写作文，基础差一些，现在才来学习作文，能跟上上课吗？""根据他的接受能力，会在他原有的基础上慢慢提高的。"他妈妈随即俯身催促他："赶紧写。"我顺手拿起另外一个男孩子刚刚写完的作文本递给他妈妈看："这是另一个孩子这节课写的作文，你看看。"他妈妈接过作文本，扫了一眼，匆忙把作文本放在他眼前，急切地说："你看这是别人写的。"他一看到别人写了满满400字的作文，马上就红了眼圈，流出眼泪。"李老师，我看孩子哭了，我先送他回去吧。"他妈妈脱口而出。我的心里不禁隐隐一颤。"没事的，他看你在这里会分心的，你先在外面等一会儿吧，让他自己写，他能写出来的。"我果断地叮嘱。

等到他妈妈一出去，他像是一切并没有发生一样，收敛了泪水，整理了心情，又低头写起来。还是让他独自写吧，只要他用自己的方式先把作文写完就好。我对他充满了期待。

下课了，他最后一个交来作文本。"写完了，很好！作文很完整，以后再慢慢写具体。"我赞赏着他。"嗯。"他露出了笑容。

他的作文基础固然是差一些的，但他的心理状况更值得重视。他的依附心理是让我忧虑的。我们在关心孩子生理健康的同时，是否也要关心孩子的心理健康呢？孩子的独立性、主动性是否更重要呢？

无聊漫谈

下午，我一个人正待在教室里，一位年轻的妈妈带着乖巧的女儿走了进来。离上课的时间还有半个多小时。年轻的妈妈和我聊了一会儿，便对女儿温和地说："你就待在教室里，妈妈先回去了。"

"你别回去，离上课还早呢，我一个人待着多无聊啊。"女儿脱口而出。

一听到"无聊"两个字，我感同身受，赶紧对小女孩说："老师这里有书，给你拿一本，你先看一看吧。"小女孩像是得到解救一般，目光中充满着期待，但愿我找到的书能够驱除她的无聊。我递给她一本小小的书，她好奇地接过来。"对了，今天上作文课我们会需要一些树叶，你可以去外面找几片不同的树叶。"我叮嘱着她。"好啊。"她欢快地答应道。"现在有事做了。"她妈妈宽慰地望着她，"不无聊了吧？""嗯。"她和妈妈一起匆忙地走了出去。

一场突如其来的相聚转瞬即逝地落下帷幕。小小的书孤单地躺在干硬的桌子上，还来不及亲近便已经遭受抛弃。难道这是它必然的命运？小女孩并不是真的想要看书，书只是她排遣一时无聊的工具。此刻，书和任何别的事一样，都是对无聊的一种抵抗。

我懂得小女孩的无聊，因为我也品尝过无聊的滋味。无聊像是爬满我们身体的虱子，噬咬得我们不得安宁。无聊像是漫无边际的空气，无处不在。无聊是人类的共性，我们每一个人都不可避免地遭受着无聊的噬咬。

无所事事的无聊是折磨人的。面对广阔的天地，我们常常百无聊赖，一颗心奔腾不息而又无处安放。我们希望有所寄托，但又空无对象。德国哲学家尼采说："无聊是一颗空虚的心灵寻求消遣而不可得，它是喜剧性的。"在这种喜剧性中，我们的无聊显得多么不自在啊。

无聊也会这么可怕啊。于是，如何更好地驱除无聊成为我们不约而同的追求。

一群年轻人询问古希腊哲学家苏格拉底："为什么我们整天感到无聊呢？"苏格拉底说："你们先帮我造一条船吧！"这群年轻人和苏格拉底造好船以后，一起在水中漂荡起来，欢快地唱起了歌。苏格拉底说："快乐就是这样，它往往在你为着一个明确的目的忙得无暇顾及的时候忽然来访！"苏格拉底说得多妙啊！这应该是摆脱无聊的一个制胜法宝。

"我一个人待着多无聊啊。"小女孩的话又在我的耳畔响起。独处是无聊的催化剂。许多人在独处时最容易遭受到无聊的侵袭。"我没什么事做啊。"成为我们的一个冠冕堂皇的理由。然而，无聊是与真正的自我相遇的最好时刻。在无聊中，我们可以与自己的内心交流，可以与天地万物神交。法国思想家卢梭说："在寂寞无聊中，一个人才能感到跟一个有思想的人在一起生活的好处。"无聊也可以是思想诞生的源头啊！

其实，很多优秀的人正是在无聊中创造了人世间流芳百世的功业。

天真的人

玻璃门忽然咣当一声被一把推开,两个一年级的小女孩活蹦乱跳地跑进来。一看到我安静地坐在教室里,胖胖的小女孩便兴奋地走过来,歪着脑袋,好奇地询问:"你是谁呢?"

"我是谁呢?我也不知道啊,你能告诉我我是谁吗?"我故意逗她玩。"我知道你是谁!"她睁着一双清澈的大眼睛认真地说。"我是谁?""你是你自己呗。"我不禁一愣,她说得多好啊!

我正坐在凳子上看一个孩子写的作文,猝不及防,只听啪的一声,一阵疼痛嗖地在我的后背绽开了花。我触电一般忍受着疼痛转过头,胖胖的小女孩正站在我的身后,眨着一双天真无邪的眼睛认真地望着我,我一时由于被拍打而蹿上心头的怒火刹那间熄灭。"你这个小家伙,怎么乱打人呢?"我不解地问道。"我在向你打招呼啊,看你光看书不说话。"她的脸上流露出天真的神情,一副无忧无虑的样子。

我呆呆地坐着,凝视着这个陌生的小女孩——这个天真的孩子。她的天真灼烧着我沉闷的心绪,唤醒了我麻木的神经。我现在还葆有这样的天真吗?我曾经拥有过的天真去哪里了呢?我不由得羡慕她的天真。我喜欢天真的人。面对这样的天真，我的内心充满着单纯的喜悦。我多么希望自己能够像她一样，永远葆有这样的天真。

然而，随着岁月的流逝，天真在我们成年人身上日渐消失，似乎只驻留在孩子身上。作为一种最可爱、最无邪的性格，它成为孩子的专利。我们只有通过一张稚嫩的小脸，一口咿呀的童声，才能怡然领略这种天真的妙趣。

天真原本是人类原生状态的一种最宝贵的品质。但伴随着社会的快速发展，天真逐渐被驱逐出人类的大脑，人们不愿意选择天真。天真似乎是傻瓜的代名词。天真的人难免单纯、难免脆弱，无法适应现代复杂的社会。而天真是精神世界的珍宝，可以让人们"诗意地栖居在大地上"。在这个世界上总有一些与众不同的人小心地呵护着天真。他们在成人以后依然葆有天真，他们是深谙天真并痴爱天真的人。

诗人徐志摩就是一个天真的人。林徽因在他超脱一切地飞翔后满怀深情地写下了《悼志摩》："志摩的最动人的特点，是他那不可信的纯净的天真，对他的理想的愚诚，对艺术欣赏的认真，体会情感的切实，全是难能可贵到极点。……他只是比我们近情，比我们热诚，比我们天真。"他是一个永远长不大的天真的孩子，正因为天真，成就了他的诗作，成就了他的传奇。

天真的人常常是性情中人，内心一派天真烂漫。唐代大诗人李白是文学史上最富天真的天才，"举杯邀明月，对影成三人"，他在天真中"天子呼来不上船，自称臣是酒中仙"。魏末晋初"竹林七贤"之首的嵇康率性自然，口无遮拦，桀骜不驯，"越名教而任自然"，彰显魏晋名士风度，"真人不屡存，高唱谁当和"。号称"清末怪杰"的辜鸿铭可

131

谓狂妄至极、天真至极,他在嬉笑怒骂中尽显孩童习性。德国哲学家尼采指出,"嬉戏、无为,乃是充盈的力的理想,它是'天真烂漫的',举止像个孩子"。

真正的艺术,都是离不开天真的。那些极富创造力的大师对天真都有着本能的呵护和追求。童心再现、第二次天真是他们梦寐以求的。有一次,西班牙著名画家毕加索在参观一个儿童画展时,感慨道:"我和他们一样大时,就能够画得和拉斐尔一样,但是我要学会像他们这样画,却花去了我一生的时间。"

像孩子一样,拥有一颗天真的童心,是那些创造者一生期盼的。他们都是天真的人,心地单纯,无拘无束,以儿童质朴的、率直的、自由的、新鲜的眼睛去面对这个世界。这时,世界就同最初展现在儿童面前的那样,充满神奇,充满诗一般的色彩和声音。于是,他们便能从平凡中窥见伟大,化腐朽为神奇!

重新再来

"哧——"伴随着一个清脆的声音,一个五年级的女孩子忽然惊讶地说道:"李老师,她把写的作文撕掉了!"这句话打破了教室里的安静,我心里一惊,随即变得焦灼不安。

"你怎么就那么轻松地撕掉作文呢?已经写了那么多!你看看现在几点了?再剩十分钟就下课了!"面对这个五年级女孩子的同桌,我连珠炮般地指责她。听到我的提醒,她似乎如梦方醒,喃喃自语:"呀,这么快!"

"你为什么撕掉呢?"我的语气咄咄逼人。

"有一处没有写好,不够详细。"她轻声细语。

"那也没有必要撕掉啊,在那里直接添加就好了。"我感到不可思议。

她陷入沉默当中。

"随意撕掉将要写好的作文,这是很不好的习惯。况且马上就要下课了,已经没有时间重新再来。现在赶紧抓紧时间写吧。"我郑重地告诫她。

此刻,时间一分一秒在她的头脑里敲响,每一秒都像鼓槌一样重重地撞击着她的心。她的右手紧紧地握着笔,眼睛直直地盯着作文本,笔不停挥地书写着。她的神情是肃穆的,她的呼吸是急促的。她在与时间赛跑,在剩下的时间里她只能全力以赴。

这时，她的同桌——那个五年级的女孩子已经率先写完了作文，向她投去担忧的一瞥。她的同桌通常能够有效地把握写作文的时间，轻而易举地写完作文而且获得优秀的成绩。

其他四个孩子都陆续写完作文，有的在重读修改，有的在阅读另外的文章，有的在沉思默想……他们享受着剩余的时间。这是写完作文以后可以由自己支配的时间——虽然短暂，但是自由。

而她依然在拼命地重新再来，迎头赶上。那些剩余的时间对她来说像是小山一样压在她的身上。没有经过周全的考虑，任性地撕掉了将要写好的作文，她应该承担由此带来的负担和劳累。我懂得她现在的处境以及内心承受的压力，但我必须让她懂得承担后果。

时间流逝得飞快，转眼间下课了。其他孩子欢快地收拾东西，离开教室。我不动声色地陪伴着她继续写作文。虽然她在有限的时间内并没有顺利地完成重新再来的作文，但我可以给予她一点时间来实现她的目标。她没有丝毫松懈，一直紧张地写着。等到她在超出规定时间十多分钟以后终于写好了作文，我和她都深深地舒了一口气。

"累吧？"我关切地询问。

"嗯。"她释然地点头。

"别人写一篇作文，而你写两篇，自然累了。这都是没有合理安排时间造成的。"我苦口婆心地说，"累倒也罢了。如果是考试，时间已经到了，即使你能够写得更好，也已经没有时间让你展示自己了。以后不要随意撕掉作文。时间不够时,即使写得不满意,也要坚持写下去。"

"嗯。"她如鱼饮水,冷暖自知。

对于她这种莽撞的行为,我从一开始就感到生气。我的生气源于对现实的清醒认识。

时间是有限的。在规定的时间内,每一个孩子都要合理地安排好自己的时间,从而完成本次的作文。重新来写当然是可以的,但是前提是你必须能在有限时间内顺利地完成。当其他孩子都在享受充足的时间时,她却让自己被时间压迫得苦不堪言。虽然这只是一次简单的写作训练,我可以给她延长时间,宽容地等到她写完为止,但是如果换作人生呢?生命终止的那一刻,即使我们还怀着远大的抱负,我们也只能抱憾终生了!有限的时间从来都是残酷的,并不会仁慈地给每一个人重新再来的机会!

每一个人的生命只有一次,并且是有限的。在这有限的生命里,每一个人对待生命的方式各不相同。有的人在生命的前期全神贯注地学好了本领,在生命的后期专心致志地创造出价值;有的人在生命的前期敷衍了事地学习着本领,在生命的后期胆战心惊地度过余生;有的人在生命的前期忐忑不安地学习着本领,在生命的后期悔恨交织地追赶着岁月……生命给予我们的时间总是相同的,但我们创造的价值是迥然相异的。

面对有限的生命,我们必须权衡是否还有足够的时间可以重新再来,我们大半生辛辛苦苦努力得来的劳动成果,是否能够随意就弃如敝屣呢?我们一辈子都在追求完美,然而人生是否能够拥有尽善尽美的结局呢?

在简单中学习

"哈,这个太简单了吧!换一个难一点的。""不要拿这么简单的问题来考我!""没意思,简单死了,不值得去想……"当我刚提出一些问题时,这些关于"简单"的话就从几个七年级孩子的嘴里不屑一顾地扔出来,回荡在教室里,刺激着我的耳膜。

"呀,你们都这么瞧不起'简单'啊!"我故作轻松地告诫孩子们,"'简单'也许是深藏不露的。"

"简单就是简单,还能够开出花来?"一个调皮的声音响起。

"先不管它是否能够开出花来,今天我们学习新的作文技法。这是我们今天要学习的作文资料,现在发给你们;还没有装订,自己装订一下吧。"我一边说着,一边把学习资料和早已准备好的订书机递给七年级的孩子们。

一个高个子的男孩子懒洋洋地伸出手接过作文资料和订书机,一只手随意地按着作文资料的左上角,另一只手轻快地拿起订书机漫不经心地径直往下按了按。似乎是订书机玩兴大发,故意跟他作对,订书针调皮地躺在作文资料上,并没有立即听话地钻进资料里。他不去多想——这么简单的事情,有想的必要吗?——又拿起订书机,满不在乎地再次按下。这次，看样子是订进去了。毕竟这是简单的事情。他随即把订书机递给另一个男孩子。然而，仔细看吧，他刚才装订的资料歪歪扭扭，几张纸并不像训练有素、整齐划一的列兵，更像绑在一根绳子上的几只活蹦乱跳、拼命挣扎的蚂蚱。

另一个男孩子已经急不可耐，接过订书机便不由分说地往早已整理过的资料上使劲按下去。只听啪的一声，订书机发出痛苦而嘶哑的呐喊——订书针猝不及防死死地卡在了订书机里。他颇感意外，不相信这么简单的事情竟然会节外生枝，口中喃喃自语，好像在指责订书机"不解人意"，接着用力抖了抖订书机，继续施展他的超级手劲。倒霉的订书机无奈而沉默地忍受着他接二连三的拍击——难道他的手不会因为用力太猛而生疼吗？

看着孩子们各具特色地装订资料，我不禁感慨良多。这也正是我今天故意让孩子们自己装订资料的一个原因。平时每次上课时我都会提前把孩子们当堂要学习的资料打印出来，整理装订妥当再发给他们。这次我忽然一改常态，显然是别有用意的。我想让孩子们亲自做一做这件简单的事情，更想让孩子们从这简单的装订中对"简单"产生一番新鲜的认识，同时感悟到一些人生的真谛。

装订资料，这看起来非常简单的事情，却被孩子们玩得花样百出。一按，就是这么简单的一个动作，然而，各种各样的错误往往就是在这简单中诞生的。简单常常是终极的复杂，值得孩子们去深思。

"刚才你们自己装订了资料，现在回答我一个问题：订书针脆弱吗？"

"脆弱。"孩子们异口同声地答道。轻轻一折，我的双手顷刻间就折断了一个刚才被那个男孩子订坏的订书针。

"那么这么脆弱的订书针为什么能够轻而易举地订进一本厚厚的本子里呢？"我一边提问着，一边轻轻地按下订书机，订进了一本厚厚的作文本里。

"集中力量！"

"锁定目标！"

"全力以赴！"

孩子们各抒己见，似有所悟。

"你们说得太对了！这就是我们从订书机感悟到的一些人生真谛。装订一下书，就是这么简单的事，然而人生的真谛就蕴含其中——这些人生的真谛确实是弥足珍贵、无比重要的！"

世事从来都是简单的，但是简单中贮藏着无穷无尽的珍宝。许多深刻的真理都蕴含在一些非常简单的思想里。最伟大的真理最简单；同样，最简单的人也最伟大。美国思想家爱默生说："任何事物都不及'伟大'那样简单；事实上，能够简单便是伟大。"

一是简单的，但一生万物。但愿我们都能够静下心来，从万事万物中耐心地感悟，在简单中认真地学习。只要我们用心地在简单中观察，去思考、感悟，我们就会获益匪浅。"简单"，包罗万象，一切尽在不言中……

正视负能量

一个初三的男孩子在一番搜肠刮肚的思索以后,还是不知道该写什么内容。我提醒他:"从你的真实生活中去寻找切题的写作材料。"

他随即呵呵一笑,脸上流露出不好意思的神色,尴尬地说:"李老师,切题的材料倒是有很多,但是我的那些事绝对不能写——都是负能量。"他对自己的生活有着清醒的认识,感觉没有适合的材料。

"先说说都是一些什么事。"我好奇地询问。

"比如打架等校园暴力事件……"他讲述了一连串青少年的不良行为。这些行为游离于正常的学生生活,与学校要求的学生行为背道而驰。

"这些事是你亲身经历过的,别人大多不会写,你写出来才能更有吸引力。"我试图消除他心里的顾虑,希望他能正确对待那些曾经的不良行为,"关键看你现在怎么看待它们。你要正视那些负能量,只管去写,从中可以收获正能量。"

在我的鼓励引导下,他开始写出自己经历过的负面事件。他懂得正能量才是学校要求的、被大家认可的作文标准,一篇作文的优秀与否,重点看它是否在传递正能量。正能量在不知不觉中，成为衡量优秀的一个必需条件。

但是负能量是真实地存在着的，并不因为我们不去提倡而销声匿迹，反而暗流潜涌、欲盖弥彰、越发猖獗。那么我们如何面对负能量呢？

我们都是平平凡凡的人，都会产生喜怒哀乐的情绪，"喜乐"固然讨人爱慕，"怒哀"也是自然流露。每个人既自然而然地表现着正能量，又不可避免地散发着负能量。正能量和负能量形影不离，完整地统一在一起。

正因为黑暗的存在，光明才绽放得更加灿烂。正因为负能量的存在，正能量才彰显得难能可贵。只有敢于正视并且深谙负能量的人，才能真实而深刻地理解正能量，才能勇敢而尽情地创造正能量。德国著名的音乐家贝多芬正是在长期饱尝负能量的基础上，为这个世界创造了无限的正能量，"世界不给他欢乐，他却创造了欢乐来给予世界"。负能量是可以转化为正能量的。俄国伟大的文学大师托尔斯泰在日记中这样写道："一个诗人把生活中最美好的东西提取出来，放到他的作品中去，这就是为什么他的作品美，而人生并不美。"充满负能量的人生，却孕育了闪耀正能量的伟大作品。

南非前总统曼德拉意味深长地说："生命中伟大的光辉不在于永不坠落，而在于坠落后能再度升起。"他的身心曾经在负能量里受尽折磨，但他在其中升起心中光彩夺目的太阳。"在走出囚室，经过通往自由的监狱大门的那一刻，我已经清楚，如果自己不能把悲伤和怨恨留在身后，那么我其实仍在狱中。"负能量的淤泥里开出了一朵正能量的圣洁的白莲花。

负能量让我们更加明确地认清现实。只有正视负能量，才能懂得绝地反击，才能畅快地拥抱正能量。我们在抨击假恶丑的同时，真善美才能焕发出耀眼的光芒，照亮每一个黯淡的心灵！

操控与自主

"写出你自己的真实想法。你是怎么想的就怎么写,不能总让别人说给你听。"经过我的一番讲解与引导,这个小女孩欢快地拿起笔,开始独立自主地写自己的作文。这是属于她自己的第一篇作文。这对她来说是一次新鲜的体验。她顿时充满了兴奋。

以前她当然写过许多作文,但用她自己的话来说,那些都好像不是她写的,因为那些都是别人教给她的——别人说,她写,一句句话从别人的口中流出,汇聚成她笔下的文字。她只是一个记录者,在别人的语言操控下,一篇篇烙印着别人想法的文字被编织出来。

她写得越多,越对写作文反感。每一篇作文都是机械的劳动,她像是一个机器人,被别人随意操控着,没有了自主,感受不到快乐。别人教一句,她写一句;别人漫不经心,她意兴阑珊;别人口若悬河,她火急火燎。看着别人的脸色,受着别人的恩赐,她看得难受,等得难受;失去了思想的乐趣,机械的生产便容易导致疲惫。写作文变成一种沉重的负担,让她望而生畏。

习惯了操控,淡忘了自主。自己的脑袋形同虚设,成为别人思想的跑马场。不能自主管理,就会失去自我,被别人操控。

  有的人甘于被操控，有的人总爱操控别人。在这个社会，到处可见操控别人的人——或者说我们不操控别人，便沦为被别人操控的人。记得有一天，我去一个培训公司谈作文合作的事，刚一见到那里的负责人，他就强硬地抛出一句话："李老师，你先填一下资料。"递过一份资料，他神情冷峻地看着我。显而易见，他是一个善于操控别人的管理者。我敏感地意识到如果按照他的思维，我会不由自主地被卷入一个特定的轨道里，失去自己。我立即推掉递过来的资料，语气平和地说："不急着填写，是否合作还是未知数，我们先彼此深入了解一下。""这是我们公司的规定。"他不动声色地说。这句话让我产生了本能的排斥。我断然拒绝。

  我极度反感别人施加给我的想法，这种操控让我感到失去了自主。前不久，一个人给我发来一篇链接文章，让我把它分享到朋友圈。那篇文章并不是我喜欢的内容，那样的内容我没有丝毫的兴趣。对喜欢的文章我自然会自主地去分享，但如果有人让我去做我不喜欢的事情，一种强加的压迫会激起我强烈的反感。"我愿独立自主和照自己的意思过生活；凡是我自己需要的，我欣然接受，我不需要的，我就决不希求。"俄国作家车尔尼雪夫斯基在名著《怎么办》里说的这段话正好道出了我的心声。

  我们与生俱来拥有一颗独特的大脑。这颗大脑让我们每一个人成为自己。没有经过大脑筛选和审视的想法是不值得采纳的。在我的作文讲课中，善于学习的孩子会把我讲的内容进行思考，消化吸收，整合运用。而对有的孩子来说，那些内容则是左耳进，右耳出，在大脑里蜻蜓点水，一掠而过，犹如猪八戒吃人参果，没有品尝到丝毫的滋味。大脑不能承担功用，自己没有了主见，思维就失去了乐趣。而思维的乐趣是人生中最细腻最绵长的乐趣。美国作家爱默生说："智力取消了命运，只要能思考，他就是自主的。"在思考中，我们将是自主的人。

"从根本上说，只有我们独立自主地思索，才真正具有真理和生命。因为，唯有它们才是我们反复领悟的东西。他人的思想就像别人餐桌上的残羹，就像陌生客人落下的衣衫。"德国哲学家叔本华的话耐人寻味。不受制于别人的操控，能够自主思考，这就是最大的幸福！

对不起·犯错误

"孩子们，你们长这么大，有没有做过对不起别人的事呢？"作文课上，面对几个学习作文的孩子，我忽然提问。

"没有！"孩子们异口同声地回答，整齐而干脆。

我不禁一愣，也在意料之中。"你们没有做过一件对不起你们身边的任何一个人的事情吗？爸爸、妈妈、爷爷、奶奶、哥哥、姐姐、弟弟、妹妹、老师、同学……"我引导着孩子们，想让他们从脑袋瓜里搜寻到一些真实而新颖的写作素材。

孩子们的头摇得像拨浪鼓。

"接下来我们一起看一篇优秀作文：《爸爸，我想对你说》。思考这篇作文讲的是什么。"我并不着急，想因势利导。孩子们争先恐后地讲了这篇作文的内容："我"被形势所迫，做了一件对不起爸爸的事，请求爸爸的原谅。

"孩子们，有时我们做错一件事，并不是我们故意想做错，往往是因为我们的好奇心或者不懂事，淘了一回小气，使了一回小性子，一不小心犯了不应该犯的'小错误'。像刚才那篇作文写的那样，你们以前有没有犯过对不起亲人的'小错误'呢？"

在我的启发、引导下，几个男孩子说出了自己深埋在心底、不可告人的"小秘密"：一不小心做了"小偷"的经历。

男孩子们说得津津有味、妙趣横生，一个女孩子听得合不拢嘴。我赶紧提醒她："别只顾着笑，一会儿你也分享一下，赶紧想一想。"她红了红脸，点了点头。

终于轮到女孩子来分享自己的"小秘密"了。刚才那个"合不拢嘴"的女孩子腼腆地笑了笑，小声地说："我没有做过对不起别人的事。"

"不可能没有吧？"其他孩子顿时不乐意了，赶紧向她提建议。那个女孩子只是红着脸、摇着头。

"那么，对小动物呢？自己喜欢的小动物。"我又拓宽她的思路。

"对了，有！小乌龟！有一次我做了对不起小乌龟的事——踩了它。"女孩子似乎灵感忽至，发现了自己的"小秘密"。虽然"小"，但是已经掀起了她的情感波澜，显然她是自责的。

在这个女孩子面前，我不禁感到惭愧。在不断引导她分享自己的"小秘密"时，我的那些埋藏在内心深处的"小秘密"如同热锅里不安分的水泡，早已沸腾不已。

随着我们年龄的增长，我们难免会做出越来越多对不起别人的事。我们都在不经意间成了"罪人"。在生活中，我常常看到一些诸如"孩子，对不起"的标题，这是成年人常常埋藏在内心深处的"罪状"。

在成人的社会里，我们每一个人都不可避免地犯错误。面对一个个错误，我们是否进行过真心的忏悔？我们应如何对待？我们将何以自处？

童言岂能无忌

小孩子的内心总是天真无邪的，小孩子的话总能讨得我们成人的一片欢喜。于是，我们大张旗鼓地宣扬童言无忌，它成为我们对待孩子的一种呵护与宠爱。童言的可贵之处就在于真诚、有趣、烂漫，总是让人会心一笑。

作为一名培训作文写作的老师，我自然而然地与孩子们经常打交道。在多年的教学实践中，我听过数不胜数的童言。聆听着孩子们的话，我感受着欢喜，但同时，我也遭受着"伤害"。我不得不说，孩子们的话有时并不像表面上那样能够博得人的轻松一笑，而是在无所顾忌中会让人不胜其烦甚至不寒而栗。

在我的作文班里，一个胖胖的男孩子给我留下了深刻的印象，只要一想起他，我的头脑里就充斥着滔滔不绝的话语，它们像是一群嘤嘤作响的飞虫在我的头脑里肆无忌惮地狂乱地飞舞，让我禁不住烦躁不安。他是一个能说会道的孩子。慧聪的大脑，良好的口才使他能说会道。他的嘴巴似乎一刻也闲不下来。兵来将挡，水来土掩，在说话方面，他如鱼得水，在语言的河流里尽情地嬉戏。

每当一个孩子不经意间说出一句话，他就条件反射般地接过话头对答如流——无论别人是在对谁说话，他都觉得是在对他说话，他必须有说话的成就感。每当一个孩子提出一个尚未知晓的问题，他就立即投来不屑一顾的表情，一句鄙夷的话脱口而出："嘁，连这个也不会！"每当其他孩子触碰一下他或者调侃一句他，他立即反唇相讥，一个个句子犹如机枪一样嘟嘟嘟地扫射个没完没了。得理不饶人，无理搅三分。每一个孩子都被笼罩在他的话语的阴霾里，感到一种黑云压城般的压抑。

他"无忌的童言"像是一把把小刀刺在每一个人的心坎上，激起众多的厌烦，招惹来普遍的愤慨。自以为是的他有话必说，从来嘴上不吃亏。在孤立无援时，他可以自我陶醉："那里是不是有两只蝴蝶啊？"如果别人没有搭理他，他就紧接着解嘲地嘀咕，"我要上厕所。"

如果这样的童言继续肆无忌惮地弥漫开来，那就是对大多数人的不尊重以及伤害。童言岂能无忌？！

曾经在作文课上，一些孩子随口说出的话常常让我感到惊讶以至痛苦。记得两年前有一次我在四年级作文班里提到一个词"菊花"，当我刚一说出"菊花"两个字时，几个男孩子就哈哈大笑起来。这让我不明就里。一个男孩子大声地欢呼："李老师，你怎么在说屁股呢？"哄笑声响彻教室。一种被欺凌与损害的委屈涨满我的心间。在我的思维里，"菊花"从来都是一个高雅的词语，孩子们怎么能够这样乱用呢？唉，这又怎么能够责怪孩子呢？一些美好的词语本身已经被这个时代给篡改和污染了！网络这只堂前燕早已飞入了千家万户，给人们带来便捷的同时，却侵害了一些语言自身的含义。

随着孩子们的成长，语言的魅力逐渐被孩子们感知、捕捉。喜欢说话，卖弄词语，能够给孩子们带来一种自豪感。一些新鲜的词语总能被孩子们率先分享，然而孩子们由于自我约束力和控制力的薄弱，不能合理把握场合、限度，没有顾忌的童言真是可畏啊！文明礼貌是中华民族的传统美德，一个有教养的孩子是懂得运用语言的。孩子们，请尊重我们中华民族的语言，不要再随意乱说话了。童言岂能无忌！

现在社会中，面对各种各样的信息，孩子们过早地迈向成熟，童言似乎不再天真烂漫。这是让我们忧虑和反思的。对孩子的教育牵系着人类的未来，对语言的运用影响着文明的进展。我们应该引以为戒，慎之又慎。

好奇心

  我不由得惊叹孩子们的好奇心！我为孩子们拥有好奇心而感到兴奋！

  孩子们一走进作文教室，把书包往教室的墙根一放，便活蹦乱跳起来。说说笑笑、玩玩闹闹，他们不亦乐乎。忽然，一个小男孩冷不防尖叫起来："李老师，那是什么东西？"只见他像发现宝贝一般惊喜地盯着一个凳子上摆放着的一些东西。"奖品。"我故作轻松地说。"哇！给我们的？"他欢快地叫道。"对，每人奖励一个。奖励你一支圆珠笔吧——'愤怒的小鸟'型圆珠笔。"他赶紧伸手接过来一支"愤怒的小鸟"，忙不迭地好奇地把玩起来。

  过了一会儿，马上就要上课了。我不经意地转头看他，发现他手里的"小鸟"不翼而飞，换成了一个小小的"放大镜"。他正拿着放大镜在书上仔细地观察着，一副好奇专注的模样。

  "咦，'小鸟'飞哪里去了？"我好奇地询问。

  "哈哈，老师，我换成放大镜了。我刚才专门在那些奖品里搜查了一遍，发现里面还有放大镜，就把'小鸟'放飞了，拿了放大镜。你看，这个放大镜多有意思啊。我要钻研一下。"他一边津津有味地说着，一边目不转睛地盯着放大镜中的影像。那些影像更加激起他的好奇心，他满脸流露着满足的微笑。

他是一个拥有好奇心的人。正是因为好奇心，让他在拥有了一支"小鸟"的时候，并不满足，而是好奇地探寻其他奖品，从而发现了放大镜。也正是因为好奇心，让他拿起放大镜进行钻研，发现了一些有趣的影像。

说起放大镜，我不由得想起了列文虎克——这个荷兰著名的显微镜学家、微生物学的开拓者！一次偶然的机会，看到别人磨镜片，列文虎克默默地思考着这个新鲜有趣的事情，越想越产生了兴趣。"闲着也没事，我不妨也买一个放大镜来试试。"正是因为具有强烈好奇心，他对镜片产生了兴趣，才研制出第一架显微镜，发现了微生物。

好奇心是多么重要啊！

英国著名生物学家达尔文从小就是一个好奇心很重的孩子。他热爱大自然，尤其喜欢采集矿物和动植物标本。他的父母十分重视和爱护儿子的好奇心和想象力，总是千方百计地支持孩子的兴趣和爱好，鼓励他去努力探索。这便为达尔文以后能写出《物种起源》这一皇皇巨著打下了坚实的基础。没有好奇心，就没有今天的"进化论"。

科学家们都可以说是最具有好奇心的。牛顿正因为对一个人们司空见惯的苹果产生了好奇，于是发现了万有引力。瓦特正因为对一股烧水壶上冒出的蒸气感到十分好奇，最后改良了蒸汽机。

"好奇心是知识的萌芽。"孩子们啊，好奇心是你们拥有的巨大财富，拥有好奇心的你们是幸福的！请你们永远葆有你们的好奇心吧！成年人啊，也请我们拾起我们依然存在或者已经丢失的好奇心，更加好奇地看一看这个"放大镜"背后的美好世界。

高手间的战斗

一个瘦瘦的小男孩手里牢牢地捏着一支笔,神情坦然,埋头写作。

一个胖胖的小男孩手里紧紧地握着一支笔,全神贯注,斗志昂扬。

他俩都是三年级的孩子,对于作文,充满着全身心的热爱。在这个作文班里,他俩的作文是名列前茅的。他俩在暗暗较劲,都想超越对方,荣登第一。此刻,他俩正在战斗——谁的作文更胜一筹呢?笔下将见分晓。

他俩认真和专心的模样,使我的内心溢满兴奋,让我的思绪随意飞舞。

"上次的作文写得最好的是黄同学。"刚上课时,面对所有孩子,我又一次极力表扬着黄同学——瘦瘦的小男孩。他的脸上立即绽放出羞涩的红花。这朵红花艳丽夺目,刺激着旁边的同桌——胖胖的小男孩。胖男孩是争强好胜的,一听到我赞扬瘦男孩的作文写得最好时,他立即咬牙切齿地大声宣告:"竟然比我写得还好!我这次一定要写得最好!超过你!"瘦男孩轻声细语地回复:"那就比比看,看谁最好吧。"

胖男孩的作文一直是这个作文班里写得最好的。他热爱写作文,在写作文中,他享受着乐趣。提到写作文,其他孩子有的是为了老师的要求而写，有的是为了完成任务而写，有的是为了父母的命令而写，而他只是为了自己、为了乐趣而写。他如鱼得水，在作文的海洋里兴奋地尽情游玩。他的作文自然而然地写得最好。这是他引以为傲的。他具有写作文的实力，重要的是他具有斗志。即使偶尔他写作文的状态不佳，他也能充满斗志地迎头赶上，超越别人。他是不能容忍别人超越他的，第一总是他的荣誉。

独霸第一的时间久了，人不由自主地便产生了唯我独尊的感觉。别人的卓越自然成了最不能容忍的威胁。

胖男孩感到瘦男孩对自己荣誉的威胁是在前两次作文课上。当胖男孩依然沾沾自喜以为自己的作文又写得最好时，瘦男孩横空出世了。当我不动声色地把瘦男孩的作文放在最后一个来评讲时，胖男孩惊讶得瞪大了眼睛，一时感到难以接受。其实，瘦男孩的作文会超越胖男孩是意料之中的。一个总是第一，一个总是第二。第二永远都在威胁着第一，并且随时可能超越第一。但胖男孩还是感到不可思议，认为瘦男孩夺人之美。这激发了胖男孩骨子里的斗争精神。所以，前两次的作文，胖男孩都是使出了浑身解数与瘦男孩展开了激烈的战斗。

胖男孩充满斗志时，往往兴奋异常，犹如燃烧的干柴，噼里啪啦地作响，漫天卷地地燃烧，一发而不可收拾。胖男孩是不屈不挠的，这让瘦男孩的心里滋生着由衷的敬畏。但瘦男孩的心态是平稳的，不善言语，所有的斗志都在笔下潜流暗涌。这让胖男孩的心里产生一种说不出道不明的崇拜。

高手间的博弈，凭的是真实力。没有足够强大的实力，谁也不能保证自己能够独霸第一。第一不是谁都能轻而易举地享有的。台上一分钟，台下十年功。刹那间的斗转星移，出自长时间的千锤万击。高手间的博弈，更需要的是坚韧不拔的毅力。谁能坚持到最后，谁就是胜利者。一分耕耘，一分收获。没有辛苦的付出，哪里来的累累硕果。这是一场实力与体力的博弈。谁敢于突破自我，谁敢于勤恳劳作，谁就有可能成为最终的胜利者。

其他孩子都按要求写完了作文，他俩依然在聚精会神、毫不松懈地战斗。他俩懂得只有比别人付出更多，才能比别人成就更高。他俩写得忘记了时间，忘记了自己。

忽然，犹如拨开云雾见青天，他俩相视一笑。"你写得这么多啊！"胖男孩爽朗地说。"你写得真爽快啊！"瘦男孩坦诚地说。"咱俩都写得最好！"他俩不约而同地称赞自己和对方。看到他俩相安无事、和平共处、谈笑风生，我禁不住脱口而出："你俩都是高手！"

没有谁是永远的第一，只有谁在永不停息地努力！

专注与博学

几个高年级的女孩子在津津有味地谈论着各自报兴趣班的事，我饶有兴致地倾听着。

"我暑假要报名学习跆拳道！"一个活泼伶俐的女孩子欢快地说道。

"你要不要下午一起去听一听我的声乐课？"一个瘦瘦的女孩子询问一个胖胖的女孩子。

"好啊。但我还要去学画画呢。"胖胖的女孩子高兴地回答。

孩子们报的兴趣班可真多啊。这些五花八门的科目装点着孩子们的课余生活，使孩子们生活在一个丰富多彩的天地中。这听起来真是好事。

"你们学的东西可真多啊！"我禁不住赞叹道。

"那当然！我们是新世纪的青少年，当然要多学几样东西！"瘦瘦的女孩子骄傲地宣扬自己的使命。

"趁着现在有时间多学几样本领。"活泼的女孩子赶紧展示着自己的见解。

"多学几样，以后即使文化课考不好，也可以多一些选择的余地，给自己留条后路。"胖胖的女孩子随即一本正经地讲解自己的"多学"理论。

孩子们的话一下子让我感到惊讶，多么成熟的话啊，多么具有远虑的话啊。为了长远而难测的未来，"多学"似乎显得格外重要。

"你们懂得真多。"我只有羡慕的份儿。

"军君老师，你不懂吧？"胖胖的女孩子微笑着询问。

"我不懂。"我只能老实地承认。

是啊，我忽然感到自己的确什么都不懂。小时候，我没有机会去接触这些五花八门的兴趣班；长大了，我没有时间去参加这些丰富多彩的兴趣班。我的生活始终是单调乏味的。我唯一的兴趣就是文学。除了文学，我似乎什么都不懂。

多学几样的人是博学的，博学的人让我敬佩——敬佩产生了一种敬而远之的疏离感。只学一样的人却是专注的，专注的人让我喜爱——喜爱滋生出一种疼惜呵护的亲切感。

我喜欢读武侠小说。武侠大师金庸给我们营造了一个博学的武侠世界，让我目不暇接、流连忘返。但相比而言，我更喜爱阅读武侠怪杰古龙的小说。古龙的小说常常塑造出一些专注于情、专注于武的特立独行的人，让我情投意合、爱不释手。那些专注的人往往是性格极致的人，他们能够赢得我的青睐。在这种专注中，我更能感受到人世间的种种悲欢离合、爱恨情仇。

对于孩子们的博学，我是不反对的，但我充满着忧虑。随着社会物质与精神生活的极大丰富，孩子们学习的选择变得多元化，这固然为孩子们提供了一个个寄托身心兴趣的方式，但这些容易导致孩子们在做一件事情时浅尝辄止、见异思迁。博学诚然是必不可少的，但专注显得更难能可贵。

我曾经阅读美籍华人丁肇中的传记，他的专注给我留下了难以磨灭的印象。他是世界著名的物理学家，在40岁时就荣获诺贝尔物理学奖。当别人采访他获得诺奖的原因时，他沉静地回答："与物理无关的事我从来不参与。"这句话说得掷地有声，透露出一个物理学家对物理的专注。专注让他拒绝了外界的喧哗，坚守着内心的宁静，心无旁骛，潜心钻研。正是因为他几十年来把全部精力专注在物理研究上，才成就了他不同凡响的造诣。

　　认准一个兴趣，一条巷子走到黑，这样的专注或许有点迂腐，但如果要在专注与博学之间做出唯一的选择，我会不假思索地选择专注。我愿意做一个专注的人，一辈子，一件事，做到极致，做到心满意足，做到问心无愧……

那些敏感的心

他是一个七年级的男孩子，对生活中的一切总是表现得格外敏感。我了解他的性格，平时常与他妈妈交流，清楚他在家里的一些表现。

"我给你举个例子。你有没有过这样的感受——你心里正有点烦，你妈妈却还在你旁边一直说个不停，你忽然大声喊道：'别说了！就知道说说说！'你妈妈忽然就不说话了，安静地待在一边……"作文课上，我与他谈论着生活中的琐事。

他略一沉吟，看穿了我的别有用心，急忙笑着说："有啊，有过这样的事。"

"那你有没有想过你妈妈当时的心理感受？她为什么突然那么安静？"

"想过啊，安静得让我都有点不习惯了。我知道妈妈的心已经受到伤害了，只是自己不愿意去承认或者道歉。"

"你能够这么敏感地感受到，非常可贵！那你觉得敏感好吗？"

"好啊。"

"为什么？"

"总能发现一些有趣的秘密。"

这些简单的对话中，最吸引我的就是"敏感"一词。一颗敏感的心，总能自由而轻易地触碰一些有趣的事情。一个敏感的人，总能从心里盛开出别样的花儿，独享自己难能可贵的乐趣。

在我的心里，诗人无疑是最敏感的人。他们往往能从一粒沙看到一个世界，从一朵花瞅见一个天堂。"感时花溅泪，恨别鸟惊心"，诗人敏感的心灵常常为一朵花儿黯然流泪，为一只鸟儿凄然惊心。他们把自己的感情丝丝如缕地揉进细致入微的观察里，吟唱出心灵深处最感人至深的珠玑字词。

丹麦著名作家安徒生就是这样一位童话诗人。他具有一颗敏感细腻的心，以及由这颗心而滋生出的对一切生灵的怜爱。他给予被众生抛弃的丑小鸭深深的关爱，他赠予卖火柴的小女孩深深的同情……他笔下的每一个童话故事，都流露着他那颗敏感的心所蕴藏着的深深的爱。他对人性的敏感观察，使他的文字不经意间触动我们那逐渐麻木的心。

画家也必须是敏感的人。荷兰大画家凡·高无疑是最敏感的画家的代表。美国作家欧文·斯通在凡·高的传记《热爱生命》里，记叙了一个完全感性的画家，他疯狂地作画，真诚地生活。他是异常敏感的，一切在他眼里幻化成最美好的追求。

我不由得把目光投向那些在文学创作上获得最高荣誉诺贝尔文学奖的作家——这些最敏感的人身上。

1901年，法国诗人苏利·普吕多姆获得"诺奖"。获奖词中强调："苏利·普吕多姆的作品展现出了一个勤于探究、敏于观察的头脑，世间的变幻令这敏感的头脑不得安宁，鉴于他似乎不可能知道得更多，这个头脑也就在道德领域、良心的声音以及责任的崇高而又无可疵议的指示中,为人类的不可思议的命运找到了证据。"

1908年,德国作家鲁道尔夫·欧肯获得"诺奖"。获奖词中强调:"他对真理的热切追求、敏感的思想洞察力、他广阔的观察,以及他在无数作品中,辩解并阐释一种理想主义的人生哲学时,所流露的热诚与力量。"

1947年,法国作家、评论家安德烈·纪德获得"诺奖"。获奖词中强调:"为了他广泛的与有艺术质地的著作,他以无所畏惧的对真理的热爱,并以敏感的心理洞察力,呈现了人性的种种问题与处境。"

1962年,美国作家斯坦贝克获得"诺奖"。获奖词中强调:"通过现实主义的、寓于想象的创作,表现出富于同情的幽默和对社会的敏感观察。"

1968年,日本作家川端康成获得"诺奖"。获奖词中强调:"由于他以敏锐的感受、高超的小说技巧,表现了日本人的内心精华。"

像这样获得"诺奖"的作家不胜枚举,但获奖词中无一例外地闪现着与"敏感"相关的字眼。可以这样说,他们正是以他们的"敏感"而写出举世瞩目的旷世之作。

有一本书,对天才作家的气质是这样定义的:"直到生命的最后一息,尚能保持孩童般的天性和敏感,还保有天真的眼神,这对作家至关重要。具有对新事物好奇敏捷的反应能力,对旧事物记忆犹新的能力,好像每一个生命的印迹和特征都是刚刚脱胎于造物之手一样新奇,丝毫不觉得了无新意而快速将它们归类存档,放入干巴巴的记忆里;对环境变化的感受如此迅速敏锐,枯燥乏味对他毫无意义。对于亚里士多德两千多年说的事物之间的相互联系，他总是在悉心观察。这种新奇的反应能力对天才的作家而言至关重要。"

　　敏感是一切创作的源泉。那些敏感的心以他们的"敏感"而成就了伟大。而这些敏感都源自他们对生活真正的炽热的爱！

自　知

　　下课时间已经到了，一个穿黑色短袖的男孩子还在埋头写着作文。我的目光投射在他的作文本上，一股怒火不由得蹿上心头。他还是没有在规定的时间内写完作文，而且还有大半页的内容没有写完。
　　"想一想为什么没有按时写完作文？"我郑重地提醒他。
　　"时间不够呗。"他低着头，轻声地嘀咕。
　　"不要抱怨时间，其他孩子都按时写完了！从自身找原因！"我严肃地警告他。
　　留给孩子们写作文的时间是足够的。在规定的时间内，只要孩子们能够抓紧每一分每一秒，就会充裕而轻松地写完本节课的作文。时间的有效利用显得尤为重要。如何有效利用规定的时间呢？
　　当我让孩子们开始写作文时，一个戴眼镜的男孩子立即摆好坐姿，握紧笔杆，盯住本子，投入战斗。他的嘴唇紧闭，脸上流露着沉静与自信，眼里迸发着坚定与热情。一行行文字在他的笔端行云流水般潇洒地飞出来。整个写作文的过程中，他没有说任何一句话；沉默，让他隐遁身体，回归内心，外界的喧哗与躁动与他丝毫没有关系。每一分每一秒，都在他全神贯注的书写中散发出芬芳的香气。

当我正在叮嘱"黑色短袖"抓紧时间写作文时,一个清脆的声音忽然在教室里炸响:"李老师,我写完作文了!""哦,这么快!写了多少呢?"我好奇地询问。"满满三页。""眼镜"淡淡地回答。这平淡的回答却犹如一声惊雷,使我悚然一惊。这个沉默不语的男孩子写完了一篇将近900字的作文!

　　"你们都应该向他学习。"我立即抑制不住内心的激动兴奋地在所有孩子面前表扬他,"他写了满满三页的作文,一句多余的话都没有说;他知道自己怎么能够写好,他按照自己写作文前的构思,专注地写好自己的作文。"孩子们都一声不吭,埋头继续写作文。

　　"眼镜"的作文每一次都是写得最长、最好的。写作文之前,对于自己将要写多少、怎么写,他早已胸有成竹,所以他总是有的放矢、聚精会神。面对所有孩子,当我说出"在写之前,自己先在大脑中想一遍,按照我刚才的讲解,看哪里不会写、写不好,赶紧问老师"时,"眼镜"的眼睛透过眼镜总会与我相视而笑,一切尽在不言中。"没有问题吗?""没有。"我相信他是自知的,他的自知让我动容。

　　而"黑色短袖"似乎显得并不自知。上课前,我已经给他强调目前他的作文是这个作文班里写得最差的,希望他能够严格要求自己,认真听讲,写好作文。他在听讲时,思想常常会开小差。当我告诫所有孩子"写作文前先整体构思好,一会儿再集中精神专注写"以后,询问他是否有问题时,他人云亦云地摇了摇头。"你确定?""我确定。""好!一会儿拿起笔来就专心写!"所有孩子开始写作文时,他却坐在座位上,顺手随意地翻看我发的资料。十秒,二十秒,四十秒，一分钟……他好像在入迷地欣赏着别人的佳作，但时间像是一个大铁锤一下一下敲打在我的心坎上，我已经无法容忍了。"怎么还不写？不是说会写吗？——有问题吗？""哦，没有。"他惊慌失措地抓起笔，缓缓地描摹。

其他孩子都写完作文，离开教室了，他依然手忙脚乱地描摹着。"李老师，我写不完了。下次补上吧。"他站起来，轻声细语地对我说。一种怒其不争的愤慨袭上我的心头，像是一把匕首刺向我，我的心隐隐作痛。

他是缺乏自知的。从写作文方面来说，他暂时是落后的。如果他能强烈地感受到自己的落后，并能够不甘人后，他一定会勤奋好学、勇往直前。但他恰恰让我失望了。

我的一个六年级的作文学生叶同学就是一个相当自知的孩子。他是与众不同的。贪玩、任性，一到写作文的时间就坐立不安。刚开始不了解他，我对他迟迟不动笔写作文感到愤怒，但随着对他的认识逐渐深入，我懂得了他拥有自己独特的写作文方式。他往往并不着急写，一直随意玩啊玩，沉浸在自己的世界里，玩到别人都为他捏了一把汗，他才突然如同神灵附体一般紧紧地握着笔，倚马可待，下笔千言。不到十五分钟他就能飞快地写完一篇六七百字的优秀作文，让人叹为观止。对于自己的方式和能力，他是自知的，他完全可以轻车熟路地驾驭自己。像他这样的自知，自然是令我欣慰的。

老子在《道德经》中写道："知人者智，自知者明。"一个人如果能够自知，何愁不能够知人呢？一个人如果能够在自知中内省修心、见微知著，何愁不能够知人论世、匡时济世呢？

对自己狠点

上了一整天的作文课,我回想着和孩子们待在一起的时光,尽管说了数不胜数的话,但是这些话大都如同天上飘来飘去的浮云,倏忽渺然无迹。然而,沉浸在大脑中、始终萦绕不去的只有五个字:"对自己狠点!"

下午的作文课上,在孩子们开始写作文前,我反复给孩子们讲解如何写好这次作文,如何运用好前面所讲的知识。这时,一个三年级的小男孩突然提问:"军君老师,写多少字呢?"又是他!每一次写作文前,这样一句话都会从他的嘴里轻烟般飘出来。每一次,他都不想多写,只是觉得只要按照要求完成当堂的任务就可以了。似乎写多一点,对他来说便是不可承受的压力。他从来不愿意给自己施加压力,他从来都是懒洋洋地面对自己。

"不少于 400 字!"面对他,我突然一改常态,加重语气、郑重地说,"只要你按照李老师刚才讲的,写清楚就能写好!"

"啊!这么多啊!"他显然有点措手不及。

"对!必需的!"我再一次斩钉截铁地强调。

他嘿嘿地一笑,依然慢悠悠地写着。不一会儿,他又笑呵呵地冒出一句:"李老师,能不能少点?"一种讨价还价的味道扑入我的鼻子，刺激着我的心。"不行！必须完成！写完才能回去！"我狠了狠心，严厉地盯着他。他不禁一凛，埋下头安分地写了起来。

时间在一分一秒地流逝。"军君老师，我都已经写600字了！"这时，一个声音在教室里闷雷般炸响。我定睛一看，另外一个小男孩满脸骄傲地看着我。"好样的！"我向这个小男孩投去赞赏的眼神。

而刚才埋下头的他也同时抬起头，看了看另外一个小男孩，不经意地看了看我。我的声音又一次响起："只要认真，只要更加勤奋，我们都能写得更好！重要的是对自己狠点！严格要求自己！"他没有再说话，只是低下了头，一张胖胖的脸涨得通红，紧攥着一支细细的笔，奋笔疾书！

快下课了，"军君老师，我写好了！"他兴奋地说，脸上洋溢着一副丰收在望的喜悦，又突然冒出一句，"军君老师是作文狂人！"

看着他良好的写作状态、满意的写作心态，我从内心里流露出微笑。孩子啊，对自己狠点吧！

犹记得上午上作文课时，一个三年级的女孩子忽然站起来说："李老师，听我学校的老师说，人的潜能只发挥了10%，我们还有很多的潜能呢。"是的，孩子，你说得很对。也有另一种说法：世界上最聪明的人——爱因斯坦的大脑只开发了5%，其余部分都处在沉睡状态。不管是5%还是10%，显而易见，我们的大脑90%以上还处于沉睡状态，我们一直都在白白浪费着我们的大脑。这是让人遗憾的。最聪明的如爱因斯坦者才开发了5%，那普通的我们呢？我们再不对自己狠点，多多开发我们被埋没的大脑，岂不是在暴殄天物?!

爱因斯坦和我们平常人不同的地方不仅仅是智商，更是他的勤奋。正是他的勤奋很大程度上提高了他的智商。爱因斯坦给我们说出了他的成功方程式：那就是 A=X+Y+Z！A 是成功，X 是努力工作，Y 是懂得休息，Z 是少说废话！努力工作无疑是爱因斯坦最看重的！爱因斯坦就是一个对自己格外狠的成功者。

牛顿——这个举世闻名的天才也高度肯定了勤奋的重要性，他不厌其烦地强调："你如果想获得知识，那么你就应该下苦功；你如果想获得食物，那么你就应该下苦功；你如果想得到快乐，那么你也应该下苦功！因为辛劳是获得一切的定律。"聪明如牛顿者尚且执着地下苦功，那么芸芸众生的我们如果不去勤奋、不去辛苦、不去拼命，不对自己狠点，那我们还能获得什么呢？！

作为天才，他们两个人最先重视的一直都不是聪明才智，而是自我历练。所有伟大的人都少不了艰苦奋斗，少不了为了目标绝不放弃的过程。我们不对自己狠点，我们不艰苦奋斗，谁还能帮助我们自救呢？！

我又想起了拿破仑——这个不可一世的军事天才！年轻时，有一次拿破仑到郊外打猎，突然听见有人喊救命，他快步走到河边一看，只见一名男子正在水中挣扎。而这河并不宽。拿破仑不由分说便端起猎枪对准落水者愤怒地大声喊道："你如果再不自己游上来，我就把你打死在水里！"那人见求救不但无用，反而更添一层危险，只好奋力自救，终于游上岸来。拿破仑是够狠的，但他同样希望每一个人都能够对自己狠一些。

对自己狠点吧！从来没有对自己狠过的人，是没有权利来谈论人生的！只有我们敢于对自己狠点，只有我们敢于自救，敢于给自己施加更多外力的压迫，我们的潜能才能够得到最大限度的发挥。在更狠的压迫下，我们将浴火重生！

相信自己

"我们接着看下面这道选择题，选什么？"这天下午，我正在给七年级的孩子们上语文课，讲解着练习题。

"选C。"一个男孩子突然脱口而出。

"你确定吗？"我盯着他问道——为了防止他乱蒙，我故意追问他。

"不对，选D。"他看了看我的神色，立即改口。

"你确定吗？"不动声色，我又抛出这一句话。

他有点蒙了，一时不知所措，看看这个，瞧瞧那个，不能确定。"应该是D吧。"他不自信地说出一个自己并没有把握的答案。

"错了！正确的就是C！"我郑重地说。

"军君老师，我刚才说的就是C啊！你耍我！"他噘起了嘴，不高兴了。

"我看是你在耍你自己。我一开始并没有说C不对啊，只是你不能确定，自己不相信自己罢了！"

他顿时无语了。

这就是不自信惹的祸。当我们不相信自己时，我们便出卖了自己。我们往往太注重别人的看法，对外界的妥协态度直接威胁着我们的自信。当大多数人的看法与我们相悖时，我们应该怎么办呢？

　　作家王小波在《我为什么写作》一文中，最后自信满满地写道："当然，如果硬要我用一句话直截了当地回答这个问题，那就是：我相信我自己有文学才能，我应该做这件事。但是这句话正如一个犯罪嫌疑人说自己没杀人一样不可信。所以信不信由你！"正是因为相信自己能写，他才不会因为别人的好恶而随意放弃写作。正是因为相信自己，他才取得了在文学上的巨大成就。

　　沈从文一直是我钟爱的作家。这个外表柔弱的作家却有着超乎常人的自信。他一直认为自己的文学创作是最重要的，而他的文学成就是无人替代的。在1934年回湘西的路上，他给爱人张兆和的信里讲过这样一些话："我想印个选集了。因为我看了一下自己的文章，说句公平话，我实在是比某些时下所谓作家高一筹的。我的工作行将超越一切而上。我的作品会比这些人的作品更传得久，播得远。我没有办法拒绝。我不骄傲，可是我的选集的印行，却可以使些读者对于我作品取精摘尤得到一个印象。"另外一次，1961年1月下旬在阜外医院他致爱人张兆和的信里又写到这样的话："看看这些十九世纪的作品（指列夫·托尔斯泰的《安娜·卡列尼娜》等作品），有另外一种好处，即使我引起一种信心，照这种方法写，可以写得出相等或者还稍好些作品，并不怎么困难。"

　　这些充满自信的话，不是随便哪个作家都敢讲得出来的！正是这种高度的文学自信支撑着他的身心，让他不断超越自己，奠定了他在文学史上的大师地位。遥想那时，二十一岁的他从湘西一个边远的小镇只身来到北京，住在一个阴冷幽僻的房间里，流着鼻血依然坚持写作。除了一种对文学的迷恋与热爱之外，我想那种相信自己必定能够在文学创作上做出一番大作为的自信一直汹涌在沈从文的内心深处！

我又不得不满怀一丝忧伤和无限敬意地提到他——凡·高。这个"红头发的画家"在众人的眼里几乎一无是处。然而他能自信地说："在我的脑里，在我的大脑中存在着巨大的事物，我将能够给世界某些东西！它需要人们关心两个世纪，也许需要一个世纪去思索。"在他诞生一百余年后，这高度自信的预言终于被广泛地证实了。经过不懈的艺术追求，凡·高狂热地发展着对自己和艺术的自信。我们来仔细地看一看凡·高的《自画像》吧！他的一幅幅《自画像》正是以宗教徒般的虔诚透露出他对自己艺术的高度自信！

不要被别人左右，遵循内心的声音；只有内心强大，才能遇见闪闪发光的自己。相信自己是什么，我们往往就能成为什么！

我只想在心底默默地、深深地喊出："相信自己！绝不妥协！"

最后，请允许我化用诗人食指《相信未来》里的诗句：

朋友，坚定地相信自己吧
相信不屈不挠的努力
相信战胜死亡的年轻
相信自己、热爱生命

"浪费时间"的论证

一个九年级的男孩子的手里经常捧着一个手机，百无聊赖地玩着一个单调乏味的游戏。

"你觉得它有意思吗？"我好奇地询问他。

"没有意思。"他倒是回答得爽快，对自己的行为有着清醒的认识。

"你很喜欢玩这个游戏？从中得到了一些快乐？"

"不喜欢，无聊呗，打发时间而已。"

"你这不是在浪费时间吗？你可以用这些时间做一些自己喜欢做并且能够寄托身心的事。"

"你说得对啊。"他恍然大悟。

当我们每天总是做一些不是爱好而又没有意义的事时，我们就是在浪费时间。这样浪费时间的行为难道不值得我们警惕和反思吗？

"军君老师，她这是在浪费时间。"下午，作文课上，我给孩子们看一个关于"孝顺女孩"的视频，一个三年级的小男孩忽然若有所思地郑重说道。

他的这句话一下子击中了我的心。他是一个善于思考的孩子，这句话不是随便哪个孩子都能够并且敢于说出来的。这句话用在那个孝顺的女孩身上，在一定程度上来讲，是对传统的反抗。那么，她到底是不是在浪费时间呢？她，从八岁开始，独自承担起生活，照顾一个非亲非故的生活不能自理的养母——当作自己的亲生妈妈一样爱护，一天又一天、一月又一月、一年又一年，形影不离……"难道这不是在浪费时间吗？"这句反问刚一写出来，我不禁浑身打了一个寒战！难道这是在浪费时间吗？她，五岁时生父因车祸去世，生母因生活所迫把她送给养母。在她幼小的心灵里，养母就是她的天，就是她的爱的庇护所。不管这个养母变成什么样子，她的爱都将义无反顾地全部回报给这个她生命里唯一的天。这个养母就是她生命的全部，她心甘情愿地为了这个"浪费时间"——哪怕付出她的全部身心！

这是一种具有情怀的付出。我们为此"浪费时间"，我们为此"浪费生命"，义无反顾、无怨无悔！因为这是我们的灵魂所系，我们甘愿为之付出一切！

被大家深深喜爱的丹麦童话作家安徒生在临终前，对一位年轻作家说过这样发自肺腑的话："我为自己的童话付出了巨大的，甚至可以说是无可估量的代价。为了童话，我拒绝了自己的幸福，并且错过了这样的一段时间，那时，尽管想象是怎样有力、如何光辉，它还是应该让位给现实的。"为了他生命中唯一的亲爱的寄托，他心甘情愿地"浪费时间"，全身心地沉醉到童话创作的世界里。现实的幸福离他越来越远，美好的一切永驻在他心里。他走在一条光明的荆棘路上，超越时代，走向永恒。

还有更多这样伟大的人都在心甘情愿地"浪费时间"，他们为每一天、一辈子都能够拥有这样的"浪费"而觉得充实和幸运！意大利著名画家达·芬奇说："勤劳一日，可得一夜安眠；勤劳一生，可得幸福长眠。"伟大的爱因斯坦说："一个人被工作弄得神魂颠倒直至生命的最后一息，这的确是幸运。"时间尽管这样地"浪费"，他们"活过，爱过，写过"，这就够了，就像诗人徐志摩所吟哦的诗句："我将在茫茫人海中寻访我唯一之灵魂伴侣。得之，我幸；不得，我命。"时间在寻找的享受中浪费了，得失都无所谓了。

在这样的"浪费时间"中，我们终将度过美好的一生，在临死的时候，就能够自豪而幸福地喊出："我的整个生命和全部精力，都已经献给了我生命的寄托——我这辈子最痴迷的爱！"

想　飞

　　伸展开一双想象的翅膀，我的思绪自由地飘舞在那些悠远缥缈的地方。纯真无邪，逍遥游荡。这是多么妙不可言的飞翔啊！我只愿沉醉不知归路，我只愿能够带领孩子们一起轻盈地飞翔！

　　作文课上，我和孩子们谈起了梦想——崇高又美好的梦想。我多么希望每一个孩子都能够拥有并且说出自己的梦想！我忧心忡忡，我满怀期望。忽然，一个三年级的男孩子高高地举起了小手。我的目光立即热情地迎接他。"我想飞！"这三个字从他的口中不假思索地飞出。他说得兴高采烈，脸上洋溢着神圣的光彩。一听到这三个字，我是多么兴奋啊！过了一会儿，一个瘦弱的女孩子也缓缓地站起来，略带害羞却真诚地说："我也想飞……"

　　他是一个活泼好动的孩子；她是一个内向羞涩的孩子。无论是他，还是她，从孩子们的口中，我终于如愿以偿地听到了一个新颖别致、生机盎然的梦想："我想飞！"

　　"想飞"是多么让人羡慕的梦想啊，又是多么奢侈啊。人，没有不想飞的。然而，随着我们年龄的增长，白日梦被剥夺了。梦想与轻盈被剥夺了。我们的生活日益变得现实而沉重。"想飞"的梦想似乎只属于孩子们。

　　一部叫《想飞的钢琴少年》的电影让我至今难忘，让我感动。影片中，爷爷为了让孙子高兴，决定为孙子做一双可以飞翔的翅膀。祖孙俩一起动手，做好了木架，爷爷听从孙子的建议在木架上钉上了像蝙蝠一样的皮膜。戴着头盔，装上翅膀，孙子高兴地在草地上飞跑着，那感觉就像是在飞一样。那种感觉该是多么美妙啊！爷爷以飞行之梦，带领孙子飞越俗世，最后却又安稳地降落人间。一个天才少年在"想飞"的梦想里，找到了生活的曼妙意义。

　　啊！飞！漫天卷地地飞！风拦不住，云挡不住，一扇翅膀就跳过一座山头，飞到云端里去！摆脱世俗，拥抱自由！但是，要实现"想飞"的梦想是要付出惨痛代价的！一篇寓言故事——《想飞的石头》让我感慨良多——

　　不知何时，一块沉重的石头也拥有了一个梦想：希望能够像鸟儿一样轻快地飞上天空。虽然它总会受到别人的嘲笑，但是它仍然坚守着自己的梦想。有一天，一个叫作庄子的圣人告诫他："我可以帮你实现梦想，但你必须先长成一座大山，这可是要吃不少苦的。"一听到能够实现梦想，石头就热血澎湃地说："我不怕吃苦！"于是石头拼命地吸取天地的灵气、自然的精华，承接雨露的惠泽，拼命生长，不知经过了多少年，承受了多少风雨的洗礼，它终于长成了一座大山。这时，庄子招来大鹏。大鹏以翼击山，天空顿时乌云密布，雷电大作，一时间地动山摇。一声惊天动地的巨响之后，山轰然炸开了，无数石头顷刻间飞向天空。在飞翔的一刹那，石头开心地笑了，它终于体会到飞翔的快乐！但是，不一会儿它就从空中摔下来，依旧变成当初的模样，落在原来的地方。庄子意味深长地询问它："你后悔吗？""不，我一点也不后悔，我长成过一座山，而且我飞翔过！"石头斩钉截铁地说。

是啊，"我飞翔过"！这是多么豪迈的回答！我们也可以像印度诗人泰戈尔一样大声地喊出："天空没有留下痕迹，但鸟儿已飞过！"只要我们敢大胆地"想飞"，不断提高自己，让自己逐渐强大，"先长成一座大山"，总有一天，我们就会冲破禁锢，翱翔于自由的蓝天！

让我们飞吧！超脱一切，笼盖一切！

在兴趣中坚持勤奋

下作文课了,一个二年级的小男孩的姨妈来接他,我便和孩子的姨妈聊一聊孩子的学习。这个小男孩很喜欢作文,他的作文自然写得格外优秀。"李老师,我暑假还要来学习作文!"小男孩忽然兴奋地说。他的姨妈也流露出满脸笑容:"孩子和你特别有缘分,他喜欢上你的作文课。"

记得这个小男孩的妈妈曾经对我说:"李老师,你让我知道唤起小孩的学习兴趣很重要,他就是喜欢上作文课。"对,我在这里所要说的就是"兴趣"!

我们都知道兴趣是学习的第一老师。一切学习从兴趣开始,而一切坚持更要从兴趣开始。孩子们经常对父母抱怨:"你让我整天学习,逼我学习,我很累。"强迫孩子做他不感兴趣的事,自然换来孩子绵延无尽疲累以及厌倦。所以,我们先要懂得培养孩子的兴趣。

所有的成功者,都是自觉地投入到自己感兴趣的事情中,并在长期的坚持勤奋中,取得辉煌的成就。

法国伟大的作家巴尔扎克一直是我学习"勤奋"的榜样!这个生命力相当旺盛的作家,一心要使自己成为文学事业上的拿破仑,在19世纪30年代至40年代以惊人的毅力创作了海量的作品,写出了91部小说,塑造了2472个栩栩如生的人物形象，合称《人间喜剧》。他在创作上的勤奋简直让人仰慕！他常常工作到深夜。他曾经说过："我尽我的全力每天写作十五小时，太阳东升，我就起床，一直工作到午饭的时刻为止，除了喝咖啡之外，不吃任何的东西。"

对于时间，他就是一个地地道道的"守财奴"——我称他为"守时奴"。他也这样认为："时间是人的财富、全部财富。"

我们呢？自然也要学习勤奋。但我们勤奋的动力在哪里呢？自然是兴趣了。大家都知道，我们中国古代人常常说的关于学习的两句格言是："书山有路勤为径，学海无涯苦作舟。"我们一向比较强调一个"苦"字，古籍中的励志故事总是"头悬梁锥刺股"。这些听起来确实可怕，伤身累心啊！学习本来是非常快乐的事，在我看来，从来都是"书山有路勤为径，学海无涯乐作舟"。快乐是学习的重要动力。我们固然要坚持勤奋，冬练三九夏练三伏，但必须建立在快乐的兴趣上。

我房间里墙上贴着一张纸，我每一抬头总能看到，上面醒目地写着："三万小时，就是天才！"这是什么意思呢？这是我用来警示自己花在文学创作上的时间，必须达到三万小时！我每天必须坚持将八个小时以上的时间用在看书和写作上。

有这样一条定律目前很受大家的欢迎和肯定，它就是"一万小时定律"。加拿大畅销书作家麦尔坎·葛拉威尔在《异数》一书中指出："人们眼中的天才之所以卓越非凡，并非天资超人一等，而是付出了持续不断的努力。只要经过一万小时的锤炼，任何人都能从平凡变成超凡。"

一万小时是什么概念？那大约是每天三小时，风雨无阻，坚持十年。葛拉威尔引述大量研究数据表明，世界上不论任何行业，当你具备基本技能后，最终能否出类拔萃，成为专家、权威、大师，只有一个因素最重要，那就是练习，练习，再练习，最低限度是一万小时。

坚持一万小时，并不简单，那么我们怎么坚持勤奋呢？那自然要靠兴趣支撑了！

在兴趣中坚持勤奋，总有一天，我们就能够绽放出属于我们自己的天才的光辉！

说真话

"我们每一个人都说过谎话吧？"作文课上，我刚向孩子们提出这个问题，一个胖胖的男孩子立即诚实而自然地点了点头："肯定说过。"

而这时，他旁边的一个声音忽然慢悠悠地响起："我没有……"这个声音虽然慢悠悠，但如同炸弹一样顷刻间在教室里炸开。他赶紧掉转了头，像是发现了怪物一样盯着他旁边的男孩子，满脸流露着惊讶和不相信："怎么可能？从小到大你没有说过一句谎话？""我没有说过……"另一个男孩子的头还是摇得像拨浪鼓。"你这句话本身就是在说谎！"他不甘示弱地辩驳，似乎不能接受在他身边竟然存在着一个从来没有说过谎话的人。另一个男孩子依然固执地表明自己："我从来没有说过谎话！"

我禁不住被这个"固执"的小男孩深深触动了，说真话的人让我由衷地佩服！

"说真话"这三个字，在我的记忆里，已经很少在这个社会被提及了；它成了一个无关紧要的品质。在很多人看来，"说真话"的人不是傻子就是莽夫；只有头脑简单的人才会说出真话；我们大多数人都是自诩聪明而深沉的智者，是不屑与傻子和莽夫为伍的。

然而，历史在不断验证着：正是那些在大多数人眼里所谓的傻子和莽夫说出的真话，推动了历史的车轮走向更加辉煌的道路！那些"说真话"的人必将被历史永远铭记！

作家巴金在古稀之年用他的"说真话"为我们每一个人树立了一个光辉伟大的典范，让我们高山仰止。1978年，75岁高龄的巴金老人在重新握起笔的那天，出人意料地一反纯文学模式，用实实在在的大白话，宣称自己今后所有的写作都只为一个目的：说真话！

巴金在《随想录》中自我解剖："那些时候，那些年我就是在谎言中过日子，听假话，说假话。今天我回头看自己在那段日子的所作所为和别人的所作所为，实在不能理解。这是一笔心灵上的欠债，我必须早日还清。我明明记得我曾经由人变兽，我不会忘记自己是一个人，也下定决心不再变成兽，无论谁拿着鞭在我背上鞭打。"为了曾经无可奈何的谎言，巴金进行了痛彻心扉的忏悔。

这个真诚的知识分子以他忏悔的勇气不断地"说真话"，为整个中国知识分子做出了榜样，让所有追求真理的人尊敬、追随。在真诚而勇敢地说真话中，我们将活得高贵而真实！

唯一的良药

"军君老师,我的作文快写到 400 字了。"一个三年级的女孩子忽然抬起头,轻声细语地说。我立即向她投去赞赏的目光。"我都写了 400 多字了!"这个女孩子旁边的一个男孩子出其不意地朗声叫道。这是下午的作文课上,两个新来的孩子在报告着他们写作文的情况,语气中洋溢着自豪。虽然他俩这才是第二次上我的作文课,但是他俩的作文在这次已经写得更上一层楼。他俩只是普普通通的孩子,然而在迅速地进步着,这只因为他俩是认真的孩子。他俩的认真从一开始就深深地吸引着我。认真的孩子总是让我感到欣慰。

望着眼前这两个认真的孩子,我的目光不由得投注到另外两个男孩子的身上——两个不认真的男孩子。"不认真"好像标签一样醒目地贴在这两个男孩子的身上。看着他们,我痛苦不已。

那些认真的孩子的面容常常不期然地闪现在我的眼前,他们总是那么安静,他们总是那么活跃,他们的目光里总是充满着期待,他们的神情里总是流露着专注。他们是如此吸引我,牢牢地抓着我的眼、我的心,让我不由自主喜欢上他们,并且驻留在我的内心深处,让我一旦想起就禁不住满溢快乐。

然而，不认真肆无忌惮地侵蚀着我们的心，让我们在松懈中丧失自己。俄国戏剧教育家斯坦尼斯拉夫斯基曾经说过这样的名言："没有顽强的细心的劳动，即使是有才华的人也会变成绣花枕头似的无用的玩物。"这里的"顽强的细心的劳动"强调的就是认真。在现实的生活中，我见过太多富有才华的人由于不认真而让自己泯然众人矣，以致虚度年华、一事无成。

早在20世纪30年代，我们伟大的作家鲁迅就以智者的清醒大声疾呼："中国四亿人生着一种病，那名称就是马马虎虎，不医好这个病，是不能救中国的……应该学习认真，除去这一味药外，没有别的药了。"

是啊，只有认真了！这是我们每一个普普通通的人能够做到的事！只有我们全身心地投入，只有我们心无旁骛地认真，才能真正地成就自己！拥有认真的人，将是最强大的人！1957年11月17日，毛泽东主席在莫斯科大学面对数千名中国留苏学生和实习生，郑重地提出了："世界上的事情，怕就怕'认真'二字。"这真是言简意赅，但振聋发聩！只有深谙认真的人才能领悟到此中真意。

我们可以不聪明，但我们必须学会认真。聪明在很大程度上来自命定的先天，而认真却是后天能够把握的。我们无法变得比别人聪明，但是我们可以比别人认真一些。认真的做事态度往往比什么都重要！只要认真，我们就能在每一次做事中获得一点一滴的进步，我们就能始终在进步着。

天赋与狂气

"天才作家来了!"一个男孩子刚一走进作文班,就大声喊道。我抬起头,凝视着他,却也只是温和地问道:"你来了?"我并不想迎合他的话,心里却暗暗欣赏他的这股狂气。他的确是具有天赋的。

开始上作文课了,这个男孩子所在的队要选一个队长。正当其他孩子还在内心祈祷老师选自己或者千万不要选自己时,他已经自告奋勇、毛遂自荐了!——同时,另外一个小男孩也踊跃地推举了自己!他们两个都争先恐后地往教室前面跑。我大体了解他们两个的性格,于是,我赶紧对这个男孩子叮咛:"好了,今天就选他当队长,由他去起队名——你要懂得谦让!"

他似乎有点不服气,一坐回座位,就紧紧地盯着来到讲台上的小男孩,咄咄逼人地催促:"你赶紧啊,你赶紧起啊。"小男孩越发紧张了,但也兴奋地握着粉笔慢慢地写着队名。他却等得急不可耐了,忽然随口抛出一个自我创造的词:"耳残。"这个词一下子刺痛了我的心,我立即条件反射般地想到了讲台上的小男孩——他的左耳先天性失聪。这个小男孩是一个极度敏感的孩子,这个词无疑已经刺伤了他的心,我随即断然呵斥道:"管好你的嘴!不要随意中伤别人!"他似乎收敛了一点。

当我刚提出一个问题,一个同学回答了,却答错了,没想到他不假思索地又扔来一句数落别人的话:"没见过这么笨的!"犹如一颗炸弹,这句话在教室里刹那间炸响了,震惊了我。确实,他是优秀的,他的天赋相当高,他的作文写得非常好——是几个孩子中写得最好的,他的学习能力格外强,很会学以致用,他却用他的天赋在霸凌别人!我不能允许他这样恣意妄为,我显然有点气愤了:"不要以为自己了不起,就随意瞧不起别人!如果你总是出口伤人,自以为是,就会引起别人的愤恨,你就会被孤立起来,别人都会讨厌你。"他似乎醒悟了一些。

我决定暂时采用冷处理的方法。我刻意不再关注他,我有意更加关注那些沉默的孩子,表扬他们。但是这更激起了他的斗志,他不允许自己被冷落。

我和孩子们在一起观察一幅图片,每个孩子都从自己的角度讲述了自己观察到的东西。他们的观察都是表面肤浅的,并没有让我满意,我继续引导追问还有没有其他新的发现。正当其他孩子一片沉默时,他兴奋地举起手来,按捺不住地欢快地说出自己的独特发现。他似乎能看透人物的心理,说出他们的心里话;这也正是我继续追问孩子们想要的一些新的发现,正好被他说中了。我的喜悦是显而易见的。他的"火眼金睛"不得不让我热烈地表扬他,对他投去欣赏的目光——优秀对我从来具有不可抵挡的吸引力。

是的,我欣赏优秀!我欣赏天赋的优秀!天资聪明,未学先懂,生来具有,禀受于天,这是多么神奇啊!然而,关于天赋,我常常不愿意多谈,只因为它是与生俱来的,由不得自己做主。人生来本就是不公平的。每个人一出生，便拥有了各自迥然相异的天赋，有些人天赋好，有些人天赋差，这是我们无法改变的。所以我们看到有些孩子天赋异禀，学习各种知识掌握得快一些；有些孩子天赋平庸，学习一点知识举步维艰。

  天赋固然重要，但是如何正确对待自己神奇的天赋呢？狂气？轻视？骄傲？这些真的有助于我们的天赋开发以及运用吗？这些真的能够引导我们更好地驾驭自己的天赋吗？这些犹如一个个深不可测的黑洞，会逐渐吞噬我们无与伦比的天赋。我知道很多拥有天赋的人恰恰毁于天赋……

  我想到了谦虚。我常常想谦虚是不是更能促进天赋的发挥？谦虚的人更容易胸怀广阔，天地万物都孕育在他们的心中，他们更能自由地吞吐日月、俯仰山河。"聪明？天才？思维怪异？不，我理解中比尔·盖茨的特质是谦虚。"曾任微软副总裁的李开复说，"一个谦虚的天才，很难得。"也许，谦虚才是天赋最亲密的伴侣！

"清谈"

"宇宙""外太空"……这些听起来虚无缥缈的词语突然犹如一个个鼓槌横冲直撞地敲击在我的耳膜上。下午,我正待在作文教室里等着孩子们来上作文课,远远地就听到两个孩子高谈阔论的声音。

两个男孩子走进教室,顺手把书包放在教室的后面,又径直来到桌前相对而坐。口中的话语依然像急流一般随意奔泻着。我和另外一个男孩子只能静静地站在一旁,默默地倾听着。

他俩如入无人之境,滔滔不绝。"外星人""攻击力""光速",以至于"黑洞""二次元""时间倒流""第三空间"等专业术语不时从他俩的口中迸射出来,我只有洗耳恭听的份儿。"我觉得你说得不对!"其中一个男孩子忽然一边说,一边手舞足蹈地表演着,另一个又赶紧反驳……

听着这两个男孩子口若悬河的辩论,我的头脑中仿佛中弹般射入两个字——"清谈!"

什么是"清谈"呢?它是魏晋时期文人名士之间的一种思想火花碰撞交流的形式。"清谈"的方式,绝大多数属于口谈。但就口谈而言,又分为几种方式。一是两人对谈,即所谓主客对答。一个人对某一个问题提出自己的看法,称为"主";提出不同见解和质疑的人,称作"客"。主客之间互相质疑对答,往返难休,这是"清谈"的主要形式。二是一主多客或一客多主。不过主客双方都以一人为主,其余的人可以插言。三是"自为主客"。当别人对问题都无高见可抒时,某人可以就此问题自己设疑,自己解答,以发表他高超的见解。据记载,有一次,大家争论一个问题,最后都穷于词理,当时宰相谢安"自叙其意,作万余语",侃侃而谈,见解独特,说完以后,肃然自得,四座没有不佩服的。

那时的"清谈",气氛一般相当随便;谈话者激动的时候,往往手势相助,身体摆动,甚至起舞唱歌,谈到酣醉地步时,便无所顾忌了,口出粗言也是有的。

当然,这样的"清谈"是一种高级的学术社交活动,它不是一般的聊天。它的言辞是非常讲究的,常常需要讲究辞藻的美丽、声调的美丽,甚至风度的美丽。清谈的艺术在于,将最精粹的思想,用最精粹的语言、最简洁的词句表达出来。清谈是一种艺术化的审美过程。在清谈活动中,文人名士追求的不仅是将最精粹的思想用最精练的语言表达出来,还追求自身才华和价值的充分展现。它既是一种审美的快感,也是一种生命的境界。

魏晋风度从而形成。他们崇尚"清谈",他们崇尚隐逸。最具代表性的当数竹林七贤,他们的内心追求着自由,然而又无法彻底摆脱世俗的困扰。竹林七贤之首嵇康就是在这样的矛盾中几度出仕、几度闲隐,虽然后来被司马昭杀害,但他追求心中真理的自由精神依然在天地间回荡着。

《广陵散》虽然从此成了绝响,但是他们自由"清谈"的独立人格、反抗精神与战斗意志依然像中天的太阳,绽放出璀璨无比的精神光芒!

流眼泪

"我妈妈很疼爱我。今天上午我生病了,有点发烧,我妈妈一直在关心我,替我担心,喂我喝药,让我多喝水……刚才来上作文课时,我妈妈又关切地问我的身体;听着妈妈的话,我都流眼泪了……"作文课上,一个三年级的女孩子认真地在给我们讲述她的妈妈。

"你乱编的吧?"一个听得专心的男孩子忽然提出疑问,"怎么可能真会流眼泪呢?"

"我讲的都是真的!"女孩子赶紧满脸诚恳地说。

"怎么不可能流眼泪呢?"我马上替她解释着,"她被妈妈的爱感动得流眼泪了……"

"我总觉得哪有那么轻易就流眼泪了!"男孩子小声嘀咕着。

"感动嘛,只要我们用心去体会,妈妈的爱就会经常让我们感动——感动得流眼泪。李老师也经常被感动得流眼泪呢。"环视眼前的所有孩子,我循循善诱地讲着,"有时看一本书,我就会被主人公悲惨的遭遇感动,会被里面的人物的一点爱心感动。更何况是我们的爸爸妈妈呢;虽然他们的爱是那么平凡,但是他们是真心地爱着我们。我们也要真心地去爱爸爸妈妈,用心感受他们的爱。这样一来我们就能够被感动得流眼泪——那是一种幸福的眼泪。"

流眼泪，多好啊！

这个女孩子当时流眼泪的情景忽然浮现在我的脑海，一下子击中了我内心最柔软的情感。我为这个女孩子感到高兴，她能为妈妈的爱而感动，她能敏感地体会到这个人世间最真挚的母爱，这是她的幸运。

然而，是不是我们每一个人都能这么敏感地体会到爸爸妈妈的爱而感动得流眼泪呢？我们的孩子们都能吗？——我们成人都能吗？不仅仅是父爱母爱，身边的一切爱我们都能体会到吗？我们都能体会到而情不自禁地流眼泪吗？！对我们来说，这样的幸福似乎离我们越来越遥远，不可企及，难以置信。这不能不说是我们的悲哀！

听着我的讲解，有些孩子的眼睛里已经流露出理解，而更多孩子的脸上依然悬挂着疑惑的神情……流眼泪怎么会是幸福呢？在孩子们的思维里，流眼泪是一件倒霉透顶的事。如果一个孩子流眼泪了，那么其他孩子都将沮丧、叹息地望着他，替他难过。孩子们都不想流眼泪，笑是孩子们永不疲倦的追求。

喜怒哀乐是每一个人都不可避免地具有的心情。感受到快乐，我们当然要微笑，但是，一旦遭遇哀伤，我们是否能够自然地流眼泪呢？既然一个人可以随心所欲地微笑，那么他也可以肆无忌惮地流眼泪。它们同样都是人的正常感情，都是生命的一种自然反应。我们为什么不愿意流眼泪呢？

"你觉得流眼泪好吗？"我好奇地询问另外一个女孩子。

"不好。那是伤心的表示。我可不想伤心。"她斩钉截铁地回答。

因为伤心,所以拒绝。没有人愿意伤心,没有人愿意流眼泪。我们出于本能地保护着自己,免受周围的伤害。在日复一日的现实生活中,我们的心逐渐坚硬得不容任何外物的侵袭。难道这真的是我们追求的吗?

我们总是乐意在别人面前笑,却不敢在别人面前哭;哭似乎成了丢脸的事,是沦为脆弱的表现。男儿有泪不轻弹,是我们的信条。

如果一个人从来不会流眼泪,那么他的人生是否过得有滋有味呢?如果一个人总是不能流眼泪,那么他的生命是否多姿多彩呢?

流眼泪是真性情的自然流露,是真感情的自由表达。流眼泪吧!让我们仍然会流眼泪,都还能够流眼泪吧!让我们为这个人世间最真、最善、最美的一切而真情实意、痛快淋漓、无拘无束地流下自己感动的眼泪吧……

驱 使

"咦,你发什么呆呢?赶紧写啊,只有半个小时,很快就过去了。"看着一个小男孩还坐在座位上发呆,我随即提醒着他。我给孩子们讲解好这节课作文的写法以后,其他孩子都立即拿起笔匆匆地写起来,他却慢腾腾地一直在那里发呆。

听到我的提醒,他如梦方醒一般拿起笔,眼睛注视着作文本,一笔一画慢慢地写起来。他写得还是挺认真的。开始写就好,我不时关注着他。虽然在我的提醒下,他开始认真地写了,但是一种懒洋洋的气息总弥漫在他的身上;他写着写着,就不由自主地弯腰想亲近桌面。我走到他的身后拍了拍他的腰身,示意他坐端正。

过了一会儿,当我转头再次看他时,他手中的笔却放在作文本上,又在那里做小动作,一副漫不经心的样子。我走过去,他的作文已经写了一段。"怎么又不写了?不会吗?"我耐心地询问着。"会。"他小声地回答。"会就赶快写啊,别停,已经过去八分钟了。""哦,这么快。"他马上又抓起笔写了起来,写得很认真。

看着他认真写的模样,我便不再关注他,任由他尽情发挥。时间过得飞快,等我再次看时间时,只剩十分钟就下课了。孩子们大多数已经写到倒数第二段，事情的叙述将近尾声。当我看他时，他又停下来在无聊地咬着手指。而他的作文才写了不到两百字。我有点心急了，凝视着他："你又在玩！只剩十分钟就下课了！""啊！这么快啊！"他似乎突然意识到时间流逝得太可怕，立即又抓起笔，准备投入战斗中。

"你这小子啊，不催促你，你就不主动写，非要我用'鞭子'在旁边不断抽打你，你才写。"我对他开玩笑。

"军君老师，我觉得他就跟陀螺一样，需要别人用鞭子抽他，抽一次，他就转两圈，不抽，又停下了。"坐在他前面的一个平时腼腆的小男孩笑呵呵地解释着。

"他是非要被别人用鞭子驱使着才有动力写——都赶快写吧。"我给孩子们强调着。

这时他争分夺秒地写起来，在剩下的时间里飞快地写完了一篇400多字的作文。虽然他按时完成了作文，但是他的写作态度总让我感到担忧。他是需要别人的驱使才能完成一项任务的。这是一种外在的驱使。如果没有这种外在的驱使，他很可能就无法自觉地做好一件事情。

外在的驱使只能让我们沦落为外界的奴隶，从而让劳动变成一种心灵的折磨；而与此相对应，内心的驱使则会让我们羽化为支配自己的主人，从而让劳动成为一种心灵的快乐。

另外一个相当优秀的男孩子一直沉浸在他兴奋的写作中。写作文之前，他就郑重地向自己宣告："我要写得最好！"他的确拥有这样说的实力，他的作文在这个班是写得最好的。最重要的是他热爱写作。写作文已经融入他的内心深处，甚至流淌进他的血液里。每当写作文时，他就格外兴奋、充满斗志,他在不断挑战自己!他享受着写作文带来的巨大的心灵快乐。

从我让孩子们开始写这次的作文一直到下课,他只是紧紧地抓住手中的笔,埋着头笔不停挥地写着,没有丝毫松懈!他受着自己内心的驱使,为着自己内心的召唤在写作,自然文思泉涌。当其他孩子都按要求写完作文离开教室时,他依然默默地在挑战着自己,为写出更加优秀的作文仍在坚持拼搏!他一个人独自伏在桌子上,全神贯注地写着。

"你真能写!"我陪伴着他、欣赏着他、等待着他。他只是一个三年级的小男孩,但他的作文常常比四年级的孩子写得还优秀!他已经写了六七百字了。"李老师,我写好了!"他满脸洋溢着灿烂、胜利的笑容,手捧着作文本,兴奋地站起来交给我。我感受到他内心的幸福……

这种内心深处的驱使,恰恰是大多数人所缺乏的。他之所以能够坚持写这么多,写得这么痛快,只是因为他发自内心地热爱写作。

听从自己内心的声音,受着内心的驱使,竭尽全力地去做事情的人常常是最优秀的人!美国的史蒂夫·乔布斯就是这样的人。这个创办苹果公司并让"苹果"家喻户晓的传奇式的人物,在《听从自己内心的声音:乔布斯的人生忠告》一书中,给我们揭晓了收获成功的秘籍:听从自己内心的声音。

在这个世界上,只存在着两种人:一种是受外在驱使的人,一种是受内心驱使的人。这两种人,哪一种人更容易迎接成功呢?答案是不言而喻的。享受着内心的驱使,我们在人生的道路上哪怕陷入孤立无援的境地,依然可以自足而幸福地迈开前进的脚步。

让我们都拥有自己的梦想

"孩子们,你们做过梦吗?"我认真地询问眼前的几个三年级的孩子。

"没有做过。"大多数孩子的头都摇得像拨浪鼓。一个男孩子的声音突然响起:"我做过——但不记得了。"

这是正常的,孩子们都是无忧无虑的,梦是不会随意到睡眠里来寻找他们玩耍的,即使偶尔找他们玩一玩,也是不会留下什么印象的。

"那你们有梦想吗?"这是我最关注的,并且最期待得到肯定的答案。

"有!""我也有!"孩子们纷纷大声宣告,流露出抑制不住的欣喜。

听到孩子们说自己拥有梦想,我自然是由衷高兴的,但同时注意到一个男孩子和一个女孩子始终闭着嘴,没有回答。难道是因为他们不想回答,还是因为梦想没有找到他们?我怀着好奇依次询问他们。男孩子的脸上立即露出腼腆的笑容,似乎沉浸在自己的梦想里。而女孩子嘟着小嘴巴,调皮地说:"我不说。"

"你们两个再想一想——谁先跟我们分享一下自己的梦想呢?"我多么希望每一个孩子都拥有自己的梦想,并且希望听到孩子们都勇敢地说出自己的梦想。

一个胖胖的男孩子紧张地看着我,眼睛里放射出渴望表达的光芒,我赶紧对他说:"大胆地走到讲台中间讲一讲吧。"我的话更加激发了他的表达欲。他急忙走到讲台中间,在大家的催促下,他热烈地说:"我的梦想是做科技研究,研究出一种新型的汽车,让人们像飞一样自由地开车……"他一边发挥想象,一边滔滔不绝,带领着其他孩子进入他的科技梦想里。我禁不住为他的敢于想象而击节赞赏。他拥有自己的梦想,多好啊!

"他是好样的,说出了自己的梦想。谁再来说说——"我热切地望着孩子们,一个女孩子连忙举起了手,脸上溢满兴奋:"军君老师,我想说说我的梦想。"

她乖巧懂事地站在讲台中间,面对大家,一本正经地说:"我的梦想是发明一种时空穿梭机,能够自由地去不同的时空,看不同的东西,来去自由……"她娓娓道来。她的梦想是多么有趣啊!这也是我们所有人的一个梦想啊!

"你现在要不要讲一讲自己的梦想?"我的目光落在那个腼腆的男孩子身上。他的脸蛋儿顿时像涂上了胭脂。"是什么呢?我记得你是有梦想的。"我温和地提醒他。"科学家。"他终于静静地说出了自己的梦想,我真为他感到高兴。他拥有自己的梦想,多妙啊!

"该你说一说了。"我面向"我不说"女孩儿,她随即笑呵呵地露出一副神秘的表情:"这是我的秘密。"还保密呢,好,只要她拥有自己的梦想就好,不说出来也没有关系。

"军君老师,你太天真了!"她忽然抛出这么一句话,让我感到莫名其妙。"我才这么大,还说什么梦想呢?太遥远了吧？"她紧接着解释道。

"我们从小就要拥有梦想啊。越小，越要拥有梦想；早早拥有梦想，就能早早为了梦想而努力。如果没有梦想，我们整天活着就没有多大意义。"我不仅是给她，也是给所有孩子解释着。

一旦一个小孩子拥有了梦想，他的脸上就常常洋溢着自信，他的心中就常常满怀着憧憬，他的生活就常常充盈着希望。梦想让他不同凡响。

梦想对于小孩子是可贵的，对于成年人更是重要的。当我们还是小孩子的时候，我们常常敢于拥有梦想，而当我们慢慢长大后，我们便总是不敢再谈什么梦想了——也许有人还会嘲笑别人拥有的梦想。生活日复一日地消磨了我们曾经的梦想，这是人生的悲哀。我们应该如何自救？梦想就是拯救我们成年人最实在的法宝。无论是小孩子还是成年人，我们都要拥有自己的梦想，从小到大，到老，一辈子始终拥有！——这将是我们的幸福！

梦想的种子还是要从小就给孩子们播种下去啊；让这颗种子从小就在每一个孩子的心灵中发芽、成长，伴随着孩子们的成长，梦想也将汇聚成一股无与伦比的力量。

管好自己

上了一整天的作文课,接触到了许许多多的孩子,我坐下来想写点文字时,头脑中不由得思索着一个问题:今天我最想和孩子们谈一些什么呢?那些学习暂时落后的孩子,那些学习已经优秀的孩子,都争先恐后地涌入我的心里,顷刻间把我的一颗心搅得难以平静了!我顿时变得激动起来,禁不住向那些孩子当头棒喝:"管好自己!"

是的,孩子们,我今天还是想对你们说出这四个字:管好自己!我忽然想起一年前我对你们说过这四个字,那时,我对你们充满愤怒!其实,我的愤怒一直都存在。

记得今天早上我的微信里传来这样的信息:"李老师,这篇文章会不会让那个男孩家长不快?我也只是这么一猜,未必当真如此。"这是我的一个做作文培训的朋友朱老师在读了我昨晚写的一篇关于学生的文章以后对我的善意提醒。我自然理解他的提醒。他在为我塑造反面形象而担忧。但我不得不这样写——这是真实的表达!我不无沉痛地答复他:"批评、警告落后才能更好地让孩子们进步,才能更好地激励、鼓舞优秀!我也是怒其不争啊!"我只能说,这是我不得已的苦衷!

此刻,我旧话重提,更是对你们寄予厚望!请你们理解一个老师的喋喋不休以及殷殷期待……

"你注意听！我现在只讲一遍，讲完以后我们就开始写今天的作文了！"我突然提高声音叫着一个男孩子的名字，提醒他认真听讲。因为我了解他容易走神，往往在最关键处不认真听，直接影响接下来的写作。"哦。"他一边抬头看着我，一边不自觉地扭头望了望他的同桌。他似乎总在关注着别人。

孩子们开始写作文了。那个男孩子的同桌已经紧紧地攥着笔，投入写作了。他的眼光却不由自主地扫视着同桌的作文本，好像在欣赏着别人的"神速"，流露出一副羡慕的样子，似乎完全忘了自己的任务。

"你在看什么呢？你怎么还不赶紧写？"他有所醒悟，慢慢摆正自己的脑袋，瞅着自己的作文本缓缓地进入了写作状态。

孩子们迅速地书写着属于自己的文字……正当其他孩子都还沉浸在自己的写作中时，一个四年级的女孩子忽然站起来，轻快地喊了一声："李老师，我写好了！"孩子们顿时一片哗然："怎么这么快？！"那个男孩子顷刻间绽放出一副不可思议的表情，眼睛紧紧地盯着这个女孩子的作文本，似乎在运用"千里眼"来审视她是否写得合格。他的嘴角按捺不住地偷偷跑出几个字："怎么可能？"问号沉重地挂在他一边的嘴角上，把他整张脸拉得倾斜变形。我赶紧对孩子们告诫："她写得很好！你们都抓紧时间写！"孩子们又都各自管好自己，埋头写作。

而他的眼睛又"助人为乐"地关心着同桌，不合时宜地开始说话:"李老师,他和我们写的不一样!"他忽然像发现了新大陆一样,惊喜地说出自己的发现。我的眉头不禁紧皱了,我的怒火不禁燃烧了,我最反感孩子们在写作文时乱说话——这是我反复强调过的!这样既扰乱了别人的思维,又阻断了自己的想法。每个人本来就是不一样的!

我觉得应该给予他一声当头棒喝了。"管好自己!"我斩钉截铁地给他强调。我的"棒喝"显然让他吃了一惊,他意识到自己真是有点太"博爱"了,立即收心、定性、耐心地写起来。这时,他的同桌——那个腼腆的男孩子小声地嘀咕:"你管好自己的事就好了。"

管好自己,既是一种自我修养,也是一种优秀品质。让我们一起看看那些能够管好自己的孩子吧!

那些优秀的孩子往往是这样写作文的:当我强调将要讲解怎么才能写好这次的作文时——这是很重要的一个环节,他们就专心致志地听讲,生怕遗漏了我说出的任何一个字。当我询问哪个同学是否还存在着问题时,他们之中有问题的同学就会及时提出问题、确认答案;而没有问题的同学会快速地理顺构思或者沉浸在自己的思维里追求着创新、突破——他们从不对别人说三道四,只对自己精益求精,准备写作。当我要求孩子们都开始写作文时,他们立即紧紧地握着手中的笔,略微低下头,目不转睛地盯着作文本,笔不停挥地写起来,一句多余的话也不说——沉默是写作最亲密的伴侣,一行一行,行云流水,全神贯注,不知不觉一篇完整的作文就写成功了——"李老师,我写好了!"在其他孩子惊讶与羡慕的目光中,他们犹如凯旋的将军一样把作文本潇洒地交给了我。

其实，这样的效果是每一个孩子都可以达到的，就看孩子们是否认真听讲，是否能够管好自己。"拿起笔来，埋头快写，不准说话，写完交我。"这是我常常挂在嘴边并且反复强调的十六字口令。只要孩子们能够管好自己、认真听课、认真写作，就能够轻松写好作文。写作本来就是一件极端个人化的事情；它需要灵感，更需要的是获得灵感以后心无旁骛、坚持不懈的劳作。如果我们在这条独自行走的黑夜的道路上缺乏恒心、意志薄弱，就很难完美地走下去。

俄国著名文学大师陀思妥耶夫斯基曾经说："如果你想征服全世界，那么你就得征服自己。"征服自己从管好自己开始！当我们每一个人都能够管好自己时，我们便迈向了一条通往成功的康庄大道。

推倒心里的墙

"刚才那个女孩子非常勇敢,第一个挑战,并且获胜了!她真棒!给我们做了个很好的榜样!下面,女生派谁来应战下一个男生?"

回答我的是一片沉默。我的目光急忙迎上一个个女生,女生们都好像迎面遇到了一只大老虎,吓得连忙往后退缩,你推我,我推你,不敢主动出来应战。

"别害怕,刚才那个女生已经第一个完成了,很简单。这不是比体力,而是比智慧。平时我们都会拿碗拿筷子,这次只是换个花样而已。勇敢地挑战男生吧!"

我在解释,我在鼓励。忽然,一个眉清目秀的小女孩缓缓地走了过来:"李老师,我来吧。"她轻轻地说出六个字,声音随即淹没在男生们的叫嚣声中。她平时是一个乖巧安静的小女孩。我没有想到她在此刻会主动站出来,在其他女生都不敢"出征"的情况下勇敢地迎接挑战。我的心里对她充满了佩服:"勇敢者出现了!李老师非常喜欢勇敢者!"

这个乖巧的小女孩刚开始也和其他女生一样不敢主动站出来,她们的心里都横亘着一堵胆怯的墙,它威严庄重地挡在她们面前,让她们不敢越雷池一步。无疑,她已经推倒了心里的那堵墙。

　　一个胖胖的男孩子每次写作文时都是慢悠悠的，每次写作文前，他都会懒洋洋地询问一句："李老师，我能不能少写一点？"如果我回答"不行"，他就满不在乎地为自己辩解："我就只能写这么一点！"他一贯懒散，对自己没有更高的要求，一堵不思进取的墙高高地耸立在他的心里。他只是抬起头瞥了瞥，然后像乌龟一样，轻轻地缩回自以为坚固的壳里，不愿意示之于众。

　　当这堵不思进取的墙一直挡在他的心里时，他就失去了不断前进的动力，他就渐渐滑向自甘堕落的深渊！这是多么可怕的事情啊！如果不推倒他心里的这堵墙，他该如何更好地进步呢？

　　一个沉默的男孩子第一次来到我的作文班上时，作文基础还比较差，不知道怎样写作文。他内心的宝藏被他深深地埋藏着，他挖不出来。他的内心竖立着一堵墙。但是他是一个认真的孩子，他是一个努力上进的孩子。他每次都能够相当认真地听课，眨着一双求知的眼睛专注地听课；他每次都能够相当认真地写作文，握着一支勤奋的笔不停地写作。他的作文越写越好，越来越让我惊叹。

　　这个沉默的男孩子推倒了心里的墙，他的努力上进不断地成就着他的优秀卓越！

　　其实，不仅仅是孩子们，我们每一个人的心里都横亘着许许多多不可捉摸的墙。这些墙把我们深深地囚禁在自己的内心，难以享受明媚的阳光。

　　面对生活中一个个接踵而来的挑战，我们不是要推别人，而是要推自己，推倒自己心里的墙。推倒了心里的那堵墙，我们就是勇敢者！我们就是努力上进者！我们就是优秀卓越者！我们都有可能绽放出耀眼的光芒，只要我们敢于推倒心里的墙！

不安分

"你听过一个成语吗?——流水不腐,户枢不蠹。"作文课上,我突然询问一个正在发呆的男孩子。

"听过。水要流动才能不腐烂。"他漫不经心地随口应答。

"对,你说得很对。水只有不断流动才能保持生机。人呢?人的大脑呢?"

"大脑不用就呆了吧。"

"所以多让你的大脑运转起来,多去学习、思考,别总是一副无所事事、浑浑噩噩的样子——你觉得安分好吗?"

"不……好……吧。"

这是晚上,我和一个初二的男孩子谈到了"安分"这个词。他是一个在学习上有点"安分"的孩子。他的"安分"自然引起了我的不满,我想激发他内在的"不安分"。

长久以来,我们对"不安分"抱有高度的警惕,我们总是劝别人要做一个"安分"的人。"不安分"一词在字典里的解释是贬义的,多指某个人的思想或行为不稳定,通常指责某个人在一个相对好的环境中,还想要去做一些其他不稳妥的事情。我们习惯了安分守己,平淡度日;"不安分"似乎成了一个可怕的梦魇,让我们避之唯恐不及。曹雪芹在

《红楼梦》第七十二回中写到鸳鸯姑娘安慰病重的司棋:"从此养好了,可要安分守己,再别胡行乱闹了。"

也许,"安分"是人们经过漫长的生活实践所得出的智慧结晶,是生活教给人们的一种最平安的愿望。

但"安分"真的好吗?"不安分"真的坏吗?

生活原本是平平淡淡的,但一些不安分的人把生活装点得绚烂多姿、妙趣横生。人类文明的每一次进步,都是由于出现了一些不安分的人并且由他们推动的。

越来越多的成功者都是不安分的人。他们敢于抛弃铁饭碗,不满足于眼前安稳的现状,吟唱出一曲曲动人的"不安分之歌"。

这个世界上总有这样一些人,他们敢于冒天下之大不韪,不愿随波逐流,始终坚持独立自由,始终朝向自己的梦想不安分、不停息地奋斗着。他们是自己生活的主人,勇于乘长风破万里浪,不断地搏击命运。他们总是跃跃欲试、蠢蠢欲动,不断挑战自我、突破自我。

他们的血液里奔涌着"不安分",他们的灵魂深处沸腾着"不安分"。一种生命的使命感常常驱使着他们马不停蹄地前进,一种心灵的不安感时时鼓舞着他们勇往直前地追逐。他们的生命力极其旺盛,他们在不安分中扭转乾坤。

德国音乐家贝多芬的呐喊依然在我们的耳畔回荡:"我要扼住命运的咽喉,它休想让我屈服!"他们与平庸的生活、残酷的命运浴血战斗,从而创造了生命中一个又一个的奇迹,从而让生命迸射出一道道耀眼的光芒。在一个短暂的生命里,他们却经历了、享受了无数个丰富多彩的人生。

尝点挫折

"军君老师,我的作文是我们班里写得最好的!我这次到你这里还来学习作文,纯粹是我妈嫌我暑假光玩,硬让我学习的。"一个即将升入五年级的男孩子说话的语气中充满着自傲和不满。

我已经和他妈妈聊过,也看了他这段时间写的一些作文,对他的学习情况大体了然于心。"他平时比较骄傲,对他严厉一些。"他妈妈特意提醒我。一只骄傲的斗鸡自以为天下无敌,不可一世的样子。如果他要取得更进一步的成绩,那么就该给他尝点出其不意的挫折。

我正尽兴地讲着课,冷不防点到他的名字,他一惊。我随意抛出一个"世界未解之谜",他不以为意但心有不甘地说:"你先别告诉我答案,我再想想。"我当众朗读了一篇满分作文,故意提高声音问他:"这是一个四年级学生写的作文,你觉得写得怎么样?"他不失公允却不甘示弱:"写得是很好,但我肯定能比他写得更好!"写作文时,我特意给他强调作文字数不少于 500 字,而且必须用到我上课讲的知识。他忽然向我投来挑衅的目光,先是抱着头沉思了一小会儿,然后便紧握着笔写了起来。

他虽然有点骄傲,但是他诚实要强。不断地给他制造挫折，只能让他更加清楚地认识自己，更加激起他强烈的进取心。这样的挫折感对他这样的孩子是非常有必要的。

挫折教育对一些优秀的孩子来说是必不可少的。由于受到年龄、经历、学识等的影响，孩子们往往会产生一些不应当有的错误，如粗心大意、骄傲自满等。在这种情况下，我们应该人为地设置一些挫折让他们经历，打击他们的骄傲情绪。通过这种人为设置的挫折，孩子们能够从中正确认识自己，戒骄戒躁，不断突破自己，从而取得更大的进步。

每个人身上都蕴藏着一些被深深埋藏的潜能，这种潜能只有在一些非常的情况下才能被激发。对孩子们来说，遭受挫折，可以很好地激发他们的潜能。越不容易找到答案，就越能激发孩子们的探究精神，从而进行研究性学习，切实掌握知识。

现代社会是一个充满挑战的社会，在这样的社会中，不遭受挫折是不可能的。如果孩子没有遭受挫折的洗礼，没有正确对待挫折的思想，没有掌握应对挫折的方法，就好像是离不开温室的花朵，是不可能很好地适应社会中的风雨的。

一位家境贫寒的学生学习成绩一直很好，但参加高考时发挥不佳，结果只考取了一所大专。他顿时变得意志消沉。班主任找到他，拿给他一张纸，让他立起来。他反复试着，可无法把纸立起来。班主任把纸轻轻地对折，然后再放在桌上，这样，纸轻易地立起来了。班主任意味深长地说："你看，这对折处，像不像纸遭受的挫折呢？然而，纸经过一对折，反而立起来了。同样，人生遭受挫折也不全是坏事。人经历一些挫折，会使人变得更成熟、更坚强，更加挺立和高大。其实，专科院校也培养出了很多优秀的人才，到了大学，成功就靠自己了，因为没有人逼你学习了。"

　　我国教育家邹韬奋提出："我认为挫折磨难是锻炼意志增加能力的好机会，讲到这一点，我还要对千方百计的诬陷者表示无限的谢意。"我们应该感谢挫折，挫折铸就了我们的强大，让我们品味到丰富醇厚的人生。

　　尝点挫折，无论对于孩子，还是成人，未尝不是一件大好事。我们还在骄傲吗？我们还在消沉吗？请给自己端上一道大餐：挫折，细细品尝吧——苦尽甘来，越品越香。

无形的恐惧

"有鬼啊!"

一个四年级的小男孩忽然大喊了一声,另一个小男孩立即吓得浑身打哆嗦。

小男孩的手里正紧紧地捏着一张扑克牌,目不转睛地盯着扑克牌上的图案,探索其中蕴藏的奥秘。图案是奇形怪状的,据说会看的人能够从这个图案中看到"鬼"。

"真的是鬼!"另一个小男孩恍然间惶恐不安地说。他仿佛见过鬼,此刻终于再次与鬼邂逅,一种恐惧顿时袭上他的心头。

真正让我们恐惧的往往并不是现实中具体的人或者物,而是一些看不见摸不着的无形的东西。

鬼当然是不存在的,而无形的恐惧一点一点侵蚀着我们的内心,我们如同走进无物之阵,四顾茫然、手足无措。

"强台风来袭,出门谨慎,抓紧储粮!"

10086突然发来短信——深圳市政府提醒:台风红色预警8月1日17时发布,全市进入台风特别紧急防御状态,启动防台风和防汛Ⅰ级应急响应,在Ⅰ级应急响应期间,全市停工停业停市停课,请市民留在安全地方,并互相转告。

"深圳发布史上首个台风红色预警,宣布停工停业停市停课!"

"致深圳的小伙伴们,这次貌似是真的了!好可怕的样子!亲们出行注意安全啊!停工停业停市停课!"

一条条台风即将袭击深圳的消息漫天飞舞。"台风妮妲登陆,外面已经狂风骤起!"人们在目不暇接的短信中,内心经受着一次次恐惧的袭击。

"嘭!"从屋外传来一声响,狂风怒吼。刚才还无动于衷的我赶紧来到阳台收衣服。

台风确实来了!明天将是台风肆无忌惮的日子!台风将会造成怎样的影响呢?一种莫名的恐惧笼罩在人们的心中。

我们不知道明天到底会发生什么。我们对明天充满着未知。但正因为未知,恐惧便乘虚而入。这种无形的恐惧是最震慑人心的,人们将会在想象中把一点的恐惧无限放大。奥地利作家茨威格说道:"恐惧是一面哈哈镜,它那夸张的力量把一个十分细小的、偶然的筋肉悸动变成大得可怕、漫画般清楚的图像,而人的想象力一旦被激起,又会像脱缰的马一般狂奔,去搜寻最离奇、最难以置信的各种可能。"

如果能克服自己无形的恐惧心理,那么就能时常领悟到生活的真谛!

美好的信赖

"说到这句话,老师忽然想起一个小游戏,我们一起来玩一下。"我对三个孩子说,"你们两个男孩子先站起来,一前一后站好。前面的孩子立正,身体挺直,不准打弯,直接往后面的孩子身上倒——你要相信后面的孩子肯定能扶住你。"前面的男孩子一边听着我的话,一边克制着自己本能的恐惧,慢慢往后面倒去。然而,身体刚刚倾斜,他就害怕地转身,不敢再倒下去了。"我不信赖他。"胖乎乎的小男孩嘟着嘴巴说。

今天的作文课上,我和三个孩子正在读一篇故事,里面的一句话深深地吸引着我和孩子们——"信赖,往往创造出美好的境界。"

信赖是美好的。信赖他人说起来轻松,但做起来是相当困难的。在当今这个社会中,我们已经很难再享受到这种美好的境界了。我们的心灵早已蒙尘;信赖对于我们成了天上的那轮明月,可望而不可即,徒惹我们的羡慕。

人与人之间的信赖如同新鲜空气一样,变得越来越稀薄,于是,我们便把目光投注到动物的身上,我们养起了宠物,一只只小狗像亲人一般陪伴在我们的身边。我们与宠物之间建立了某种信赖,但是难道这样的信赖真的是我们内心渴慕的美好信赖吗？

人与大自然之间的信赖固然让我羡慕不已，但人与人之间的信赖更让我魂牵梦萦！——我不得不在古今中外的历史中去寻觅那些相互信赖并创造美好境界的人……

马克思和恩格斯率先进入我的心里。这两位伟人之间的信赖让人叹为观止。为了在经济上支持贫困的马克思的革命活动以及日常生活，使他能够专心致力于革命理论的研究，恩格斯不惜违心地去帮助父亲经营自己所厌恶的商业。他俩几乎每天通信，在革命事业上互相鼓励、促进。

当《资本论》第一卷付印的时候，马克思给恩格斯写信深情地说："其所以能够如此，我只有感谢你！没有你为我做出的牺牲，我是绝不可能完成三卷书的巨大工作的。我满怀感激的心情拥抱你。"马克思说的不是客套话，他深知恩格斯对他的无私帮助。尽管恩格斯做出了巨大的牺牲，但他始终认为，能够同马克思并肩战斗40年，是他一生中最大的幸福。马克思逝世后，恩格斯又编辑出版了《资本论》的第二、三卷，完成了朋友的未竟事业。

信赖，让他俩即使处于一时的误解中也能顷刻间变得更加相互理解。他俩互诉心曲，他俩互相帮助。他们之间创造了信赖的美好境界，正如列宁所赞扬的，它"超过了古人关于友谊的一切最动人的传说"。

关于美好的信赖，我又不得不把目光投向我们春秋时代的管仲和鲍叔牙——这是令人肃然起敬的管鲍之交！从小，他俩就是好朋友。他俩一起做生意时，管仲的分红往往多一些，而鲍叔牙信赖管仲，从来不认为他贪钱，只因为知道他家里穷困。当在战场上打仗的时候，管仲经常撤退逃跑，鲍叔牙也从不认为管仲胆小，只因为知道他家里有老母需要奉养。当管仲临死的时候，齐国国君齐桓公让他推荐继任人，他却没有推荐好朋友鲍叔牙。这时，好事者连忙告诉鲍叔牙。鲍叔牙意味深长地说："我这个人疾恶如仇，当丞相会误事，管仲了解我啊！"这是多么美好的信赖！如此相互了解、相互信赖的朋友，真让后人汗颜。

其实，这样美好的信赖，一直都蕴藏在我们被凡尘琐事重重羁绊的心灵里；只要我们敢于敞开心扉，真心实意地坦诚付出，我们就能够享受到美好的心灵赐给我们的美好信赖。

熟悉与特殊

每次给一个初二的男孩子一对一上作文课前,我都会一如既往地向他询问:"白天都做了一些什么事?有什么收获?"他可以凭借着这个问题对自己一天的行为进行一番梳理,从而更清楚地了解自己应该做些什么。

这次,他的头忽然摇成了拨浪鼓。当"鼓"刚一静止,他立即摆出一副索然无味的样子,淡漠地说:"什么事也没做。"从他的语气中,我可以料想到他今天过得平淡而乏味。然而,我知道他并非像木偶一样呆立了一天,他只是表示今天没有什么特殊的事,生活里的那些事早已司空见惯,平淡、熟悉得不足以一说。

生活的本来面目就如同小河里的水流一样,缓缓流淌,波澜不惊,并没有什么特殊的激流来供我们随时欣赏。日历一页页翻过,日子一天天重复。一切都是那么熟悉,熟悉得激不起我们的丝毫兴致。

我们在熟悉中麻痹着自己。我们渐渐厌烦了熟悉,我们渐渐渴盼着特殊。我们多么希望熟悉的生活中能够出其不意地蹦出一两个特殊的分子。于是,我们在内心深处禁不住静悄悄而闹腾腾地呼喊:"太熟悉了!特殊啊,你在哪里?"

诗人汪国真曾经动情地吟唱:"熟悉的地方没有风景/

有的只是熟悉的回忆／而这回忆却是想遗忘的／熟悉的地方没有新的风景／残存在脑海中的是旧的风景／该如何去寻找新的风景／离开熟悉的地方／离开熟悉的人／到一个陌生的地方寻找……"

山里的自然风景深深地吸引着不远千里赶来游玩的城市人，城市的热闹繁华深深地诱惑着对城市生活充满好奇的山里人。"城里的人想出去，城外的人想进去。"熟悉与特殊之间，因为距离产生了别样的美。生活总在别处，生活总在远方；这成了每一个热爱生活而不安分的人的生活准则。一些生活的勇敢者便不断地出发，寻找一个个特殊的天地；他们活得自在而潇洒。

这样的生活真的总是潇洒吗？天才诗人海子一生都在向往远方——"我要做远方的忠诚的儿子。"可是，他在《远方》一诗中却痛苦地呼喊："远方除了遥远一无所有／遥远的青稞地／除了青稞一无所有／更远的地方更加孤独／远方啊除了遥远一无所有……这些不能触摸的远方的幸福／远方的幸福是多少痛苦。"他的痛苦源自对熟悉的背叛，源自对特殊的追求。

难道熟悉就那么让人讨厌吗？难道熟悉里就没有迷人的风景吗？一颗多情而敏感的心总能够于无声处听惊雷。微风起处，一池涟漪……

快乐与痛苦

"我会写这个字!"在我的作文班里,一个小男孩赶紧举起手来,兴奋地大呼小叫。这只是一个非常简单的字,是这个年纪的所有孩子必须掌握的一个字。但是这个小男孩依然为自己会写这个字而欢呼雀跃,他的兴奋显然有点过头。

每一个小小的表扬,在这个小男孩心里都会激起一圈圈的涟漪,甚至掀起巨大的波澜。他的作文通常写得比较简短,他写得轻松而快乐,但只要每一次有一丁点的进步,他就乐不可支。他总是乐呵呵的,他的快乐常常让我禁不住羡慕。他真是一个容易快乐的孩子啊。

其他几个孩子的作文写得比较优秀,他们总是处在挑战自己的状态中,总是认真地写着,他们便不可避免地显得没有那么轻松快乐了——有时甚至会产生一点无法"更上一层楼"的痛苦感。但是他们最终写出的作文能让他们在付出更多的辛劳以后,获得比别人更高的赞誉以及自己内心的巨大的成就感——这是最重要的。这种内心深沉的快乐不是那种轻松的快乐所能比拟的!

晚上,给一个初二的男孩子上语文课,我忽然想起"快乐和痛苦"的命题,想考一考他,便带着好奇心对他说:"古希腊有一个伟大的哲学家,他叫苏格拉底。他说过这样一句话,'这个世界上有两种人,一种是快乐的猪,一种是痛苦的人。''做痛苦的人,不做快乐的猪'这是他的选择。做一个伟大而痛苦的苏格拉底呢,还是做一头快乐的猪?你选择一下。"

他嘿嘿一笑,缓缓地说:"我还是选择快乐吧。"

"你的选择也是我意料之中的,大多数人都会选择快乐——做一头快乐的猪。这多好啊!有吃有睡,无忧无虑,多好玩。"

确实是这样的,在我们的生活中,大多数人会心甘情愿地选择一种快乐的生活。我们把大量的时间投入到快乐的生活里,并且以此作为自己人生的追求。我们笑语嫣然,醉心于遍地开花的快乐中。

我们并不喜欢痛苦,甚至并不懂得痛苦。痛苦是什么?这是多么复杂的问题啊!聪明的苏格拉底用一生的时间苦苦地思索这个问题,他一生都在寻找人生永恒的真理以摆脱痛苦,但是他至死都活在痛苦中。

英国博物学家、教育家赫胥黎在《美丽新世界》中这样说道:"人们感到痛苦的不是他们用笑声代替了思考,而是他们不知道自己为什么要笑以及为什么不再思考。"思考往往是痛苦产生的根源。不再思考,成为我们摆脱痛苦的有效途径。然而,难道我们真的不再需要痛苦了吗?

安于现状、安逸快乐固然是一种简单的美好生活,我们总希望获得快乐,我们却在快乐里显得越来越单薄。"生于忧患,死于安乐","忧劳可以兴国,逸豫可以亡身",一直以来都在给我们敲响着警钟。

大多数人都是为快乐而活的,但总有一些人是用生命来解读痛苦的。德国哲学家叔本华说："一切的焦虑、痛苦、烦恼对每个人来说，在任何时候都是必要的。这就好比一条航船必须有压舱物，倘使缺了它，便不能保持平稳，也就无法正常行驶。"他对痛苦的推崇至高无上："越是神经系统发达的动物，对痛苦的感觉也就更高，而且智力愈发达，痛苦的程度就越高。到了人，这种痛苦达到了最高的程度，具有天才的人则最痛苦。"

意大利文艺复兴时期伟大的绘画家、雕塑家、建筑师米开朗琪罗无疑是天才，他的一生却陷入极度的痛苦中。他的一生都在狂热的创作中。他把他的一切都献给了工作，日复一日，年复一年，没有终了，没有尽头。只有在痛苦中他才能感到快感，他把痛苦当作快乐品尝。"他在持续不断的兴奋中过生活。他的过分的力量使他感到痛苦，这痛苦逼迫他行动，不惜力地行动，一小时也不得休息。"

痛苦是智慧的代价。最聪明的人都是热衷于痛苦的人。英国哲学家约翰·穆勒说："宁可做一个痛苦的苏格拉底，也不要做一头快乐的猪。"学者钱锺书在《论快乐》一文中写道："穆勒曾把'痛苦的苏格拉底'和'快乐的猪'比较。假使猪真知道快活，那么猪和苏格拉底也相去无几了。猪是否能快乐得像人，我们不知道；但是人会容易满足得像猪，我们是常看见的。"

没人比苏格拉底更聪明，但他选择了痛苦。快乐与痛苦，值得我们深思。

不要限制自己

"孩子们，四年级的这个男孩子是上次作文写得最好的！他既能按照老师的要求来写，又敢于突破自己的思维，写出自己创造的一些东西——这也正是他比你们都写得好的地方。能按照老师的要求来写，这是最基本的，而这些创造性的东西，才是能够体现一个孩子优秀的地方。你们不要限制自己的思维，要敢于写出自己创造的！"这是上午的作文课上，我对五个孩子说的话。不要限制自己的思维，这是我对孩子们的希冀。

下午，我又和另外五个小孩子一起玩吹气球比赛。刚开始，一个小男孩显得有点不自信，自称"肺活量很小"，觉得自己吹不过别人，不敢上台比赛。在我的不断鼓励下，他缓缓地走上讲台，一下下鼓起了腮帮子，没想到竟然把气球吹得"肥头圆肚"，赢了别人。

另外一个男孩子每次总是吹得特别卖力，总是把气球吹得足够大，然后忽然兴奋地把"肥头圆肚"的气球放飞，看着气球在空中自由飞翔的样子，他欢快地欣赏着。孩子们也欢呼："气球飞起来了！"是啊，气球也能这样自由地飞起来——只要我们想让它飞，它就能飞！

孩子们在写作文时，常常会不自觉地限制自己，或者因为上次的优秀，这次故步自封；或者因为一时的偷懒，这次不求上进；或者因为思维的局限，这次原地打转。

我一连讲了上面的这些课堂小故事，只是为了说明一个道理：不要限制自己，让自己"飞"起来。

说到气球，我不由得想到一个跟气球有关的故事。

一位在美国纽约街头卖气球的小贩，有一天向天空中放飞了几只色彩艳丽的气球。这时，在一大群围观的白人小孩子中间，一位黑人小孩正在用疑惑的眼光仰望着天空。他在望什么呢？小贩顺着黑人小孩的目光望去，他发现天空中一只黑色的气球也在其中自由地飘飞。黑色的气球也能飘飞，这在黑人小孩的心里是不可思议的。

精明的小贩很快就洞悉了这个黑人小孩的心思。他一本正经地走上前去，用手轻轻地触摸着黑人小孩的头，微笑着说："小伙子，黑色气球能不能飞上天，在于它心中有没有想飞的那一口气；如果这口气够足，那它一定能飞上天空！"

这个小贩说得真是太好了！我相信这一番话已经在黑人小孩的心里撒播下"飞"的种子，必定引领黑人小孩飞往自由的世界。能不能飞起来，关键在于自己想不想飞起来。只要我们自己不在心里给自己设限，只要我们心中有想飞起来的那口气，我们就能飞起来！

一个非常著名的实验为大家所熟知。科学家在一个玻璃杯里放进一只跳蚤，发现跳蚤立即轻易地跳了出来。再重复几遍，结果还是一样。经过测试，科学家发现跳蚤跳的高度一般可达到它身体的 400 倍左右。接下来，科学家再次把这只跳蚤放进杯子里，不过这次是立即同时在杯子上加了一个玻璃盖；"嘭"的一声，跳蚤重重地撞在玻璃盖上。跳蚤十分困惑，但是它不会停下来，因为跳蚤的生活方式就是"跳"。一次次被撞，跳蚤开始变得聪明起来了，它开始根据盖子的高度来调整自己跳的高度。再一阵子以后呢，这只跳蚤再也没有撞击到这个盖子，而是在盖子下面自由地跳动。

一天后，科学家把这个盖子轻轻拿掉了，竟然发现跳蚤还是以原来的高度继续跳。一周以后，这只可怜的跳蚤还在这个玻璃杯里不停地跳着。其实它已经无法跳出这个敞开了自由大门的玻璃杯了。

这是多么可怕的结果啊！跳蚤由于限制自己，营造了无形的监狱，把自己牢牢地关了起来。在这种自我限制下，跳蚤的战斗力一次次被扼杀，生命力一点点被消磨。作为人类的我们，是否也经常作茧自缚，给自己营造无形的监狱呢？

不要限制自己，人的潜能是无限的。我们想成为什么，我们就有可能成为什么！在现实生活中，"飞人""超人"的例子不胜枚举，不再只是《一千零一夜》里的故事，更不是遥不可及的神话，这是每一个人都有可能实现的切实想法。不要限制自己，伸展飞翔的翅膀，让我们随心所欲地"飞"起来吧！

卓越与平庸

"军君老师,我上次的作文写得怎么样?"一个三年级的胖胖的小男孩一跑进作文教室,就忙不迭地询问我。这是他最关心的问题。

"写得非常好!继续努力!但不管多么好,还要虚心向别人学习……"我如实地对他的作文进行评价并且鼓励他。他的作文属于这个作文班孩子中写得最优秀的。我一直很欣赏他的写作热情以及超越自己的劲头。追求卓越是他与生俱来的品格。

当我表扬一个女孩子的作文写得很好时,他就按捺不住地为自己点赞:"我写得更好!"当孩子们要准备写作文时,他就显得很激动。"我今天要多用成语!多用心理描写!"他会兴奋地暗示自己。他迅速地沉浸在自己的写作中,每当运用一个成语时,他就不由自主地读出声。"我又有好词好句啦!"他激动地表达着内心的欣喜,"我发现我能写得特别好!"他不在意别人的看法,他始终坚持写自己的作文,即使下课时所有的孩子都离开,他依然在写作。他拥有写作的才华,所以禁不住想展示自己。这样的行为源于他追求卓越的性格。

我的头脑中随即浮现出另外一个男孩子。作文课上,我正在讲课,他姗姗来迟。我赶紧提醒他坐端正,引领他进入上课状态。他便有点不自在地随意听着。当我让他讲完妈妈错怪他的一件事时,我好奇地问:"既然妈妈错怪了你,让你背负了罪责,当时你的心里会想些什么呢?"他马上漫不经心地回答:"没有想什么啊。错怪就错怪了,无所谓……""不会什么都不想吧?你没有感到委屈吗?"我有点纳闷。"什么都没有。"他淡淡地说。

怎么可能呢?一个孩子的心应该是敏感的,一旦被错怪了,自己没有做过的错事赖在自己头上,他肯定会感到委屈甚至气愤。他却摆出一副无所谓的态度。如果一个人连别人——也许是自己最亲近的人——错怪了你都觉得无所谓的话,那么还有什么能让你觉得有所谓而很在意呢?我一下子感到这里面存在着很深的问题。对孩子来说,不可能像得道高僧或者世外高人那样看破红尘、四大皆空,那么怎么可能会对一切表现出无所谓的态度呢?

这个男孩子在写作文时不由自主地趴在桌子上。当我让孩子们按要求写够400字时,他会突然问:"军君老师,我写300字可以吗?"他写着写着,便会不自觉地分神贪玩,显得无所谓。"无所谓、不在乎"常常是他的口头禅。这样的行为源于什么呢?我想这是源于他的性格吧。他满足于目前的自己。

随着接触的人越来越多,我越来越关注人的性格。众所周知,性格决定命运。以此类推,性格决定态度。一个人的做事态度往往跟他的性格有关。同样是学习,由于每个人性格的不同,学习的效果就会截然不同。有的人性格趋向卓越,有的人性格趋向平庸,各自的性格造就了不同的自我。

其实，我们每一个人都是平凡的，都在做着寻常的事，但在时间洪流的冲刷中，有的人渐渐沉沦得越发平庸，一生碌碌无为；而有的人慢慢羽化得更加卓越，一生硕果累累。面对漫漫人生，我们应该怎么抉择呢？

法国著名文学家罗曼·罗兰曾经教导我们："我们要追求那真实的功业，要追求对宇宙人生更深远的了解，要追求永远超过狭小生活圈子之外的更有用的东西。"德国哲学家叔本华也强调："人的本质就在于他的意志有所追求，一个追求满足了又重新追求，如此永远不息。"我们要不断追求，拥抱卓越，生生不息！

回归童话

"童话应该是你们最喜欢写的体裁啊。"下午，我对一些学习作文的高年级孩子说。

"我不喜欢！""我最讨厌童话了！""太幼稚了！我们都多大了，谁还喜欢童话啊！"……孩子们七嘴八舌地说道。

这些孩子的回答像是一根根针一样扎着我的心，让我觉得苦不堪言。孩子们怎么会不喜欢童话呢？！童话应该是孩子们最钟爱的，它是孩子们内心世界的反映。童话代表着孩子们。如果孩子们不喜欢童话了，那么是否意味着孩子们已经不再是孩子了？远离了童话，对孩子们来说，到底是祸，还是福呢？

现今社会，孩子们已经变得越来越现实，越来越成熟。孩子们不愿意沉浸在一种虚幻的想象中浪费生命。童话都是虚构的，是想象力的产物，而在人的一生中，孩童时期恰恰是最具想象力的。如果连孩子们都不喜欢童话，那么童话如何才能立足并且传承下去呢？

作为一种文学体裁，童话主要面向的读者是儿童。最初童话的受众除了儿童之外也包括成人，但是随着社会的发展，童话开始渐渐转变成儿童所独有的专利。童话以它丰富的想象、幻想、夸张和象征来虚构故事，奇异、荒诞、陌生点燃着儿童的阅读热情。孩子最容易沉浸在幻想的世界里，展开无限的想象，进行自由的遨游。这是多么奇妙啊！

孩子的世界应该是一个童话的世界，充满着瑰丽的想象，欢腾着奇妙的美梦。人类的一切美好，都应该在童话里寻找得到！拥有童话的孩子应该是幸福的！

但是，孩子们在远离这样的幸福，这是让我无法接受的。难道童话就只意味着幼稚吗？难道童真就不好吗？我却常常禁不住喜欢童真。童话里蕴含的童真是一种单纯的美好，寄托着人类最美好的愿望。我们总禁不住羡慕孩子的世界，羡慕单纯的世界。

"孩子们，你们喜欢童话吗？"也许是为了缓解内心的担忧，晚上，我面对另外一些低年级的孩子认真地再一次询问。

"喜欢！"孩子们都异口同声地回答。一听到这样的回答，我全身心的血液顿时沸腾起来。这是多么让我欣慰的回答啊！原来，孩子们还是喜欢童话的！原来，童话一直都是属于孩子们的！

不只是孩子，成年的我们更应该喜欢童话！我们常常梦想着回到童年，偷得浮生一日闲，自在而自由地沉浸在童话的世界里！童话是人类文明社会进化中最后的庇护所！

多给孩子一些机会吧

"对于不会利用机会的人,时机又有什么用呢?一个不受胎的蛋,是要被时间的浪潮冲刷成废物的。"英国著名现代派诗人、文艺评论家艾略特说的这番话的确是至理名言,发人深省。但它显得冷冰冰而且缺乏人情味。

"谁来讲一讲自己迟到的事?"作文课上,我刚提出这个问题,孩子们一个个踊跃地举起了小手。孩子们的积极参与是让我感到兴奋的。勇者优先,我自然让先举手的孩子讲一讲,同时鼓励着还没有举手的孩子抓紧时间想一想。一个又一个孩子讲了自己的事,而他,安静地坐在座位上,一言不发。他是第一次来上我的作文课,他的妈妈正陪伴在他身边。或许,他有点紧张吧。

"该你讲了。"正因为他没有主动讲,我便特意强调让他讲。他还是"守口如瓶",一副不敢讲的样子。他的妈妈着急了,也在一旁不断鼓励着他。一瞬间,他目不转睛地看着我,似乎要讲了;我赶紧鼓励他,又给他一次讲的机会,然而他还是没有站起来。时间是不等人的;他没有主动讲,就失去了讲的机会;给了机会又不能及时抓住,他就只好继续保持沉默……

"刚才我们看了那篇优秀的作文,现在讲一讲你生活中类似的事。我们先想一想。——你来第一个讲吧。"这一次，看着他，我又让他第一个讲。他似乎想要讲了，但一时还不能迅速调整好心理状态，迟迟未讲，而这时，其他孩子已经跃跃欲试了——竞争是无处不在的，我只好让其他孩子继续讲。当一个孩子滔滔不绝地讲完自己的事情，我的目光又一次投注到他的身上："怎么样？这下该想好了吧？"仿佛奇迹一般，我的话音刚落，他毅然大胆地站起来，自信地走到讲台上，开始讲了起来……

看着他终于战胜了内心的恐慌，在一而再，再而三地错失机会中终于能够奋勇一搏抓住难能可贵的机会，我的内心顿时盈满了喜悦。无论多少次失败，只要最终能够迎来一次的成功，那便是值得付出的。

我们都知道机会往往不会主动上门来找我们，而只有我们积极地去寻找机会。人们常说，机会只是给有准备的人的，它从不青睐不愿意搭理它的人。机会是稍纵即逝的，不是人人都能够享受的，即使是有准备的人；或许，只有准备充分的人才能够及时抓住这飞一般的机会。那么，我们的孩子是否已经做好了准备呢？如果孩子们还没有做好准备，难道我们就只能眼看着机会在孩子们面前无情地飞逝吗？

虽然世事是残酷的，但人心是温暖的。孩子们是最值得我们来呵护、期待的。在孩子们羽翼还未丰满时，在孩子们心灵依然脆弱时，作为成年人的我们，请多给孩子们一些机会吧！让孩子们在更多的机会中学会把握、懂得珍惜，更加精彩地展现自己吧！请相信，我们每给孩子们一次机会，便是为未来的世界多培养一个自信的、勇敢的、坚强的、大写的人！

不依外物，增强自信

让孩子们调整坐姿坐端正以后，我准备上作文课。忽然，一个二年级的小男孩似乎想起了什么，按捺不住地站起来，轻声地说："军君老师，我在书包里取个东西。""什么东西？很重要吗？""很重要。"

他赶紧从书包里拿出一个绿色的小玩意儿。他介绍说这是"坐姿提醒器"，专门戴在耳朵上，当他坐姿不正确时它就会自动提醒他。他是一个好动的孩子，如果这个小玩意儿有效果，那么就让它发挥作用吧，我允许他戴上了。

可是，戴上"坐姿提醒器"以后，他反而产生了一种依赖心理，时不时就动一动，甚至没法再坐端正。这时，"坐姿提醒器"就发出吱吱吱的警报，在教室里不断地吟唱。这无疑是影响上课的。我随即果断地让他摘下这个新鲜玩意儿，并且强调让他自我约束、自我管理。专心听课，不依外物，他反而能一如往常地坐得端正、听得认真了。

这让我不由得沉思起来。我们往往太依赖于外物，反而失去了自信心，从而让事情越理越乱、越做越糟。

一个故事让我记忆犹新。一个老和尚要让一个小和尚出趟远门。山高路远，前途漫漫。老和尚稍加叮嘱，便闭目不语。而小和尚却迟迟没有动身，他正在整理路上要带的东西，他装了很多衣物，带了几双鞋子。小和尚一直担心路上会遇到重重困难。此时，老和尚走过来严厉地批评了小和尚，让他最终明白了不应过多依靠外物的道理。醍醐灌顶，小和尚开始放下包袱，自信地轻装上阵了。

有些时候，我们也如同这个小和尚一样，习惯于依偎在父母温暖的怀抱里，眷恋着家的温暖，却忘记了要振翅高飞；很多时候，我们乐于耐心地等待，把老师当作字典和钥匙，不愿开垦自己智慧的心灵而不能独立；更多时候，我们安于"衣来伸手，饭来张口"的现状，不肯伸出自己"高贵"的双手去创造和发现属于自己独特的路……

过度依靠外物支撑的树苗，永远长不成参天的大树。太多地依靠外物使我们逐渐失去了必要的锻炼机会，一帆风顺的路上，我们太过"安逸"的生活很大程度上就是对自己的无情扼杀！

我们凡事总要有自信心，总要想着自己"行"！要是做一件事情之前，我们就先担心着"怕不行吧"，那我们就已经失去了必要的勇气。心理学研究表明：独立自信意识是一个人全面发展的基础，独立性越强，自信心越强，人就会发展得越快越好。我国教育家陶行知留给后人一首通俗的《自立歌》："滴自己的汗，吃自己的饭，自己的事情自己干。靠人、靠天、靠祖上，不算是好汉！"我们应该以此自勉！

在人生的漫漫征途上，我们要学会不依外物，增强自信。这个世界上没有永恒的东西可以供我们长久地依靠。我们还是返回内心，寻找自己吧！——每一个人的内心深处都蕴藏着一个无比强大的自己！让我们时刻懂得与心灵深处的那个勇敢、强大的自己一起并肩而行吧！

深深着迷

无论闲暇与忙碌，我的头脑中都会时时浮现出孩子们的身影。这也许是我工作的缘故——作为一名语文老师，我大多数时间在和孩子们打交道，孩子们已经成为我生活中密不可分的一部分，更重要的是因为孩子们的身上闪现出的光辉让我深深着迷。

孩子们是单纯的。作为人类与生俱来的一种美好品质，单纯在孩子们的身上得以细致入微地流露出来。他们总习惯于随意地说笑，随意地玩耍，并没有什么世俗的顾忌，不管这句话该不该说，不管那件事该不该做，反正他们由着性子说了、做了，说过、做过，也就忘记了，心里清清爽爽不留一点痕迹。他们的喜怒哀乐往往自然而然地展示在娇嫩的脸上，喜欢一个人，就忘乎所以；讨厌一个人，就直言不讳。他们不需要装腔作势，他们活得坦坦荡荡。他们活着，显得轻松、自在。这样纯净的单纯像是一股清泉汩汩地流淌在我的心里。

孩子们是活跃的。人类自身拥有无比强大的生命力，孩子们的身上汇聚着蓬勃旺盛的活力。他们很少慢悠悠地散步，总是扑棱棱地飞快地跑步。他们的心是不安分的，一旦无所事事就会变得无聊、变得痛苦，非要制造一些事情，总想寻找一些乐趣。他们的玩心重，每去一个地方，人还没有到，声音早已经回荡在那里，以此来证明自己的存在；他们一旦玩起来就要玩得天昏地暗，酣畅淋漓。他们活着，多么活跃，多么尽情！这样奔腾的活跃像是一团火焰熊熊地燃烧着我的灵魂。

　　孩子们是梦幻的。人类区别于其他动物，最大的优势在于人类能够思考、善于做梦。孩子们是最喜欢做梦的，天马行空的梦在他们的大脑中无拘无束地飞翔。他们常常生活在一个梦幻般的童话世界里，童话故事是他们热爱的读物，童话人物是他们真挚的朋友。他们思维跳跃度大，常常从一个东西一下子想到另一个东西，其中的毫不相关让人匪夷所思。他们谈起自己的梦想时，神态是那么痴迷，口气是那么坚定，场景是那么美好，一切都充满美丽的希望。他们活着，如此梦幻，如此美丽。这样美丽的梦幻像是一个天使飘飘然降临在我的眼前。

....

　　孩子们的存在，让我汗颜，让我忏悔，更让我激动，让我谦卑。孩子们还没有被冷漠的岁月磨砺，人类最优秀的品质常常在孩子们的身上闪烁着熠熠光彩。中国教育家陶行知写过一首《小孩不小歌》："人人都说小孩小，谁知人小心不小。你若小看小孩子，便比小孩还要小。""黎巴嫩文坛骄子"纪伯伦说："孩子虽是借你而来，却不属于你；你可以给他爱，却不可给他想法，因为他有自己的想法。"他们对孩子的推崇深得我心。

　　时间在永不停息地流逝，我越长越大，但我越来越被孩子深深吸引。我因为这样的深深着迷而感到生命的极大乐趣和存在的重大意义。

缘 分

"军君老师教师节快乐！"微信、QQ、手机短信从四面八方不约而同地传来了这一句祝福语。如同一朵朵娇艳的花儿次第绽放，一句简单的话幻化作满世界的春色，在我的眼前恣意盛开。我沉醉在鲜花的天地里，仿佛飘进了极乐的仙界。这是我的作文学生家长们提前给我发来的祝福。这是我与学生们之间千丝万缕的缘分。

就要到教师节了。这是中国所有教师一年一度的节日。每当这个节日来临，每一位教师都应该感到高兴和自豪——教师是最光荣而神圣的。人类精神文明的传承是需要每一位教师不辞劳苦地工作的。这是任重道远的。这是一条光荣的荆棘路。每一位迈进这条路的教师都是幸运的；幸运的同时必须深知责任的重大，每一位真正的教师都要勇敢地肩负起隔绝黑暗的闸门，让可爱的孩子们到更加宽阔而光明的地方自由地飞翔！

这就是教师所有的光荣与梦想！这就是教师所有的骄傲与幸福！

——写在《缘分》前面的话

在这个苍茫的人世间漫长地生活着，犹如在漫无边际的大海中漂泊，每一个人都不可避免地经历着潮起潮落：梦想与现实、希望与绝望、追逐与幻灭……在这样的跌宕起伏中，我们越来越相信人生是不可预测而充满奇妙的。犹如蚌壳里孕育的珍珠，缘分就是这奇妙中诞生的精灵。

1

下午，我刚兴致勃勃地来到上作文课的地方，一个负责这里的老师就对我说："刚才有一个孩子妈妈打来电话，说是一会儿让孩子过来学习作文。""知道了。新学生吗？"我热切地询问着。"老学生，暑假的——咦，正好，她妈妈过来了。"看到她，我不禁露出了微笑："你来了，挺早的，我还以为你一会儿带着孩子一起过来呢。"她略带轻松地说："她一会儿自己过来。"

离上课还有半个多小时呢，一边等待着孩子们，一边和这个孩子妈妈随意聊了起来。她是一个对写作挺感兴趣的人；关于写作，我们之前在QQ上也交谈过。此刻，我们聊起了孩子，聊起了工作，聊起了生活……随着话题的深入，我渐渐聊起了我的生活状况，以及我对文学写作的执着和痴爱。不知不觉，我和她聊了很多很多……

这样的聊天对我来说，真是久违了，也有点不可思议，我确实已经很久没有和别人聊起我的生活——也从来不愿意多聊；一直以来，我都是一个极度沉默的人，宁愿活在自我的内心世界里。然而，为什么我会突然莫名其妙地和一个孩子妈妈聊了这么多呢？难道只是因为我长久没有聊起这些吗？难道我的内心深处一直渴望与别人进行一次长聊吗？难道是因为写作这个共同爱好让我与她不由自主地多了一些心灵的交流吗?

我并不需要去在乎这到底是怎么回事,既然命运独独安排了这个下午、这场聊天,那就顺其自然地接受吧。有时,人与人之间的缘分,什么都不需要,只要遇上了,就开始了……缘分就是这么奇妙。

2

"我们五个孩子先上课,还有另外一个女孩子马上就过来了。"看着眼前这五个熟悉的孩子,我的心一下子感到暖暖的。熟悉的教室、熟悉的孩子、熟悉的感情,我沉浸在这熟悉的氛围里,感激着这缘分。

"军君老师,你看他怎么总是活蹦乱跳呢?"一个女孩子忽然噘着嘴提问。

"没关系,他就是这样,活蹦乱跳就是他自己——你赶紧坐好,管好自己。"我急忙叮嘱这个活蹦乱跳的男孩子坐好。他总是活泼好动,他总是不安分;但我喜欢这样的他,他是一个异常优秀的孩子,兴奋是他天性的自然流露。

记得这个"兴奋"的孩子的妈妈曾经给我发来这样几条信息:"军君老师,他非常喜欢去上你的作文课,上了这两个月的作文课,热情一直依旧,这是我儿子与你的师生缘分,感谢有你!""军君老师,感谢你对孩子的关注,他是一个敏感的孩子,他也感受到了,早上上学时还说最佩服的就是军君老师,喜欢军君老师,我想这是他和军君老师的缘分。军君老师,由衷地感谢你,谢谢你给了他自信与力量。"

这些话犹如冰天雪地里的一缕春风吹拂着我日渐荒凉而孤独的心，我情不自禁地说："他的优秀自然会引起我对他的重视，就像你说的这是缘分，自然我也珍惜，一起让孩子不断进步吧！"

世界这么大，人这么多，一个陌生的孩子能够喜欢一个陌生的老师，这该是怎样的缘分呢？与每一个孩子的相识相知都是一场前世修炼千年的师生缘分，这怎能不让我格外珍惜呢？

3

"军君老师，我的作文写完了。"一个女孩子悄悄地站了起来。

"哇！第一个写完啊！而且写了满满 400 字呢。让我赶紧看看吧。"我兴奋地表扬她。

"不让你看！现在不许看！"古灵精怪的她噘着小嘴巴，生气地说。

"好，不看。"我乖乖地听话，又顺从地伸出手，让她把作文本轻轻地放在我的手里。

下课了，孩子们准备回家。她立即快速地转身跑到教室后面，神秘地从后面桌子上的书包里掏出一样东西，急忙跑到我的面前，纯真而欢快地说："李老师，送你一朵花。这是我送给你的教师节礼物。"她的手里擎着一朵花——正在怒放的蓝色的花。

一瞬间，这蓝色仿佛潮水一样在我的心里弥漫开来，翻江倒海般地汹涌起来。控制好自己的情绪，我郑重地伸出双手，缓缓地接过这朵蓝色的花——塑料的，一朵永远也不会凋谢的蓝色的花！"谢谢你，孩子。"我的内心顿时一片火热。

走出教室，我的手里紧紧地握着这朵花，犹如紧握着一份得之不易的美妙感情，我只想永久地把它据为己有！

"看，一朵花，一个学生送我的教师节礼物——闻起来还有一股清香呢。"我向另一个老师展示这份礼物，同时低头下意识地再一次轻嗅着花香——散发着师生情谊的淡淡花香。

"啊，这么好啊，真好！——你的脸怎么红了？别那么激动，赶紧带回去吧。"他似乎在羡慕我难以遏制的激动以及兴奋！

走在路上，风儿柔软地吹拂着，心儿熨帖地温暖着，我沉醉在一种幽远的不可捉摸的师生缘分里……

随着在这个人世间沉浮得越来越久，我越来越珍惜一切自然的缘分。有舍必有得，有遗弃必有坚守，我一直坚守着一些难得的缘分——因为难得，所以珍惜！面对叵测的人生，诗人徐志摩曾经深情而通达地吟唱："得之，我幸；不得，我命，如此而已。"面对难得的缘分，我也是如此而已。

关注点

"军君老师,今天上课玩游戏吗?"一个三年级的小男孩一来到作文教室,就活蹦乱跳地扑到我的面前,欢快地问我。

"军君老师,我上次的作文写得怎么样?"另一个小男孩忽然出现在我的眼前,眼睛里放射着探寻的光芒。

"军君老师,我的作文本呢?"又一个声音从旁边缓缓地响起。

"军君老师,今天上什么内容呢?"一个新来的胖嘟嘟的男孩子好奇地望着我,悄声地询问。

这时,另外两个新来的同学静静地坐在座位上,目不转睛地望着我,两双眼睛像探照灯一样照着我,迸射出明亮的期待。一个小男孩认真地看着我的举止,一个小女孩仔细地听着我的声音。

每一个孩子都有属于自己的期待,每一个孩子都有属于自己的关注点。六个孩子,六种关注。不同的孩子,拥有不同的关注;不同的关注,产生不同的收获。关注什么,这是没有对错的;但关注的对象往往决定于我们的兴趣,而我们的兴趣常常决定着我们的成就。

六个孩子,六种不同的性格,组成了一个浓缩的社会。

在这个社会里，我们可以明显地看出不同孩子的关注点将决定着他在喜欢的事情上投入的精力以及做出的成绩。

"一千个读者就有一千个哈姆雷特"，面对同样一件事情，每一个人的解读都会不一样，人们的关注点也迥然相异。

对于同样的生活，每一个人都有自己不同的态度。有些人为了游戏人生，有些人为了谋取利益，有些人为了提升自己……游戏人生的，也许人生早已把他当成了游戏，玩到底一场空欢喜；谋取利益的，也许利益已经对他增添了眷顾，拼一生赚得钵满盆满；提升自己的，也许自己不经意间腾上了青云，凌绝顶一览众山小。在这些关注点上，我们绽放着各自五彩斑斓的人生。孰优孰劣？如人饮水，冷暖自知。

然而，在生活中，很多人并不清楚自己的关注点究竟在哪里，日子一天天如同流水一样悄悄流逝，生活一天天仿佛钟表一样默默重复。我们似乎什么都在关注，我们似乎常常一无所获。有的人每天习惯性地打开电脑，这里点点，那里逛逛，点得手痛指硬，忙得腰酸背痛，时间在盲目的奔波中一去不复返。关注得太多，失去了自我。

在这个世界上，成功的人都是一些非常明确自己关注点的人。他们确切地懂得自己关注什么——他们往往只关注其中一点，他们在自己的关注点上投入了全身心的精力。心无旁骛，锲而不舍，水滴石穿。终其一生，他们的关注点最终成就了他们。

关注点是多么重要啊！那么，置身于这个喧哗与躁动的花花世界，我们是否明确我们的关注点呢？我们是否拥有我们的关注点呢？我们是否在为我们的关注点而一辈子持之以恒地奋斗不息呢？

挑战自己

"军君老师，先讲评我的作文吧！"一个三年级的小男孩刚一上作文课就兴奋地喊道。

他是一个热爱写作文的孩子。看着他那渴盼的眼神，我向他投去赞赏的目光："好！先讲你的！"

他立即欢呼起来。

当我拿着他的作文本，在所有孩子面前讲评他的作文的时候，他胖嘟嘟的小脸上一直洋溢着喜悦。当我呼吁孩子们要向他学习时，他显得更加自豪了。接下来，当我讲评另一个男孩子写的作文，并且称赞这个男孩子写得最好时，他一下子激动了。也许别人的优秀刺激了他，他突然大声地对那个男孩子说："我今天一定要比你写得好！——我要挑战自己！写出最好的！"

一股神奇的力量似乎注满了他的全身心，他顿时神采奕奕。我被他的"斗志"深深感染了，禁不住为他竖起了大拇指！

他格外认真地听我讲解作文，不时发表独立见解："军君老师，您说这样写是不是会更详细一些呢？""军君老师，我看这篇范文写得挺好的，但我写的一定能超越它！它的结尾写得不是很好，我还可以给它加个结尾。"……

写作文前，他不断地把他今天即将要写的作文构思说给我听，征询我的意见，我逐一给他指点迷津。于是，他自信满满地动笔写了起来。写着写着，他还喃喃地念着，有时突然兴奋地大声读出自己写的句子，陶醉不已。

"军君老师，我马上就写400字了！快要写好了，马上给您看，您看是不是写得最好的！"他一边不停地写，一边兴奋地看了我一眼。

我的内心充盈着喜悦。

"给，快看吧！"他眼神里热烈的期待让我动容，我郑重地接过他的作文本，仔细地看着。

"写得真是太好了！事情讲述得很详细！"我情不自禁地欢呼着。

"比我上次写得好多了！"他满脸骄傲！

他真是一个很优秀的孩子！他真是一个敢于挑战自己的孩子！敢于挑战自己，我们能吗？

在生活中，我们最大的敌人往往就是自己。"挑战自己"说起来容易，做起来难上加难！有谁敢正视自己的缺点？有谁敢向自己的命运抗争？有谁敢有一颗不屈不挠的心？有谁敢"明知山有虎，偏向虎山行"？

只有挑战自己才能让自己拥有一双自由飞翔的翅膀！第一个社会主义国家的缔造者列宁经常怕走一条只有一只脚宽的小路，却偏要走过它，以此磨炼自己的意志；法国著名小说家巴尔扎克为了完成《人间喜剧》，夜以继日地写作，给后世留下了一部又一部的精神作品；中国陕西作家路遥在声名大噪时，义无反顾地选择了另起炉灶，让《平凡的世界》照耀了整个人类的不平凡……如果他们不能挑战自己，没有一次又一次地超越自我,那么他们会到达辉煌的人生顶点吗?不会!

我不禁想起了伟大的音乐家贝多芬!他的那句呐喊在我的耳畔反复回荡着:"我要扼住命运的咽喉,它决不能使我完全屈服!"经历着重重苦难的贝多芬正是因为不断挑战自己,不向命运屈服,才能在无尽的黑暗中找到璀璨的光明,给人世间创造了振奋人心的千古绝响!

法国大文豪雨果的话犹在耳边:"所谓活着的人,就是不断挑战的人,不断攀登命运峻峰的人。"挑战自己吧!不要满足于过去的成绩!不要沉醉于以往的辉煌!不断地挑战自己吧!这样,我们才能称得上是伟大的人类啊!

敏感的心灵

"我们的作文是从哪里来的？"作文课上，我询问一个初二的男孩子。

"笔下。"他不假思索地回答。

"说得对。它还能从哪里来？认真地想一想。"

"生活里！"他很兴奋地说。

"对极了！生活是写作的源泉，一切作文都是从生活里来的。然而你有没有想过每个人都在生活，但是有些人能从生活里写出作文，而更多的人并没有从生活里写出作文。"

"他们是不想写。"

"有可能；有时尽管他们想写，而且有足够的知识可以写，但也不一定能写出好的文章。这问题的根源在哪里？"

"在他们的心里吧。"他略作沉思，猜测了一下。

"很厉害，你说得很对。这主要是因为他们的心灵——心灵的差异将会带给人们迥然不同的差距。他们的心灵常常不够敏感，对外界的事物不能用新鲜的眼光来观察，总是被司空见惯的思维模式束缚。于是，他们觉得外界的事物都是平平常常的东西，没有写的必要了。"

我们每一个人在身心上的构造都是一样的，我们是这个世界上最富有的：我们拥有眼睛、耳朵、鼻子、舌头、手臂、大脑……这些都是我们的终极财富。但我们常常吝啬地守护着这些财富，像守财奴一样把它们藏在一个隐蔽的地方，不让它们尽情地展露在众人面前。而我们的吝啬恰恰造成了我们最慷慨的浪费！这些财富终其一生并没有发挥它们应有的价值，随着我们生命的逝去，它们就被无辜而无情地抛弃了——更加悲哀的是，很多人在身富力强时就已经"闭目塞听"了，他们不再敏感于周围的一切，周围的一切在他们看来都是"太阳底下无新鲜事"。

难道我说的都是无稽之谈吗？我们什么时候尽情地使用过我们与生俱来的感官呢？路边的棕榈树挺拔地站立着，有谁向它投去最深情的注视呢？窗外的小鸟快乐地鸣叫着，有谁惊喜地聆听它的歌唱呢？公园里的玉兰花盎然地盛开了，有谁轻嗅着沉醉于它的香味呢？忙碌的妈妈辛苦地端上做好的饭菜，有谁满怀感恩地品尝出它里面蕴含的爱意呢？一家人简单而和睦地生活着，有谁觉察出平凡的幸福呢？哦，还有那些被我们忽略的细节：苍鹰从天空飞过，我们羡慕过它的自由吗？秋叶从树上飘落，我们悲叹过它的逝去吗？门卫在门口站岗，我们感动过他的敬业吗？细节尚且不能捕捉，谈何明察秋毫之末！我不得不沉痛地叹惋：我们的感官早已钝化了！

写作固然源于生活，但写作更源于心灵，源于一颗敏感的心灵。没有一颗敏感的心灵，是难以在写作这块原野上纵横驰骋的。一颗敏感的心灵可以让一个写作者脱颖而出。一个作家是否能够在写作上取得瞩目的成就，在很大程度上取决于他是否足够敏感。天才的作家往往都是最为敏感的。

生活更源于一颗敏感的心灵。那些懂得生活的人，常常能够调动他们的各种感官,去品尝、欣赏生活的滋味。只要我们拥有一颗敏感的心灵,哪怕我们目不识丁,我们依然能够生活得高贵而充满诗意——人生虽充满劳绩,但却是诗意地栖居在大地。

让我们调动我们的眼睛、耳朵、鼻子、舌头、手臂、大脑,去敏感地享受这个五彩斑斓、可爱迷人的世界吧。只有这样,无限丰富细腻的美好世界,才将在我们的面前变得活色生香、美轮美奂……

晶莹的心

  一张天真无邪的笑脸忽然出现在我的眼前。我刚要开口说话,一声清脆的招呼轻快地传了过来——"军君老师好。""哇!你来了!"我热情地欢迎她。她的手里捧着一个精致的礼品盒,静静地走进作文教室。
  缓缓地坐到座位上,她把盒子小心翼翼地摆放在桌子的右上角,不时爱不释手地抚弄着绑在礼品盒上的彩带花。这是一个高约一分米的四四方方的粉红色盒子。它站立在桌子上,那么引人注目。它里面装的是什么呢?为什么她在下午放学以后要带它来到作文教室呢?
  "这么精致的盒子啊,里面装着什么呢?"我连忙询问她。
  "你——猜!"一抹神秘的微笑在她圆圆的小脸蛋上荡漾开来。
  "面包!"下午刚刚放学就来上作文课,她通常都会买一点面包充饥。
  "不对,再猜!"她立即否定了我的想法并且重新下达命令。
  "玩具?"一看到她清澈的眼神,我就知道又猜错了,赶紧坦白,"我猜不出来,你告诉我吧。"

"一个建筑物。"她爽快地揭晓了答案。

"哦,你买的?买它做什么呢?"我感到诧异。

"今天是我爸爸的生日。这是我送给爸爸的生日礼物!"她满脸洋溢着快乐,眼睛注视着她准备的这份别致的礼物。

我感染着她的快乐,为她的一番心思感到高兴,动情地说:"很有创意的礼物啊。"

"我爸爸是建筑师,很喜欢这些建筑。所以我特意给他买了一个小巧的建筑物。"她看起来很了解爸爸,能够投其所好——同时,她也为送给爸爸一份喜欢的礼物而兴奋不已。

听着她说出爸爸的爱好,我禁不住羡慕她的爸爸:有这样一个懂得爸爸的贴心小女儿,真是做爸爸的好福气啊。我进一步询问:"你刚才放学自己去买的?"

"对啊,我用我自己积攒的零花钱买给爸爸的礼物。"她歪着小脑袋,一本正经地说。

"贵吗?多少钱?"

"不贵,28元钱。"她轻松地说,"很凑巧,28是一个吉利的数字。我家的幸运数字是2,而8代表着'发'。我觉得28对我家刚好。"

她的这一番解说像是酷暑里吹来的一阵凉风,让我感到阵阵清凉的惬意。她是多么懂事的孩子啊,既想着为爸爸买喜欢的礼物,又顾及着为整个家带来吉利。她的一颗小小的心盈满了对爸爸的爱以及对家人的美好祝福。

正当我发呆时,她如同耍魔术一般,手里忽然多出一支水彩笔。她紧紧地握着笔,用左手按在礼品盒上方,右手郑重其事地在盒子的一面写上"生日快乐"四个大字。紧接着，她慢慢地转动盒子，在盒子的另一面大笔挥毫："老爸。"她一边创作，一边呵护着自己的杰作。

我目不转睛地凝视着她。我的心弦被一只看不见摸不着的手拨动着。我仿佛沐浴在一片圣洁的光辉里——她的身上的确绽放着夺目的光彩啊！那光彩是多么晶莹剔透啊！

这颗晶莹的心心思细腻、善解人意、洁白无瑕、光亮透彻，照亮了整个世界永不泯灭的真善美！！

一颗安静的心还在吗

感动源于内心，感动需要静心。面对感动，我们的一颗安静的心还在吗？

一上作文课，我刚把这次课需要学习的资料发给四个三年级的小女孩，一个小女孩就立即随手一翻，突然像发现新大陆一样喊了起来："你们看，这篇文章的题目叫《猪的标准》！哈哈，猪啊！——徐猪脚（她给学校班级里的一个同学起的外号）啊。"另一个小女孩也马上随声附和，大呼小叫。孩子们是敏感的，新鲜的事物总能引起他们的好奇、他们的联想。但孩子们也是浮躁的，新鲜的事物在他们的心上蜻蜓点水般地滑过，难以留下深刻的印记。

孩子们都忙不迭地随意翻看刚发的作文资料，企图发现更多搞笑的东西。一刹那间，一个念头在我的头脑中闪现：孩子们还能够发现什么新大陆？孩子们是否能够发现"她"？"她"就隐藏在一篇作文中，"她"的故事是我这节课要讲的一个重点。满怀期待，我静静地注视着、聆听着。四个孩子一时间只在那些作文里挑一些好玩有趣的字眼"显摆"一下，趁机发出闹腾的笑声，一笑了之，随风飘逝。而那个我满心期望被孩子们发现的"她"却一直如同一个默默无闻的隐身人，没有被任何一个孩子提及。一下子，我感到

"她"的孤独和冷清。孩子们啊，你们怎么静不下心呢？

赶紧收回孩子们不安分的心吧。我忽然提高了声音："孩子们，我们先一起来学习一篇优秀的作文——这是你们的一个同学写的作文，看看它里面的哪些内容让你感动了。"孩子们嬉闹的心有所收敛，开始阅读这篇作文。

"谁觉得哪里感动你了？"我再次满怀期待。

孩子们的脑袋摇得像拨浪鼓。"没有感动。""很平常嘛。""不知道……"不耐烦的声音此起彼伏。

一丝丝凉风迎面袭来。心急吃不了热豆腐，我还是慢慢引导孩子们吧。定了定神，我缓缓地继续说："这是一篇感人的作文，写的是关于妈妈的事情，老师读了以后非常感动。它把妈妈的爱细致入微地表达了出来，只要我们静心去感受，一定会被感动。"我的目光抚摸过每一个孩子的目光，"现在，我们接着要观看一个视频故事，它是关于一个小女孩的，更加感人。"

一听到要观看视频，孩子们立即欢呼雀跃，手里拿的资料也没有心思顾及了，齐刷刷地抬头看着我。

"我们要观看一个名叫×××的女孩子的感人故事。"我故意试着提到"她"的名字，希望能随即引起孩子们的情感共鸣。然而，希望通常是落空的——孩子们并没有响应。对于"她"的名字，孩子们似乎依然是第一次听到。一颗颗心无法安静，孩子们刚才在眼花缭乱的作文资料里走马观花，并没有去理睬毫无光彩的"她"。

我一打开视频，孩子们就像是一窝蜂一样围拢过来，按捺不住内心的好奇，激动得时不时动一动电脑。

"我们都静下心来，认真观看，认真感受。"我赶紧提醒孩子们。

两个小女孩依然不时地像小鸟一样叽叽喳喳地叫几声，以便显示自己的激动。"看，她在哭！"一个小女孩惊讶地喊着。"她那是在假哭，脸上抹水了吧！"另一个小女孩自作聪明地解说。

犹如被一道闪电击中，我的心刹那间震颤了。"那是真的哭，你们看她多么辛苦啊！"我赶紧又一次提醒着孩子们！

当看到"她"竟然为瘫痪在床的母亲端屎倒尿时，两个小女孩连忙捂住鼻子，似乎这时一股难闻的屎尿味道扑鼻而来，让孩子们惊慌失措地掩鼻而去。"太恶心了！"一个女孩子不屑地喊着。

我的心里又凉了一层："孩子们，我们能不能想到在我们还是婴儿时，我们的妈妈是不是也为我们端屎倒尿呢？"我的这一句话让孩子们变得沉默不语了。孩子们渐渐地静下心来，体味着一丝一缕的感动。渐渐地，孩子们的神情中洋溢着熠熠光彩。

孩子们啊，感动是无处不在的，但是我们的一颗安静的心是不是随时都在呢？

人们啊，只有我们用一颗安静的心细细来品味这人世间的一切，我们才能够更加敏感地品味到生活中那些美好的感动啊！我们才能够化腐朽为神奇，把平淡的生活过得妙趣横生、丰富多彩、诗意盎然！

写作状态

一谈起写作，我的心里就充满激动、溢满幸福，就像见到自己最心爱的可人儿。我与写作之间的感情不是一朝一夕建立起来的，而是在天长日久、持之以恒中变得如胶似漆。长期以来，只要想写，我都能保持良好的写作状态。

写作就是我的生活方式，已经完全融入我的血液里，我们一辈子将不离不弃。俗话说：罗马不是一日建成的。冰冻三尺，非一日之寒。之所以我能保持良好的写作状态，是因为我长期艰苦卓绝的努力——写作是必须付出心血的。写过上千篇文章，熟能生巧，我在写作中逐渐如鱼得水。作为一名教作文的老师，我也一直在教孩子们写作。孩子们面对写作，总是要经历诸多心理变化——几番风雨几番晴。

写作需要灵感，需要氛围，每一个写作者都展现出自己特定的写作状态。状态因人而异，写作便百态纷呈。作家有作家的写作状态，孩子有孩子的写作状态，谁好谁坏，难以说清，常常是无所谓好坏，只是每个人的喜好不同罢了。孩子的写作状态倒是别有趣味的。

一个四年级的小男孩在写作之前总要叽里呱啦说个不停，似乎在为他即将开始的写作做一个精彩的开场白，娱悦自己，鼓舞斗志，然后信心十足地投入静悄悄的写作当中。

一个五年级的小女孩总是慢悠悠地进入写作状态，然后写一会儿，就休息一会儿。她不急不躁，惬意地享受她的写作状态，她在慢悠悠中一点一点地完成自己的作品。

又一个五年级的小女孩飞快地拿起作文本，刚在作文本上写下题目，马上就大呼小叫："李老师，我题目没写规范，我是完美主义者，不允许有问题。"紧接着，她毅然决然地撕去这张略有瑕疵的作文纸，重新开始新的写作。

另外一个五年级的小女孩郑重地说："我要先打草稿。"她迅速地拿出一页纸写起了草稿。时间在一分一秒地流逝，她却专注地打草稿。十分钟、十五分钟过去了，其他孩子都写了一页多了，她还是满不在乎地沉浸在草稿中。只在最后二十分钟，她忽然像闪电一般，誊抄起打好的草稿。她依然按时完成了她的作文。

一个六年级的男孩子一说开始写作文，立即沉浸在自我的写作状态中，笔不停挥地写了起来，一气呵成，一篇完整的作文热乎乎地诞生了，他享受着写作的畅快。

另一个六年级的男孩子总在写作文前自顾自地玩一会儿。别人的建议对他来说都是耳旁风，他自有主见。一番逍遥自在以后，等到最后十多分钟，他立即如同灵感附体一般，常常用十分钟左右的时间就能写出一篇精彩的五六百字的作文。

一个八年级的男孩子开始写作文了，忽然沉着地说："李老师，麻烦你放一段音乐。"他需要音乐的滋润，得以集中精神，忘记周围。我征询孩子们的同意之后，随即播放起音乐家肖邦的古典音乐。随着古典音乐的悠扬声音，他如同得到呵护一般静静地开始投入写作。

另一个八年级的男孩子抓起笔就急匆匆地写作文。写了一小半，忽然，他把笔盖缓缓地盖上，把笔放在旁边，陷入沉思；一会儿又赶紧拔出笔盖，捕捉到灵感，迅速地写了起来。

……………

每个孩子都有属于自己的写作状态，这是属于他们独特的写作状态。作为欣赏写作者的我们，只能远远地观望，紧张地期盼，并由衷地祝愿，希望他能够按照自己独特的写作状态，自然完成他的文章。

我曾经听过一个当代女作家说起自己的写作："最理想的写作状态是躲起来。"她是一个性格孤僻的人。写作是极端个人的事情；躲在远离别人的幽静地方，躲进自己的心灵世界，她就获得了最理想的写作状态。

对于这样的写作状态，大多数作家是认可并且推崇的。奥地利文学大师卡夫卡说："我最理想的生活方式是带着纸笔和一盏灯待在一个宽敞的、封闭式的地窖最里面的一间里。饭由人送来，放在离我这间最远的、地窖的第一道门后。穿着睡衣、穿过地窖所有的房间去取饭将是我唯一的散步。然后我又回到我的桌旁，深思着细嚼慢咽，紧接着又马上开始写作。那样我将写出什么样的作品啊！我将会从怎样的深处把它挖掘出来啊。"

这是写作最极致的状态，这是用整个生命来进行写作——一个敢于付出整个生命的作家，难道他的作品不值得我们用心来阅读吗？在这种写作状态中，一个作家摒弃了外界的喧哗与躁动，痴迷在心灵的忧愁与狂热中。他与世隔绝，他悲天悯人，他激情燃烧，他视死如归！

看书的目的

一个九年级的男孩子给我讲了他曾经看书的小故事。他是一个极度不喜欢看书的孩子,从来没有看书的习惯。母亲为了督促他看书,想方设法,煞费苦心。有一次,母亲无可奈何地对他说只要他能够看书,看一本书奖励一百元钱。这么好的事情啊,他一听欢天喜地,立即点头答应。为了赚钱,他开始看书。

母亲让他看的都是一些文学方面的书,只要他安安心心地待在房间,看完一本书并且完整地讲述书中的内容给母亲听,就可以获得一百元钱。他兴致勃勃,觉得此时看书充满刺激。当他捧着一本厚厚的文学书,逐字逐句进入书的世界以后,他慢慢感到眼前一片眩晕,越看越难受。书里的文字仿佛故意跟他作对,云山雾罩,不知所云。兴致勃勃变成了索然寡味。但看在钱的分儿上,他还是埋头苦读。一个小时过去了,他如坐针毡。这简直要他的命,他一下子失去了耐心,垂头丧气地走到母亲面前,甩出两句话:"看书真要命!这钱我不赚了!"

他看书的目的纯属是赚钱。只想着钱,他找不到看书的乐趣,从而让看书变成了一种苦不堪言的奴役。看书应该出于自己内心的需要,如果为了赚钱,自然就没有了意义。

很多孩子可以理直气壮地说自己看书不是为了赚钱，然而，他们到底是为了什么呢？大多数孩子看书是为了考试——考取一个好的成绩，成为看书的终极目的。有一些孩子赶紧辩解："我看书是为了学习知识！"这看来是无可挑剔的说法，是所有老师推崇的目的。但是，无论是为了考试，还是为了知识，一旦看书抱有了这些目的，我们看书时不由自主地会受到种种牵制，看书的纯粹性被剥夺了，一个个冠冕堂皇的目的在无形中给看书增添了负担。目的性太强的看书，到底应不应该？

我是一个嗜书如命的人，几乎每天都在看书。我看书的目的是什么呢？一度我也想要从书中汲取大量的知识，为了知识，我拼命看书。在这种获取知识的压迫下，我的看书滑向了身体的劳作——我动不动就拿起笔大段大段地摘抄书中的好词好句，记录书中新鲜的知识，又不厌其烦地反复死记硬背。这样的看书真是累人啊。

看的书多了，我自然而然地想要写作。在很长一段时间里，写作成了看书的目的。为了学习别人的写法，我精读细读，希望从中获取裨益，提高写作能力。累又不期而至。

我一直渴望在人世间得到更多温暖的真爱，内心的敏感让我始终不满足于人与人之间稀薄的情感，于是，我融入书中去寻找真爱。为了赢得真爱，我贪婪地阅读着一本又一本书，越读，我内心对爱的渴望越强烈。逐渐地，每当看书，内心里爱的欲望就越发强烈，我只能一本接着一本地阅读，为了看书而看书。我常常浸泡在深圳龙岗图书馆，一本书一本书地调换，企图寻找到那些饱含浓得化不开的情感的书，慰藉一颗失落的心。看书，似乎变成了一种精神鸦片。

这些关于看书的经历，都是我真实体验过的。尽管对书如此痴爱，我却不想被书奴役，我不得不反思自己看书的目的。

随着看书时间的增长，随着对看书目的的反思，获取知识、提高写作、赢得真爱的目的也渐渐淡化，感受书中的生活以及享受书中的趣味成了我看书的目的，并且这样的目的并不刻意，只是一种顺其自然的感悟。这样一来，我沉浸在书的世界里，就像进入另一个天地去生活，活得自由而轻松。

一旦赋予了目的，看书就变成了奴役。这值得我们每一个看书的人进行一番深刻的反思。

个性留下的印象最深

静静地坐在电脑前,面对空白的文档,我打算写点文字——关于孩子们。从事作文教学十年多,我接触的孩子数不胜数。一幅幅关于孩子们的画面在我的头脑中忽明忽暗,旋生旋灭,我心平气和地搜寻那些给我留下深刻印象的孩子。

每个孩子都具有自己独特的性格,各自的性格便给我留下了不同的印象——或深或浅。每个孩子都在我的头脑中形成了一幅具有标志性的图画;这些图画有的色彩鲜明,有的形态模糊,有的越想越闪亮夺目,有的再想已不可捉摸……在这些图画中,那些拥有独特个性的孩子留给我的印象是最深刻的。

瞧!一个胖乎乎的小男孩以代表的身份正兴致盎然地向对方战队提出问题,其他队友都鼓动他要提出一个"难度系数超高"的问题。他满脸流露出纯真而羞涩的笑容,不假思索地就抛出自己随即想到的一个问题。对方战队的队员轻松地应答了。队友们不禁失望地发出嘘声,他依然笑呵呵地沉浸在自己单纯的快乐里,忘记了周围的一切。他的单纯给我留下了深刻的印象;我也沉浸在他的单纯里,感到满心的快乐……

再瞧！一个乖巧腼腆的女孩子正静悄悄地坐在作文教室的后面，不动声色地写着自己的作文。她只是静静地沉浸在自己的作文世界里，从容而有序地写着文字，让文字像流水一样自然而然地流淌到作文本的小河里。凝视着安静的她，我的目光不时地流连在由她的写作状态所营造的静谧里……她的安静给我留下了深刻的印象；我也沉浸在她的安静里，感到满心的快乐……

听！一个四年级的男孩子正在调侃，忽然伶牙俐齿地拿讲台前的李老师做例子，引得其他同学哈哈大笑。我有点尴尬的同时，心里暗想：这小子真行啊！率真！已经是写作文的时间，有两个孩子在交头接耳说悄悄话呢，我刚给他们说完"你们不要再说话了，抓紧时间开始写作文"！这个四年级的男孩子便脱口而出给我下达命令："你也不要说话！"我不禁在心里欣赏起他的率真，接受了他的警告，我自然欣喜地应答："好，我们都不许说话，安静地写。"他的率真给我留下了深刻的印象；我也沉浸在他的率真里，感到满心的快乐……

再听！一个四年级的女孩子毫不犹豫嗖地举起手来，第一个勇敢地站起来朗读，她的声音在教室里回荡，她认真地朗读着要求读的文字，倾注着自己的感情，展现着自己的姿态。"她有过这样的经验，现在请她为我们一起分享一下。"我邀请着主动站起来的她为大家分享自己的生活经验，她立即勇敢地边说边演，她的声音听起来是那么悦耳动听……她的勇敢给我留下了深刻的印象；我也沉浸在她的勇敢里，感到满心的快乐……

个性在孩子们的一言一行中一点一滴地流露着、闪烁着。闭上眼，睁开眼，我的眼前都禁不住浮现出这些展现个性的孩子，他们在我的头脑中、我的心里活跃着、绽放着，散发出历久弥新的醉人香味……

没有个性，孩子的存在就让我担心。个性让人变得与众不同、脱颖而出。那些个性极度鲜明的人，往往面对世界的感受更加敏锐和强烈，常常摘取成功的桂冠更加容易和顺利。

美国哈佛大学教授杰弗里在《孩子的"天才心"究竟在何处》一书中写道："符合个性的成功总是最好的成功，否则就不可能让成功的台阶通向顶点。找准孩子的个性，并激发他们的'天才心'，这是最精彩的成功优化方案。"

天才在哪里？天才从个性中孕育！纵观古今中外，每一位天才人物都是个性鲜明的，给我们留下了最深刻的印象：有的不可思议，有的激荡人心，让人扼腕叹息或掩卷沉思……

没有最好，只有更好

"军君老师，快拿出我的作文本，让我看一看！"一个三年级的小男孩一走进作文教室看到我，就急不可耐地对我说。

我知道他一直在惦念着自己上次写的作文，来到这里学习作文并且写出优秀的作文是他的目的。"写得非常好！"我随即肯定地答复，"自己看吧。"作文本正静静地躺在讲桌上，迎接着热爱它的孩子。他赶紧跑到讲桌前，快速地翻出自己的作文本，急忙打开，一看，禁不住欢呼雀跃："啊！我写得又是超好！A++！军君老师，这次该额外多奖励几分吧！"他满脸洋溢着毫不掩饰的自豪笑容。"肯定要奖励！"

一上课，我就一只手擎起他的作文本，翻到他上次写的作文，面对孩子们娓娓道来："我们看我们班的作文高手上次写的作文，他又一次挑战自己，写得比四年级的孩子还要好！内容详细，叙述清晰，而且写了五六百字。我们一起学习一下。"

他目不转睛地盯着我，聚精会神地聆听我的表扬，越听越兴奋。兴奋像是一股涌动的暖流，满溢在心里，流泻在脸上，又奔腾到双手。他的两只手禁不住紧握在胸前，不由自主地挥舞。这时，同学们的掌声又铺天盖地地响起，回荡在整个教室里，回荡在他的整个心灵里。

此刻，他完全沉浸在一种美妙的自豪心境里。自豪振奋着他的心灵，他体验着一种精神丰收的巨大喜悦。自豪是应该的，是我们面对自己取得的成就时一种极度满意的情绪。我愿意让一个追求卓越的孩子享受到这种喜悦。这是他辛苦付出后理所应当的回报。

然而，分享着他的自豪，我满心欢喜的同时，一丝忧虑不期然地弥漫上我的心头。那自我膨胀的炫耀是一个无处不在而又不请自来的小混混，经常冒昧地扰乱我们美妙的心境。是的，"骄傲自满"常常让我们反感，而且必须引起我们的警惕。

想到这里，我赶紧郑重地对他说："虽然你上次写得很好，但也不是最好的，肯定还有更多的高手比你写得好，你要继续挑战自己……"

不容我多说，忽然一个声音在我的耳畔炸响："你又不是真正的大作家！"这是另一个优秀的小男孩发出的声音。我的心里不禁一凛：童言无忌，一语中的，但会不会刺伤一颗敏感而脆弱的心呢？

我正在忧心忡忡的时候，他突然如梦方醒般喊了一嗓子："李老师，我知道了。没有最好，只有更好！"这句话犹如电光石火，顷刻间照亮了我的心坎。我一下子惊喜不已："你说得真是太好了！只有更好！佩服！——不断努力吧！"他懂得这样的道理，我心里悬着的一块石头终于安稳地落下了……

"没有最好，只有更好！"这是多么好的一句话啊！山外有山，人外有人，强中更有强中手。在漫漫的人生路上，比我们优秀的人随时随地都可能出现；我们不要自以为是，自比第一。这是一条永无止境的路，我们只有永不停息地追逐。

  这简单的道理连小孩子们都懂得，我们成年人更应该深谙其中的内涵，不满足于已有的成绩，更加努力地挖掘自己的潜能，追求"更好"的自我！

永不停息

"虽然我们这个作文班里有四年级的孩子,也有三年级的孩子,但是三年级的孩子的作文写得并不比四年级的孩子差,甚至更优秀!"这是下午,面对眼前的一些充满好奇的孩子,我开始娓娓道来。

我刚讲完这句话,一个三年级的胖乎乎小男孩的脸上立即溢满兴奋。无疑,他对自己的作文是充满自信的,他懂得他的优秀,也知道我将要表扬他。

"比如,我手上拿的这个,这是一个三年级的孩子写的作文,但是他写得比你们在座的大多数四年级的孩子还好!我们先一起来学习一下。这个孩子叫——"我继续给孩子们讲解。

那个胖乎乎的小男孩忽然伸出双手捂在脸上,小脸泛起红晕,随即赶紧低下头,担心又期盼我读出他的名字。当我读出他的名字时,他的兴奋便自然地扩散开去,他沉浸在他的优秀里。

他确实是优秀的,我懂得他的优秀。他是从另外时间段的作文班刚刚调入下午这个作文班里的。在另外一个作文班里,他的作文也常常是几个孩子中写得最好的,他引以为荣。

评讲完了他的作文，我又一本一本地拿起另外三个孩子的作文本——两个四年级孩子的和另外一个三年级女孩子的。我告诉孩子们这三个孩子的作文写得更好，尤其是最后一个上第三次作文课的四年级的男孩子的作文写得最好！当我重点表扬四年级这个男孩子时，这个男孩子的眼睛里迸射出光芒，兴奋的表情满溢在脸上。这个男孩子是优秀的，我也懂得并且欣赏这样的优秀！

下课了，这个四年级男孩子的妈妈走了进来。一看到妈妈，男孩子更加兴奋："我今天的作文写了900多字呢！听老师说写得很好！"我微笑着称赞他今天的作文确实写得很好，紧接着我又给他强调："先别走，刚才我说了，把发的资料里的那篇满分作文里的好词好句画出来。"男孩子的妈妈也立即叮嘱他："别骄傲，虚心学习，看看别人还会有比你写得更好的地方呢。"

这个男孩子的妈妈说得很对。我不由得又想到那个胖乎乎的小男孩。其实，课前的评讲作文我是带有目的性的。我懂得小男孩的优秀，但是我也想要让他懂得：比他优秀的人有很多很多，强中更有强中手。

没有最优秀，只有更优秀。对所有孩子来说，学无止境！

古希腊哲学家苏格拉底说："我只知道我自己一无所知。"意识到自己一无所知，这是智慧的苏醒，这是学习的开始。在学习这条漫漫的征途上，无论是孩子们还是成年的我们，都需要静下心来，认识自己，一边享受着优秀带来的短暂而充实的幸福，一边始终坚持不懈地不断地奋进——永不停息！

自知之明

我发现孩子们越小，往往越有自知之明。也许这是因为孩子们不像成年人一样善于伪装掩饰，也许更重要的是因为孩子们拥有还没有被世俗熏染的纯洁心灵。孩子们的自知之明像黑夜里的一轮朗月照耀着我们。

作文课上，我准备奖励孩子们一些糖果。我刚向孩子们提出第一个问题："谁觉得自己上一次的作文写得最好？"一个四年级的男孩子就马上兴奋地说："应该是我吧。"同时，另一个四年级的女孩子也有点羞涩地说："我的也好。"他俩说得光明正大、坦诚直率。的确，他俩的作文上次都写得很好，我刚刚讲评过。他俩对自己都有一个清醒的认识。

"哪个同学觉得自己每一节作文课都听得认真，请举手。"我的这个问题一说出口，教室里立即变得鸦雀无声，没有一个孩子举手。孩子们顿时陷入一片沉默的内疚与反省中，接着交头接耳地讨论起来："我不是很认真。""肯定没有我。""应该是她。"几个孩子伸出手指着一个女孩子，而那个女孩子的脸上也流露着一副喜中头筹的欣喜。她的确是一个认真的女孩子。他们都对自己有一个清醒的认识。

这些清醒的认识让我喜不自禁而又心怀敬畏。这是多么惹人爱怜的自知之明啊！孩子们的自知之明是发自内心的表达,是纯粹无邪的展露,是自然而然的绽放。

《论语》中孔子多次谈到"自知之明"。有一次,孔子向弟子子贡提问:"你和颜回哪一个更强一些呢?"子贡谦虚地答道:"我怎么能比得上颜回呢?他能够闻一知十,而我听到一件事,只能知道两件事而已。"子贡并不是故意谦虚,而是拥有自知之明。颜回是孔子极为出色的弟子,不仅天赋极高,而且勤奋好学,其他弟子都难以望其项背。对子贡的回答,孔子深表赞同:"是不如啊。我和你都不如啊。"在这方面,孔子觉得自己也不如颜回,这更是孔子的"自知之明"。这样的自知之明蕴含着大智大勇。

《道德经》中老子也对"自知之明"推崇有加。老子说:"知人者智,自知者明。"它的意思是说:了解别人称为机智,认识自己才叫聪明。谁能够称得上聪明呢?谁能够认识自己呢?这是千古最难得的事。

古希腊哲学家苏格拉底的一句名言千古流传:"我只知道自己一无所知。"这并不是苏格拉底在故弄玄虚,这只是他拥有深刻的"自知之明"!正是因为他知道自己一无所知,他才能够虚心地听取别人的见解,激起自身更加强烈的求知欲,从而知道得更多。

常言道:"人贵有自知之明。"只有拥有这样"自知"的智慧,人才能避免盲目自大,才能避免"目不见睫"——人的眼睛可以看见百步以外的东西,却看不见自己的睫毛。我们要审视自己、觉察自身,避己所短、扬己所长,才能不断进步。

被称为"黎巴嫩文坛骄子"的作家纪伯伦曾经写过一篇叫《自知之明》的文章,里面讽刺了一个完全沉浸在"自知之明"中的人。他禁不住突然站起来，伸展双臂，高声喊道："是的，是的！自知之明乃各门学问之母！我嘛，应该知道自己。我完全了解自己。了解我的个性，细微入里，我理当揭开我心灵的幕帘，除去心灵深处的饰物，同时阐明：我的精神存在的意义在于物质存在，物质存在的秘密在于精神存在。"他对自己相当有"自知之明"，把自己想象成伟人，但是他并没有像伟人那样去行动、去实现自己。这样的"自知之明"将是可悲可恨的！

诚实地向自己展开自己，这是人生一道优美的风景线。我们固然要像孩子们一样拥有醒目的"自知之明"，但是我们更应该在拥有"自知之明"以后像哲学家苏格拉底一样自知无知，勇于攀登，不断求知，永不止息！

玩心大发

　　一张纯真而又安静的小脸忽然从玻璃门外神奇地闪现。我无比惊喜地定睛看着正在推门而进的她，脱口而出："赶紧进来，马上要上课了。"

　　她一听到我说话的声音，立即停止推门，继而站立不动，接着往后一退，迅速把门掩上，急忙转身离开。

　　咦，怎么了？她为什么要离开呢？难道她想起了什么事情？她能有什么事情呢？难道她又在贪玩调皮？这个安静的小女孩也会调皮呢，有时会调皮地玩一下——玩是所有孩子的天性。我知道她是故意做出一副要离开的样子，想让我出去叫她，她是在闹着玩的。我也故意不出去叫她，只是急忙说："别调皮了，赶紧进来。"我的话音刚落，仿佛正中她下怀，她像一只小兔子一样欢快地转过身，匆忙推开门，嘻嘻地笑了笑，走了进来。

　　一走进教室，她赶紧放下手里的东西，忙不迭地跑到教室前面的白板前，拿起白板笔，在白板上开始画画。她是一个热爱画画的小女孩，经常通过画画来表达内心的喜怒哀乐。她紧紧地握着笔，目不转睛地盯着白板，手起笔落，随意涂抹——玩得不亦乐乎。我好奇地注视着她的创作。一瞬间，白板上清晰地浮现出一幅轮廓分明的人像——怎么这么熟悉呢？

　　我正在纳闷，她一边大笔勾勒、添枝加叶，一边兴味盎然地解说："这就是李老师。"夸张的漫画手法在她的笔下运用得活灵活现，一幅让人忍俊不禁的画像在我的眼前向我耀武扬威、肆意挑衅。意犹未尽，玩兴不可遏制，她随即拿起笔兴奋地写起字来。画像的旁边醒目地标注着三个内涵丰富的名字——这是她给我起的三个绰号。她沉浸在自己心血来潮的创作中，笑得合不拢嘴。其他几个小男孩也被她独具一格的画逗得笑弯了腰。

　　这些调皮鬼啊，真是贪玩得异常可爱！表扬了她富有创意的画，我就只能不解人意地让她赶紧擦掉这幅"杰作"——大幅的"杰作"早已侵占了小小的白板，我们要抓紧时间上课呢。她毕竟是一个安静而懂事的孩子，虽然一时玩心大发，但还是乖巧地拿起板擦擦了起来，一边擦，一边恋恋不舍地嬉笑着叮咛我："要记住哟，这可是你。"我赶紧点头说记住了。

　　写作文时，她便完全恢复了安静的样子，一言不发，拿起笔只默默地写着，笔不停挥。那认真的神情与刚才贪玩的模样是多么截然不同啊！她是第一个写完作文的，我刚要看，她却伸手挡住，郑重警告我："先不许看！回去以后再看！"看着她认真的模样，我禁不住笑了起来。

　　一下课，她又玩心大发，急忙跑到白板前，拿起白板笔，如有神助般提起笔就又画出一幅精妙绝伦的漫画，依然是她口中的"李老师自画像"。她沉浸在画画里，她笑得那么纯粹，那么率真，那么灿烂！

不安分的小女孩

"咦,他们怎么还没有来呢?"一个小女孩一来到教室,就像发现了新大陆一样惊奇地询问我,她的眼睛睁得圆圆的。

"他们应该马上就过来了,刚放学还在路上吧。你先玩一玩。"看着她那期望着同学到来却一时还不能看到同学的失落、孤单的样子,我安慰她。

她径直走到教室后面,把随身带来的塑料袋子往桌子上一丢,像卸下了一副重担,一下子变得轻松活跃起来。"就我一个人,我不上了!哼!"她立即摆出一副调皮的样子,向我耀武扬威呢。

"你个调皮鬼,先待着随意玩一玩。还有其他几个同学呢。我下楼去看看他们几个来了没有。"一边说着,我一边走出教室。

过了一小会儿,我走向楼上的作文教室。还没有到门口,远远地就看到教室的玻璃门后面挡着两张凳子,其中一张凳子上坐着一个人。这个调皮鬼又在贪玩了。我缓缓地走到门口,故意伸出手指,轻轻地敲了敲玻璃门:"请开门。"她一看到我终于过来了,满心的期待落到了实处,连忙伸手从里面拉紧门上的把手,一边紧紧地拉着,一边顽皮地笑着。我也顺应她的心意，赶紧配合地轻轻拉了拉门外的把手。两军处于交战状态。

"好了，别贪玩了，赶紧开门。"我不跟她闹着玩了，静静地站在门外。她在门内感到无趣了，随即好奇地往外看了看。我却捉迷藏一般淡出了她的视线。正在她翘首企盼时，我忽然走到门口拉开了门。她又不安分地从门口挡着的凳子上挪开身体，在教室里来回走动。

我一进来，就被眼前的景象扰乱了心境。教室里原本整齐地摆放着五张凳子，此时，它们却横七竖八地躺在地上，一副被欺凌与被损害的无助样子。刚抬头，不经意往教室前面的白板上一看，一幅夸张的漫画活灵活现地盯着我、笑着我——这是一张我的漫画，旁边醒目地标注着她给我起的绰号。她欣赏着自己的"杰作"，一副自豪的模样。平时和这些孩子嬉戏惯了，他们有时真是"无法无天"了。

"你怎么这么不安分呢？赶快把那些凳子摆放到原位，再把白板擦干净，他们也过来了，马上上课！"我没有时间多欣赏她的"大作"，督促她赶紧复原一切。这个"创造家"就有点不情愿了，自己刚刚精心设计的"大作"不但没有得到我的赞赏，反而要被"毁尸灭迹"！她自然伤心了！"臭李老师！我刚画好的就让我擦掉！"她向我抱怨着。这时，另外一个小男孩走进教室，一看到白板上她的"杰作"，再看看旁边的标注，就忍俊不禁了！她又兴奋起来，知道马上就要上课了，不能再"胡作非为"了，趁我不注意又在我的后背贴了几个小贴纸。这个小女孩啊，真是太不安分了！

"好了！大家都坐好！管好自己！不准再乱动乱说！我们抓紧时间上课！"我严肃地对他们说。面对几个孩子，我忽然变得"面目可憎"了！

　　孩子啊，你就责怪我这个讨厌的不懂得欣赏的老师吧！在此刻，李老师只能做一个循规蹈矩的人，来不及多去赞扬你的不安分。但是，李老师深深地懂得，你的不安分都是神奇的创造啊！你的不安分正是创造力的源泉啊！我多么希望你能够始终葆有这样的不安分！我只能深深地在心里赞扬着你的不安分！

活跃与沉静

"军君老师,我的同学也要来学习作文。"一个男孩子一来到作文教室,就十分活跃地对我笑着说道。这时,一个鼻梁上站着一副白色眼镜的男孩子急匆匆地走了进来。他的脸上洋溢着好奇的神采。他和同学一边说笑着,一边选了最前面的椅子坐到了一起。

一个个孩子像一只只小兔子一样蹦到了自己选定的座位上。两排桌子安静地站立在教室的两侧,男孩子们都自觉地"蹦"到了教室的左侧,而女孩子们则自觉地坐到了教室的右侧,泾渭分明。"今天我们就五个孩子——有一个女孩子没过来,你们男孩子谁愿意挪到这边呢?"看着五个孩子,我指着一个坐着女孩子的桌子询问他们。"我才不跟女孩子一起坐呢。"一个男孩子赶紧解释着,似乎要和女孩子划清界限,脸上泛起害羞的笑容。这也是孩子们正常的反应,我就只好默许男孩子们两两坐在一起,而那个小女孩就只能一个人坐,教室的右侧就是她一个人的天地了!

"我们四个男孩子一个队,她一个人一个队。"一个男孩子立即欢呼雀跃地宣告着,其他男孩子都兴奋地随声附和。"那肯定不行啊,我们男子汉不能以多欺少啊。听李老师的,你们三个男孩子一个队,刚来的这个男孩子和那个女孩子一个队——外加李老师,我们三个一个队!"看着女孩子一个人坐在那里,我不禁有点心疼她。

她并没有任何的不愉快,她只是沉静地坐在自己的座位上,似乎外界的纷扰竞争、活跃闹腾和她没有什么关系。这是多么难能可贵啊!我喜欢甚至欣赏她这样的性格!

记得她刚刚一来到作文教室就轻声细语地对我说:"老师,我今天过来没有带作文本。"她一脸的平静——平静中流露着乖巧和柔弱。她显然意识到了自己的疏忽,我便温和地告诉她:"下次记得带上吧。"看着她两手空空,我赶紧询问:"你的书包呢?笔呢?""在外面。"她依然沉静地说着,随即转身走出了教室。不由自主地,一个沉静的身影便清晰可辨地烙印在我的头脑里。

作文课堂上,围绕着自己学到的本领,孩子们都举起了小手,都想在讲台上展示自己。男孩子们的活跃掀起了一层又一层的波澜,他们都争先恐后地高高举起了小手。那个小女孩呢?她也自然地举起了小手,沉静地看着我。男孩子们的表演一个个显得搞笑而又夸张,一个个动作高手粉墨登场,上演着一幕幕精彩的动作片。而她呢?轮到她时,动作渐渐收敛了,旁白慢慢增多了,她正在上演一部安静的文艺片……

虽然这四个男孩子常常按捺不住自己的活跃,但是当写作文的时候,他们能够和那个小女孩一样,变得沉静了。当然,对男孩子们是要多一些强制的要求的;男孩子们同样会安静地管理好自己。那个小女孩呢,她已经自觉地有条不紊地开始写着自己的作文了。她是那么沉稳、那么有耐心,不急不躁,一直在不停地写。写到将近400字时,她忽然伸出一根手指指着自己的作文本给我看:"我今天会写到第二面,写到这里。"我就坐在她的对面,赶紧赞赏地为她竖起大拇指。她依然沉静地写着……

不时地看着她,再看着那四个此刻同样安静地写作文的男孩子,我如同沐浴在一片清幽静谧的山林里,我的身心感到一种无法言说的惬意……

呵护孩子的心

作为一名老师，随着教学时间的增长，我越来越发现，管理孩子真是一项艰巨的任务啊！

作为教师，是要懂得管理学的。然而，如果有哪个教师像管理员工一样来管理孩子的话，那么他将是最惹人讨厌的教师！如果纯粹运用企业管理学的知识来管理孩子的话，那将是最糟糕透顶的管理！孩子的心是敏感而脆弱的，孩子的心是活跃而闹腾的。孩子们往往是最葆有个性，他们与生俱来的个性还没有经过现实生活的打磨而显得棱角分明。过度或者强制的管理只会给孩子带来不可磨灭的伤害。

这样的认识在我教学的过程中、在和孩子的接触中逐渐清晰。面对孩子，"管理"似乎显露出残酷的本质；那么不去管理，又将如何呢？如果化管理为呵护，又将如何呢？呵护！对，面对孩子，需要做的不是管理，而是呵护！——我们需要呵护孩子敏感而脆弱的心……

既然我们要呵护孩子的心，那么教师就应该像父母一样，把每一个孩子当作自己的孩子对待，用爱心来呵护孩子。对教师来说，爱便被簇拥到了一个更高的层次：博爱。教师必须拥有博爱的胸怀，才能把爱洒向天底下所有的孩子。这无疑是格外艰巨的任务。

但是，俗话说："爱之深，责之切。"正因为太爱孩子了，我们常常难免"恨铁不成钢"，甚至"怒其不争"。批评孩子自然而然成了"责之切"的一种表现方式。也许正是在这种"责之切"的唆使下，我在长期的作文教学中，有时也会对自己特别在意的孩子进行批评教育——太想让他进步了，但他的调皮捣蛋不由得让我大动肝火。这时，如果我没有有效地管理好自己，如果我没有多为孩子着想，那么我的批评将会无意地伤害到孩子的一颗心。这似乎就要讲究批评的艺术了，点到为止，方为上策。当我突然喊出一个正在贪玩而不专心听课的小男孩的名字时，他已经悚然一惊了；当他因为屡教不改继续贪玩而被我呵斥罚站时，他显然心怀不满了；当我再急切地在其他孩子面前批评他时，他终于侧目而视了。他已经不搭理我了，我还怎么可以继续批评下去呢？赶紧悬崖勒马，不要再"责之切"，而要"爱之深"，我应该及时地抓住他的一点进步或者一个优点进行赞扬！我们想要孩子成为什么，那就多赞扬孩子什么，即使"无中生有"！我随即表扬他上次的作文写得很好，他才慢慢地对我眉开眼笑。记得有一次作文课后，我和一个男孩子的爸爸妈妈聊孩子的学习情况，他妈妈当着我和他爸爸的面，连珠炮般数落他的一些缺点，他立即"忍无可忍"地转身离开了。尽管"责之切"，我们还要注意方式方法。

呵护孩子的心，我们就要懂得忍受，就要学会感受，就要敢于担受。这真是一门大学问啊！

偶像的建立

作文课堂上,我和学生谈到了"偶像"的问题,引发了我诸多的思考。

当我对孩子们提出一个问题:"你们有没有自己的偶像呢?"大多数孩子顿时都一脸茫然地摇了摇头。一个胖胖的小男孩笑呵呵地说:"偶像就是呕吐的对象嘛,我有。"孩子们都不约而同地跟着哄笑起来。我满怀希望地再次尝试着向个别有偶像的孩子询问:"哪个孩子愿意谈一谈自己心中的偶像呢?"孩子们的头依然摇得像拨浪鼓,躲避着不愿说出自己的偶像。

有的孩子不愿意在大家面前说出自己的偶像——但愿他的心中真的隐藏着一个偶像,但更多的孩子的心里根本就没有自己的偶像。那么,孩子们的心里到底需不需要偶像呢?我们是否需要在孩子们幼小的心灵里建立偶像呢?什么才是真正的偶像呢?

"偶像就像梦想一样,我们每一个孩子都应该拥有自己的偶像!"我急切地期望给孩子们的心灵深处播撒偶像的种子,我解释着自己对偶像的定位,"有了偶像,你才有学习的动力,才能提升自己的目标。"

孩子们若有所思。一个小男孩忽然大声喊道:"我有偶像，他就是卓别林——搞笑大王！""很好！"我正表扬着这个小男孩，一个四年级的男孩子笑哈哈地询问："军君老师，他叫什么名字呢？他怎么能把卓别林当作偶像呢！"我赶紧为他澄清："没什么啊，他喜欢就好，每一个人都可以拥有各自不同的偶像。"

"军君老师，我没有偶像啊。"一个小女孩轻声细语地说。我给这个小女孩，更是给所有孩子说："你们的偶像可以是现实中的人，可以是电视上的人，也可以是书中的人，只要他有值得你们学习的地方，都可以成为你们的偶像和榜样。你们向他学习，不断提高自己。"

"我们的偶像也可以是爸爸妈妈、我们身边的亲人。"我进一步解释。这样一说，孩子们便感到偶像不再遥远，而是近在眼前，触手可及。大多数孩子都可以说出爸爸妈妈身上值得他们学习的地方，而爸爸妈妈也理所当然地成了他们的偶像。

一个戴眼镜的胖胖的男孩子忽然神秘地说："我的偶像是史蒂夫——游戏里的一种生物。"他喜欢玩游戏，因为喜欢史蒂夫，他自然把他当作了偶像。

一个女孩子选择了《清明上河图》的作者张择端。这是让我格外兴奋的。然而，她对自己的偶像并不熟悉，没有多少可以说的内容。

显然，孩子们对偶像的理解还是肤浅的，偶像在他们的心里还是一片未知的领域。

什么是偶像呢？从表面上来看，偶像是我们崇拜的对象。偶像的身上有值得我们崇拜的东西。但是面对偶像，我们需要的仅仅是崇拜吗？我觉得，我们不需要盲目地崇拜任何人。我们不需要顶礼膜拜任何人。偶像,并不需要我们把他高高供奉在神坛上,把他当作具有某种神秘力量的象征物来全身心地崇拜,添加他的威严,降低自己的身价。"伟人之所以伟大,是因为我们跪下来看他。"马克思的这句名言发人深省!

但我们必须拥有自己喜欢并向往的对象。这是一种信仰或者可以说是理想。偶像可以拿来作为我们行动的指南或榜样,我们以偶像来审视自己,从而更清楚地做好自己。古希腊哲学家苏格拉底说:"未经审视的生命是不值得活的。"偶像的存在,可以作为这样的目的。

德国哲学家尼采著有《偶像的黄昏》一书,他把西方文明中一切偶像——哲学家、作家、音乐家,都一个一个打倒了,他是想在打倒一切偶像之后,建立一个新的自我。

偶像的建立,只是让我们每一个人都更好地做一个独立自主的人——一个更加优秀的人,一个超越自我的人,一个具有旺盛生命力和创造力的无比强大的人!

先让自己佩服自己

1

作文课上,一个四年级的男孩子刚刚兴奋地回答完问题——这些回答是其他孩子都没有想到、没有找到,至少是没有主动说出来的恰如其分的回答——我就急忙问其他孩子:"他回答得怎么样?"

"非常好!"孩子们异口同声地对他的回答给予肯定。

一个一向有点调皮的男孩子补充说:"他真厉害,我佩服他!"

他能够认识到别人的优秀,并且佩服别人,这很好!但是佩服别人以后呢?他该怎么做呢?

2

孩子们按照我的要求开始写作文了,一个个执笔在手,都想要表现自己的最佳状态。那个四年级的男孩子抓起笔奋笔疾书,笔不停挥地书写着。他已经写了600字了,还在意犹未尽地写着。

"军君老师,我写完了!"他兴奋地站起来,写作的满足和自豪溢于言表。

我赶紧伸手接过他的作文本，迅速地看了看，然后忙不迭地在其他孩子面前展示着："他今天表现得非常好，我们要向他学习，抓紧时间写好自己的作文。"

一个男孩子马上转过头，面向第一个写完作文并且写得优秀的同学，伸出双手，握拳作揖："你真是高手啊！我为你点赞。"

孩子，你能够为比你优秀的人点赞，这是了不起的！懂得欣赏别人至少是一种积极向上的美德。但是为别人点赞以后呢？你该怎么做呢？

3

忽然，又一个胖胖的男孩子慢吞吞地对我说："军君老师，我今天状态不行。"紧接着，他就抱怨别人的一些问题——无关紧要、无事生非的小问题——导致他写作的状态不行，所以这次写不好作文。

他是一个平时特别调皮、写作常常拖拉的孩子，总爱为自己的懒惰找客观理由，怨天尤人、自我麻痹、不求上进。

一想到他这屡教不改的坏习惯，一种"怒其不争"的情绪就袭上我的心头，我顿时变得有些生气："不要给自己找理由，不要总怪别人，先管好自己！先让自己足够优秀！"

4

孩子，我不希望你总在佩服别人或挑剔别人，我现在只想听听你说说自己！我想听到你佩服自己时的豪迈！我想听到你为自己点赞时的骄傲！我想听到你在抱怨自己时的愤怒！这不是自私；每一个人先管好自己，先让自己足够优秀，他才有资格去评价别人、认可别人、欣赏别人。你自己优秀了，优秀的人就会自然而然地聚拢到你的身边来，犹如磁石吸引铁制物品。

　　孩子，你必须先让自己佩服自己！你必须不断地坚持努力，让自己能够佩服自己！

能玩才能学

下午一放学,三个小男孩就像脱缰的野马一般奔向培训机构。他们飞快地跑进作文教室,把书包随意往教室后面一放,就彼此打着招呼。"你们三个先玩一玩,我们过一会儿上课。"我连忙对他们说。还没等我说完,他们就已经急不可耐地玩了起来——孩子们的游戏总是无穷无尽、说玩就玩的。

他们在教室里嬉闹着,我津津有味地观看着。虽然我并没有加入,但是我的心已经融进他们的快乐里。他们是应该玩一玩的,不仅因为玩是孩子们的天性,更重要的是他们在学校上了一整天的课刚放学,玩能够激活他们的大脑,能让他们的思维更加活跃。会学习的人都是会玩的人,并且能玩出名堂;能玩才能学。我希望孩子们能够享受玩的快乐。孩子们似乎和我心有灵犀,都心领神会地玩得天翻地覆。

几个孩子陆续来到了作文教室,我忽然一改常态,一声断喝:"都坐好!开始上课了!"孩子们始料不及,意犹未尽,我却不容置疑,斩钉截铁。看着我严肃的样子,孩子们立即收心敛性,一本正经地安静坐好了。正当孩子们目不转睛地凝视着严肃的我时,我却不禁为我的严肃感到好笑了。

其实，这本来就是虚张声势的严肃，只为聚集孩子们的注意力。作文课本来就是思维课，活跃的思维正是我追求的。课前任凭孩子们疯玩正是为了激活孩子们的思维。如果老师只是一味严肃地上课，那么将是世界上最痛苦的课了。我赶紧调整自己的状态，调出一颗童心，与孩子们的心融为一体，在思维的玩闹中一起欢快地学习吧。

瞧！我正和孩子们玩情景模拟呢。一个个孩子扮演着同龄的"我"，花样百出，形态万千，异彩纷呈。看！一个三年级的小男孩忽然情不自禁地倒地打起了滚，演得惟妙惟肖，玩得不亦乐乎。咦？一个个小手怎么都举得高高的？一张张笑脸怎么都涨得红红的？一个个想法怎么都想得怪怪的？哦，孩子们玩得真嗨啊！

受着那几个活跃的男孩子的影响，女孩子们也积极地投入、踊跃地发言。男孩子们往往是最能玩的，他们常常因为玩得太尽兴，只顾着玩而忽略了从玩中学习；女孩子们则不一样，她们能从玩中、从欣赏别人的玩中感受到更多的东西。同样的玩，不同的学习，不同的收获。

我还是暗自羡慕孩子们能够尽情地玩，更羡慕那些能在玩中懂得学习的孩子。我相信如果一个孩子能够在玩中享受到学习的快乐或者在学习中体会到玩的快乐，那么他一定是最懂得学习的。如果把学习当成一种有趣的玩的话，那么学习就是这个世界上最可爱的乐趣了。

古往今来，往往那些取得流芳百世成就的人都是会玩的人——他们把学习当作玩，他们觉得自己从事的工作多么好玩，他们沉迷在自己的爱好里，玩得全神贯注，玩得如痴如醉，玩得矢志不渝。我们能在学习中尽情地玩吗？我们能在生活中尽情地玩吗？我们能在爱好中尽情地玩吗？

尽情之意不在"玩"，只在乎情趣之间也。这似乎是太大的诱惑、莫大的幸福啊！

眼前与虚幻

　　一个胖胖的小男孩迈着沉重的脚步拉着沉重的书包慢悠悠地走进作文教室,一副失魂落魄的样子:满头大汗、满脸通红、垂头丧气……咦,怎么回事?他为什么这样无精打采呢?他为什么姗姗来迟呢?

　　"你领到什么东西了?"坐在教室里的一个戴眼镜的小男孩立即好奇地问他。

　　这简单的一句问话却招惹来他的满腹委屈,他带着哭腔诉苦:"我排了那么长的队,等了那么久的时间,结果什么也没有领到!"

　　"哈哈,我领到了一把小尺子!""眼镜"急不可耐地伸出右手,捏着小尺子,高擎在空中,兴奋地展示,骄傲地炫耀。

　　原来这个胖男孩是因为没有领到东西在伤心啊。然而,看着伤心的他,我不但没有安慰他,反而指责他:"他们是在给午托班的孩子发奖品,你又不是午托班的孩子,他们自然不会发给你,你等再长时间也是白等。你不知道吗?"

　　"我知道。"他唯唯诺诺地答道。

　　"既然知道,为什么还一直在等呢?"我尽量心平气和地询问他,"况且我们已经上课了,难道你不知道要上作文课吗?"

他的脸上泛起一抹羞愧的红晕，他在自我辩解："我知道要上课。我看别人都在领东西，我也想要一个。"

眼前的小东西诱惑着他的心，然而，"眼镜"领到的那把小尺子小巧玲珑，至多值五角钱。

《伊索寓言》里的一个故事耐人寻味。一只夜莺被老鹰抓到，眼看自己的小命即将不保，就试着说服老鹰不要吃自己：自己太小，无法让老鹰饱餐一顿，建议老鹰去抓一只更大的鸟。但是老鹰理直气壮地说，要是为了期待能抓到一只更大的鸟而放了这只已经到手的夜莺，那才真是笨呢。十鸟在林，不如一鸟在手。多得不如现得。我们都像那只老鹰一样聪明，不会为了虚幻的事情而放弃眼前的利益。我们这样做似乎是正确的。

现代作家钱锺书在长篇小说《围城》里写道："西洋赶驴子的人，每逢驴子不肯走，鞭子没有用，就把一串胡萝卜挂在驴子眼睛之前，唇吻之上。这笨驴子以为走前一步，萝卜就能到嘴，于是一步再一步继续向前，嘴愈要咬，脚愈会赶，不知不觉中又走了一站。那时候它是否吃得到这串萝卜，得看驴夫的高兴。一切机关里，上司驾驭下属，全是这种技巧。"看得见的福利成为诱惑我们不断前进的"胡萝卜"。为了眼前，我们拒绝虚幻。

在物质极度膨胀的时代，我们信奉物质主义，我们变得越来越实际，因为害怕失去，我们想要肆无忌惮地占有。一切都变化得太快，我们只想拥有眼前，把握能够把握的，漠视一时看不到的。我们太执着于易得的小利，而失去了宽阔的远方。眼前的利益娱悦着我们的身心，让我们感到莫大的快乐。

一些人生的导师曾经教导我们不要活在虚幻里,只要活在眼前,但是当我们的人生进入一定的高度时,一个人成就的大小往往取决于一些"虚幻"的东西:诸如眼光、境界、胸怀……那些优秀的人物却始终展望着虚幻,并在虚幻的召唤中开创了一个个彪炳千古的奇迹。眼前与虚幻,什么才是更重要的呢?

面对苦与乐

随着我们对生活的体验越来越深刻,我们越来越能感受到生活中的苦与乐。这样的苦与乐逐渐成为我们感受生活的全部,要么苦,要么乐,除此之外呢?要么苦并乐着。面对生活中的苦与乐,每个人都有自己不同的看法。

"军君老师,我还想玩。"一个四年级的女孩子恋恋不舍地对我说道。"好了,这个小游戏就玩到这里。像这样的课堂小游戏,我们之前也玩过很多,重要的是从中学习。"我给孩子们解释着。一提到以前玩过的课堂小游戏,孩子们就叽叽喳喳地说个不停。玩游戏,无疑给孩子们带来了快乐,让他们念念难忘。

"老师现在调查一下:作文课上,我们每个人都收获过哪些快乐呢?"

"玩游戏!"孩子们异口同声地回答。因为游戏能够给他们带来最纯粹的快乐,自然赢得了他们的喜欢。然而,获得这种最纯粹的快乐并不是最终目的,我希望通过一些小游戏让孩子们从中得到生活的启迪、懂得做人的道理。

"还有哪些快乐呢?"我想探寻孩子们内心深处更多的快乐。

"发奖品!"一个男孩子乐不可支地大声道。发奖品能够给他带来快乐，这是孩子的正常反应。

一个声音忽然兴奋地响起："搞笑的同学！有的同学在课堂上很搞笑！"能够让孩子们笑口常开的快乐，当然让他们喜欢了。但这样的快乐总是流于肤浅的。还有没有更深刻的快乐呢？

"写作文！"一个胖胖的小男孩马上举起了手，大声地喊道。他是一个喜欢写作文的孩子，写作文能够给他精神上带来极大的快乐。这种精神上的快乐让他满脸洋溢着兴奋。这种快乐，是来自内心深处的。我也被他这样的快乐感染着，和他一起享受着快乐。

"写得有进步！"一个四年级的男孩子立即附和着呼喊。他似乎揣摩到我的心思，用他的写作文有进步来回应我的追问。他的作文的确写得有进步。他能够从不断的进步中感受到一次又一次的快乐。这样的快乐在他的内心深处播撒下了种子，随着时间的滋养，已然绽放出芬芳的花朵。他陶醉于这样的快乐。

面对学习生活中的这些快乐，每一个孩子都表达出了属于自己的喜欢——喜欢的层次是不同的。

万事万物都是相对的，具有两面性，有快乐就必然有痛苦。痛苦与快乐是连体的双胞胎，是形影不离、密不可分的。那么，面对学习生活中的痛苦呢，孩子们有什么样的看法？

"有快乐必然有痛苦。"我继续循循善诱，"接下来我们说一说在作文课上，我们每一个孩子都有过哪些痛苦呢？"

"你给我妈妈说我在课堂上的不好表现！"一个四年级的男孩子马上理直气壮地向我抱怨。我从他的语言中能感受到他的气愤。这给他带来了痛苦，让他耿耿于怀。

"你上课时批评过我!"另一个男孩子马上心怀不满地倾诉着他的痛苦。批评他,让他感到不自在,形成了他心里的痛苦。即使那时批评他是因为他上课影响到别人,他只记住了自己承受的痛苦。

"没有写好作文,你让我留堂。"这时,一个女孩子赶紧嘟着小嘴巴诉说着自己的痛苦。留堂对孩子们来说,是老师的一种惩罚,不管出于什么目的,惩罚在孩子们看来都是让他们痛苦的。

"每天写日记。"一个男孩子的嘴里突然生硬地蹦出这几个字。是啊,这的确是会让有些孩子痛苦的。每天都写啊,哪怕我说过每天可以只写一句话,但是最痛苦的是每天都要坚持写啊!我理解他的痛苦。

"有时写的作文达不到你的要求。"一个女孩子的声音慢悠悠地从最后一排传过来。她表达了内心真实的想法,这是她亲身的体验。因为达不到我的要求,我批评过她,让她感到委屈,但也让她产生了动力。这是她的痛苦。

面对学习生活中的这些痛苦,每一个孩子都表达出了属于自己的抱怨——抱怨的层次是不同的。

苦与乐组成了生活中的一支交相辉映而又缠绵悱恻的交响曲。它不可避免,它无可逃脱。我们每一天总要面对它。但是我们应该怎样更好地面对它呢?

俄国著名文学大师陀思妥耶夫斯基的一句话闪电般击中了我:"我只害怕一件事:我怕我配不上自己所受的痛苦!"生活赐予了我们痛苦,我们却从中咀嚼出了绵绵无尽的快乐!那些精神上伟大的优秀者,坦然地迎接着生活中源源不断的痛苦,并把它们孕育、羽化成了这个人世间最优美动听的英雄乐章!

优秀的代价

优秀总在召唤着我们，尤其是对一些追求卓越的灵魂来说，优秀具有不可抗拒的魔力。然而，优秀并不是唾手可得的！它往往需要付出代价！面对优秀，我们每一个人是否做好了付出代价的准备？——也许那将是沉重的代价！

上午9点，几个高年级的孩子听完我的讲解，都摩拳擦掌准备写作文了，而一个六年级的男孩子却迟迟没有动笔。"怎么还不写呢？"我轻轻地走到他的身旁询问他。"我还在思考怎样才能写得更好，我想选取一些质量更好的素材。"他微笑着问，"军君老师，作文最好的你能给评什么分呢？有没有A++++……呢？""你努力地写更好就是了。"我向他投以鼓励的目光。他是一个相当优秀的孩子，上次的作文写得很好，这次想要写得更好。不断突破自我，每一次他都在迎难而上，他有一股追求卓越的精神。时间在一分一秒地流逝，他依然沉浸在思考中，一会儿翻看着发的资料，一会儿低着头专注地思索，一会儿抬起头出神地捕捉灵感……一种写得更好、做得更优秀的想法驱使着他。他为了优秀，把自己置身于一股巨大的压力之中——压力越大，动力越大。面对优秀，我们有这样的胆量吗？我们必须常常忍受压力，甚至承受痛苦——那也许是绵绵无尽的痛苦啊！

下午3点，几个中年级的孩子按照我的要求开始埋头写起自己的作文，而一个四年级的女孩子却迟迟没有动笔。"你又在想什么呢？"我知道她的想法多，便好奇地问她。"军君老师，我想换一种写法来写，跟你刚才讲的不一样。""可以啊，你能写好就行——你先说说怎么写？"她的头脑中总是充满着奇思妙想，我一向挺欣赏她的创新能力。"我不想写人，我想写物，用一种童话的写法来写……"她缓缓地解释着。"想法很好啊！但你觉得你能写好吗？"因为之前她总是坚守着自己的创新思维却由于写作功力不到火候而失败，写出的作文不理想。虽然我肯定她的创新，但我也担心她的完成度不高。"我尽量去写吧。"她嘿嘿一笑。"行吧，你先按你想的去写吧。"我微微颔首。她为了优秀，甘于打破常规，甘于承受失败。面对优秀，我们有这样的勇气吗？我们必须常常打破常规，继而顶住失败——那也许是源源不断的失败啊！

下午5点，几个中年级的孩子都在埋头写着自己的作文，一个男孩子的声音忽然兴奋地响起："李老师，我能不能在开头写200字呢？""最好不要！开头不要写得那么长！你们的考试作文开头一般不要超过100字。"我赶紧向他解释。"我才不管那些，我想怎么写就怎么写！你管不着！"他对我的话不以为意。"如果你开头写200字，你的全文就要写得更长。"我温馨提示，想吓吓他，让他知难而退，"可能要写1000字以上，需要付出更多的时间。别头重脚轻啊。"他立即摆出一副成竹在胸的样子："写就写咯！我正想多写一些呢！我不怕累！"他马上紧紧地握着笔，向着既定目标挺进，笔不停挥地写起来。他是一个非常优秀的孩子，他懂得"一分耕耘一分收获",宁愿付出比别人更多的时间、精力来辛苦耕耘,从而取得优秀的成绩。为了优秀,他必须对自己严格要求,更加勤奋。面对优秀,我们需要毅力!我们只有严格要求自己,更加勤奋——那是孜孜不倦的勤奋啊!

　　绵绵无尽的痛苦,源源不断的失败……这些都是通向"优秀"这条光荣的荆棘路上的绊脚石,都是为了摘取"优秀"的桂冠所必须付出的代价。但它们必将是引领我们自由地飞翔于"优秀"这个广阔天空的一只只强悍雄壮的翅膀!面对优秀,我们都准备好了应该付出什么样的代价了吗?

记忆漫谈

随着从事作文教学工作时间的增长和自己长期坚持写作的体会加深，我越来越对记忆充满了好奇。记忆无疑是写作最可靠的一个保障。作家们都拥有着非同寻常的记忆能力。对一些信息的贮存、整理和提取，是需要足够强大的记忆来完成的。记忆在孩子们的写作中扮演着非常重要的角色；我从孩子们的写作中对记忆的认识不断地深化。

一个小男孩对着作文本发呆。"你怎么还不写呢？"我轻声询问他。他茫然地摇了摇头。"你还不会写吗？刚才我们是怎么玩的、怎么说的，就怎么写啊。"我一边提醒着他，一边再一次给他引导、梳理整体的写作思路，他才如梦方醒，动笔开始写起来。显然刚才他的大脑并没有记忆清楚所讲的内容，或者说刚才所讲的内容已经在他的大脑中沉睡了，需要我再次唤醒它。记忆的规律是识记、保持、再认、回忆和遗忘。我们常常需要反复"再认"来巩固记忆。这就是记忆耐人寻味的地方。

"军君老师，你一句一句地说，等我写完了这一句你再说下一句。"一个小女孩焦急地对我说道。"这样肯定不允许。你先不要急着动笔，等待老师把所有内容给你们梳理完毕以后，你们再用自己的语言来表达。你们现在要做的是跟着老师一起来回顾、记忆。"我从整体上给孩子们进行着思维的引导,把将要写作的内容转换成一幅幅图画,系统地贮存进孩子们的大脑里,这样统筹规划以后,孩子们就可以自由地调动将要写作的内容了。如果孩子们一句一句来记忆的话,往往是记住了上一句遗忘了下一句。记忆有这样的规律:先摄入大脑的内容会对后来的信息产生干扰,使大脑对后接触的信息印象不深,容易遗忘;与此同时,接受了新的内容就会把前面看过的忘了,致使新信息干扰旧信息。

如此说来,如何更好地进行记忆呢?这也是我在长期的作文教学和写作实践中探究的问题。

我是倾向于图像记忆的。图像记忆需要启动的是右脑,而右脑记忆是最神奇最博大的记忆——相对于左脑记忆,它拥有"过目不忘"的本事。运用图像记忆来写作,对写作者来说是轻松和幸福的。速度越快记忆越好,瞬间记忆容易引发图像记忆——这是逼迫出来的记忆。我常常希望孩子们的眼睛变成一个个照相机,把作文课堂上或者生活中一幕幕情景瞬间拍摄下来,储存在大脑里。这样一来,记忆便变得生动鲜活、妙趣横生了。

人的情绪往往对记忆产生很大的影响。当孩子心烦意乱时,他们在写作的过程中就会不由自主忽略掉一些讲解过的内容,从而让写作达不到预期的效果。调动孩子们良好的情绪对写作而言,是格外重要的。

我觉得拥有明确的目的、拥有坚强的意志对记忆来说尤为重要!当他们目的明确时,他们更容易轻松地进行记忆,从而达到良好的记忆效果。如果一个人没有明确的目的,就会像无头苍蝇一样,尽管他一个劲儿地学习,但是常常是辛苦了自己，浪费了时间，而学习的知识只能犹如过眼云烟，转瞬即逝。

　　我们中国的古人早已给我们记录下了"两耳不闻窗外事""头悬梁锥刺股"的学习境界，面对这样的境界，叫苦不迭、漫不经心、知难而退都是不可取的。记忆在这样的境界中将羽化得更加神奇。然而，生活在新时代的我们，大可不必都像古人那样死记硬背、"视死如归"。俄国文学大师列夫·托尔斯泰说："知识，只有当它靠积极的思维得来而不是凭记忆得来时，才是真正的知识。"诚哉斯言！思维高踞于记忆之上，拥有强大的思维能力的我们将是这个世界最强大的人！

话语的魔力

"良言一句三冬暖，恶语伤人六月寒。"很久以前我就读过这句俗语，从此，便对"良言"钟爱有加，而对"恶语"嗤之以鼻。随着阅历的增加，我越来越体会到"良言"的美好，越来越对"恶语"深恶痛绝。"恶语"犹如一把利剑，总能轻而易举地刺伤人们脆弱的心灵，即使身处夏季六月，也让人感到阵阵的严寒。

"×××是个大坏蛋！"一个小男孩坐在座位上，随口就说出了一句"恶语"。他旁边坐着的一个小女孩一听到他的这句话，脸上的笑容立即收敛、冻僵了。一听到他又说她的坏话，我的心弦就绷得紧紧的；我严肃地凝视着他，提醒他不准再随意说这样的话了。然而，他并不在乎我的眼神，看小女孩没有对他的话做出回应，又像复读机一般脱口而出："×××是个大坏蛋！"我一下子生气了："你怎么还不能管好自己的嘴呢?！上一次你惹得她哭了，这次又在乱说话！"

记得上次作文课，这个小男孩动不动就随口说出一句"恶语"，刚开始他只是说着玩，但是他越说越上瘾，一句话重复说个不停——他越说，仿佛越感觉这句话妙趣横生。那个小女孩起先并不在意，但是几次三番后忍不住红了眼圈，流下眼泪。我知道他原来只是闹着玩、说着乐的，但一句话重复的次数多了,便自然产生一种魔力,让听的人感到无形的压力,遭受心灵的伤害。我赶紧指出他的错误,让他给她道歉。

"我只是说一说而已。"他振振有词,"一句话并不能让她掉一块肉,有什么大不了的。"

"你怎么不用这句话说自己呢?"我打算让他感受一下他的话语,体会一下内心被刺伤的感觉。

"我傻啊,说自己?"他赶紧伶牙俐齿地反驳。

他倒是相当聪明。然而,他是否懂得"己所不欲,勿施于人"的道理呢?

我语重心长地告诫他:"你都不这样说自己,分明这是不好的话,为什么要说别人呢?你觉得一句话并没有什么,只图自己嘴上说个高兴,但是已经刺伤了别人的心。不要小瞧一句话!一句话有时就是一把剑,你用这把剑来刺一刺自己试试……"

这个小男孩的想法很多,总善于自圆其说,如果不让他亲自品尝内心的刺伤,他是不会多去理解别人的。

他显然内心也有所触动,静静地仰望着我,聆听我的话。

"老师刚才是故意这样说你的,只是为了让你感同身受。她和你一样敏感。不要小瞧一句话,我们每个人都有可能会被一句无关轻重的话刺伤。"

他忽然沉默不语,懂事地点了点头。整节课上,他不再说那些有可能刺伤别人的"恶语"。他变得认真地听课了,这无疑是让我格外高兴的。

我们的心都很脆弱,不要轻易用话语来伤害别人,即使我们是无心或者嬉闹的。

话语的魔力是巨大的。话语是人与人之间交流的最大媒介。我们生活在一个话语的世界里。法国哲学家、思想家米歇尔·福柯说过这样的话:"话语是真理、知识和权力的集中表现,是生活主体和对象能够相互交融的地方。""话语即权力"是福柯留给世人深思的哲学命题。一个人掌握了话语,往往就掌握了权力。在一定程度上,话语的言说者往往制约着、引导着沉默者。我们要懂得话语的魔力,并且要善于运用话语。

苏联作家尤利·特里丰诺夫告诫我们:"无论什么时候,没有必要就不要用话语去刺别人,哪怕是很轻微的话。"我们要慎重运用每一句话,让"良言"活跃在每个人的口中、心里,口耳相传、代代相传……

温柔地对待

一张被撕掉的纸正安静地躺在我的手心里。这是一本书的封面,它刚才被一个小男孩一不小心撕掉了。"军君老师,你看,那张纸多可怜啊。"一个三年级的小女孩忽然温柔地说出这句话。

她目不转睛地凝视着这张被撕掉的纸,眼睛里流露出一丝疼惜。她温柔的神情、她说出的这句话一下子犹如闪电一般,让我恍然大悟、喜不自禁。一张被撕掉的纸如同一个被遗弃的孩子,让她不由得产生了同情——纸同样拥有生命,值得我们怜爱。一个能够怜爱一张纸的人,该是有着怎样一颗温柔的心啊?这个小女孩能够温柔地对待一张纸,那么她也能够温柔地对待每一个人,以及每一样有生命的东西。

我们应该警醒了:我们还拥有一颗温柔的心吗?面对自己的亲人、自己喜欢的人,我们是否常常温柔地对待他们?即使我们能够温柔地对待亲朋好友,然而,面对陌生人、自己不喜欢的人,我们是否也能够表现出温柔呢?一阵凉爽的风轻轻地吹拂到身上,我们是否报以温柔的笑容?一棵葱茏的树默默地站立在路旁,我们是否投去温柔的目光?一缕和煦的阳光静静地照耀着万物,我们是否流露温柔的感动?

我不禁扪心自问:我是否依然心怀温柔?当我温柔地对

待孩子们时，我和孩子们待在一起是快乐而融洽的。当我温柔地对待写作时，我写起文章来显得轻松而自在。当我温柔地对待生活时，哪怕物质俭朴也依然精神愉悦。我享受着这样的温柔时光。如果我选择愚蠢的粗暴，就只能让自己变得痛苦不堪。很多时候，倒霉的事情既然已经降临到我们的身上，一味地烦躁只能让自己越陷越深，而刹那的温柔却能让自己平心静气，更容易走出阴霾。

温柔是衡量一个人内心质地的标尺。懂得温柔的人是聪明的。武侠小说作家古龙说："女人的了解和温柔，对男人来说，有时远比利剑更有效。"我总相信，一个女人，一旦面对自己的丈夫、家庭，满眼流露出温柔，她无疑会是一个好妻子、贤内助；一个男人，一旦面对自己的妻子、儿女，满眼流露出温柔，他无疑是一个好丈夫、慈父亲；一个作家，一旦面对所有的普通大众，满眼流露出温柔，他无疑是一个有情人、好作家……

作为一个长期写作的人，我觉得作家、艺术家都应该是一些内心无比温柔的人——温柔地对待世间万物。他们外表温柔、善良，内心恬静、痴狂。他们的心灵格外敏感，无论是如烟往事，还是似梦未来，都在他们的心灵上笼罩上一股情深深雨蒙蒙的意味。每当追忆往事或者憧憬未来时，他们的心都会滋生一种甜蜜的惆怅、温柔的幸福。法国思想家、文学家罗曼·罗兰在《名人传》中这样描写贝多芬："贝多芬的童年尽管如此悲惨，他对这个时代和消磨这时代的地方，却永远保持着一种温柔而凄凉的回忆。"无论生活如何残酷，贝多芬的内心深处都是温柔的。

我曾经看到一个快乐生活的人在温柔地帮助着别人；我

曾经看到一个心怀梦想的人在温柔地仰望着天空；我曾经看到一个热爱生命的人在温柔地迎接着黎明……他们的温柔让我感到生活在这个世界上真是美好！

我总认为，懂得温柔的人将是高尚的人，因为温柔的背后彰显着宽广的胸怀。苏联教育家苏霍姆林斯基说："一个人越是胸怀崇高的目标，他（她）对心爱的人的感情就越丰富，越细腻，越温柔。"如果一个人能够温柔地对待别人，那么他就会是强大的人，因为温柔的背后蕴含着深深的爱。

差 距

对大多数人而言，我们的智力水平和接受能力都大同小异；大家都站在同一条起跑线上。然而，面对同一份工作，随着做事时间的长久，每个人便展示出迥然相异的自己，人与人之间的差距会随着时间的累积，而变得越来越大。这到底是为什么呢？

1

"我每天都会让我女儿看书——看一些比较经典的书。她也喜欢看书，看了很多。"一个五年级女孩子的妈妈站在我的面前，温和地对我讲。

"这很好啊，养成这样的习惯，孩子会受益匪浅，多看书自然能够提高她的作文水平。"我赞扬着孩子的良好习惯。

"虽然她爱看书，但是写的就相对少了一些。"这位妈妈深知自己的孩子，同时不由得把她和别人家的孩子进行对比，"跟她一起在这里学习作文的那个女孩子就很能写；我知道那个女孩子从很早开始就每天坚持写日记了，已经坚持写了几年了。"

"难怪那个女孩子写得好，重要的是她已经努力这么多年了！这是她辛辛苦苦训练出来的结果，所以就写得更加优秀一些，和其他孩子就拉开了距离。"

　　差距往往就是这样产生的。别人比你提前努力，别人自然比你更加优秀。

2

　　"你能不能再专心一些，认真一点写？"看到一个四年级的男孩子一边慢吞吞地写作文，一边漫不经心地东张西望，我赶紧提醒他，并且进一步引导，"你看，大家都是一起听讲的、一起写作的，别人都在专心地写，写了将近一页了，你才刚刚开始写了两三行。我绝对不是让你和别人比，关键是你要管理好自己，更加专心一点写。"

　　"哦。"他缓缓地点头，接着埋头写起来。但是只要我仔细观察他，就会发现他写作文时的一些糟糕的习惯：动不动就碰碰鼻子、揉揉眼睛、摸摸衣服、望望别处……他没有一点紧迫感，完全不能够专心去写。专心写作文的其他孩子自然就比他写得更好一些。

　　差距往往就是这样产生的。别人比你更加专心，别人自然比你更加优秀。

3

　　"军君老师，我来讲！"一个四年级的女孩子立即把小手高高举起来，争先恐后地表示要表达自己的想法。她的眼睛里流露着期盼，迸射着热情，面对这样积极的女孩子，难道我能随意拒绝她的发言吗？

"好，你来讲！"我随即回应着她的积极性，并向她投去赞赏的目光。

"军君老师，我也要讲！""该我讲了！"孩子们都积极地表现着自己，一个又一个积极发言。而一个胖胖的男孩子却始终一言不发。我不知道他的大脑是否在高速地运转着，我不知道他是否因为不善于表达而不想说——我只知道他的作文目前是这几个孩子中写得最差的。"就剩下你一个人没有讲了，你赶紧讲一讲吧。"我连忙询问并鼓励着他。

"嘿嘿，我不知道该讲什么。"他只是若无其事地笑一笑。

"按照我刚才说的，讲什么都可以啊。"我再次提醒他。

他丝毫没有多想，只是摇了摇头。

"不讲吗？""不讲了。"他在逃避。他宁愿做一个一言不发的旁观者，不积极参与。当我忽然提问时，他常常不知道讲到哪里，他在消极的躲避中迷失了。当其他孩子因为积极参与、积极听讲，作文写得更加轻松时，他却时时茫然无助。

差距往往就是这样产生的。别人比你更加积极地学习，别人自然比你更加优秀。

人与人之间绝大部分的差距往往就是在我们对待事情的不同态度中产生的。勤奋、专心、积极……这些在口头上说起来简单的东西，却并不是人人都能够做到的。也许我们无法改变性格，但是我们可以改变态度。只要端正了态度，尽管还是原来的我们，可是我们的收获常常就不可同日而语了。

那一刻唤起的沉思

那一刻,我感受到的震撼是前所未有的;那一刻,我不得不面对一个高贵的灵魂;那一刻,"尊严"这个词语在我的内心深处掀起了滔天的波澜。我从来没有想到"尊严"在一个孩子的心中竟然占据着如此重要的地位!

作文课上,我带领几个高年级的孩子一起玩一个心理游戏。我让孩子们在一张白纸上写下他们认为生命中最重要的几个人或者几样东西,然后依次舍弃,最终只能留下一个。随着游戏的进行,孩子们忽然意识到这是一个非同寻常的游戏。孩子们手中的笔一下子增添了千钧之重,无法轻易抬起。我自然知晓孩子们此时的心理状态。我的目光扫过每一个孩子的神色,最后落到一个女孩子的眼睛上。在一次次左右为难的选择中,她一次次流下了难以割舍的眼泪。她神态凄然,模样专注。凝视着她泛着泪花的眼睛、伤心的表情,我的心里顿时痛如刀割。我是不是太狠心了?我是不是不应该这样做呢?然而,我想让孩子们懂得这就是真实的人生,这就是残酷的现实——虽然这是虚拟的游戏,但是它真实得异常可怕。她的眼泪是在我意料之中的,但我万万没有想到的是当她依次舍弃以后,她的眼前剩下的是"生命"和"尊严"。面对每一个人拥有的唯一生命,她在痛苦的抉择中竟然选择了尊严——用最后的尊严来捍卫唯一的生命！当她说出她最终的选择时，我禁不住感到纳闷、好奇。这对一个身处都市的女孩子来说似乎是不可思议的。

哽咽了许久，在我的追问下，她缓缓地抬起了头，一边流着眼泪，一边真诚地说："我妈肯定希望我有尊严地活着。"这句话一说出口便犹如一道闪电横空劈来，我顷刻间呆若木鸡。这句话仿佛道出了人世间最感人的情，我的眼泪一瞬间夺眶而出。那一刻，我内心深处那最柔软的地方被深深地触动了！极力地控制好自己的情绪，我同样真诚地对她表示赞赏："你说得真是太好了！我非常佩服你！能把生命舍去，留下自己的尊严……"

"尊严"！我久久地咀嚼着这个词语，它在我的内心飞舞翱翔、翻江倒海。我的思绪漫天卷地。人类关于"尊严"的一切行为顿时在我的内心汹涌奔腾着……

我清晰地记得新人教版小学语文四年级下册课文里有一篇名叫《尊严》的文章。它是关于石油大王哈默的。即使哈默饥肠辘辘，他也不愿意吃不是亲手劳动换来的食物。看到如此拥有尊严的年轻人，杰克逊大叔对女儿说："别看他现在什么都没有，可他百分之百是个富翁，因为他有尊严！"

是的，拥有尊严的人将是最富有的！同时，拥有尊严的人也将是最强大的！

我不得不想起傅雷——这个最具有尊严的中国知识分子！他小时候的一个故事引起了我对"尊严"进一步的深思。一个暑假，傅雷去一个同学爷爷的家里玩耍。那是一座独院的两层小洋房。从小生活在烂泥屋子的傅雷被那光滑的木质地板惊呆了，不敢随意挪步，生怕踩坏了地板。他回家以后，向母亲哭诉怎么别人家脚踩的地方都远远胜过自己睡觉的地方，母亲静静地听完他的哭诉，为他擦干眼泪，平静地说："孩子，我们不必羡慕别人家漂亮的地板，再漂亮的地板也是被人踩的，只要我们好好地活着，不自卑地活着，有尊严地活着，任何漂亮的地板我们都可以把它踩在脚下。"

这是一位多么伟大的母亲啊！这又是多么铿锵有力的一段话啊！这些话点石成金般激发了傅雷内在的尊严。从此，傅雷不再自卑，他自信的脚步踩踏过一块块漂亮的地板，他高贵的精神自由地遨游在一座座艺术的圣殿。这只"天外的仙鹤"在人生的漫漫道路上无比有尊严地前行着，最终成为众人眼里艳羡和景仰的强者！被尊严唤醒的人将是无所畏惧、无所不能的强者！

从古至今，尊严一直隐藏在历史的深处，依然能够透过重重云雾沐浴到个人尊严的光辉。那是战国末期，一个出身于楚国贵族的人高擎尊严的旗帜。他就是屈原。公元前278年，屈原在楚国沦陷、政治理想破灭的情况下，虽然他满怀报国的壮志，但是无力回天，毅然决然地跳入汨罗江，以死明志。他宁为玉碎，不为瓦全；他卓尔不群，甘愿殉道。信仰倒下了，尊严屹立了！

那是魏晋时期，一个隐逸于田园生活的人大义凛然地高奏起尊严的绝响。他就是嵇康。公元262年，嵇康在奸臣陷害、竖子当道的处境下，坚挺着一身傲骨，不屈不挠，神色泰然，抚琴长弹，《广陵散》铮铮作响，他从容赴死。他在"生命"与"尊严"之间做出了荡气回肠的抉择——这是人类历史上最惊心动魄的抉择！

啊，人类的尊严从来都存在着！那是道德的尊严，那是精神的尊严,那是文化的尊严!一个国家是否昌盛强大,重要的是看它的人民是否拥有尊严!一个人是否顶天立地,重要的是看他是否拥有尊严!

然而,尊严不是别人赐予的,尊严是靠自己捍卫的。在生活中,我们哪怕一切都已失去,但是只要我们拥有尊严,我们便无所畏惧。

生命中的感动

1

"军君老师,我女儿说今天下午会过去学习作文。"一个小女孩的妈妈给我打来电话。

"咦,之前不是说好她只周四过来上作文课吗?"我赶紧说出自己心中的疑惑。

"是啊,但她今天非要去上课。她晚上作业多,我想让她早点回家写作业。"她妈妈耐心地给我解释着,"她下午去学校时说放学想去作文班;等一会儿如果她过去了,您就让她先回家吧。"

我自然理解她妈妈的担忧,但我也为孩子主动想要学习作文而感到高兴。一丝喜悦掠过我的心头,我的心里刹那间溢满莫名的感动。我缓缓地说:"她真想过来学习作文,我总不好意思赶她回去吧。"

"她过去的时候,您打我电话,我来给她说。"

2

我刚准备给三个孩子上作文课,忽然,吱的一声,门被推开了，两个小女孩站在了我的面前。一个小女孩一见到我就活泼地喊了一声："军君老师。"哦，她果然来了。

"你们两个怎么都来了？"我感到更加疑惑。

"我今天想要过来上作文课！""我跟她一起过来，我们两个要一起上课。"她兴奋地说着，另一个小女孩也随声附和。

"你妈妈让你先回家呢，担心你作业写不完。你赶紧给妈妈打个电话，别让妈妈担心。"我立即拨打她妈妈的手机号。

她懂事地接过手机，欢快地和妈妈说起话来。只听到她大声地喊道："我要在这里上作文课！就不回去！就不！"似乎她妈妈还在催促她回去，但她已经下定了决心，谁也改变不了，谁也不容多说。她的一根右手指快速地点击"挂断"按键，脸上随即露出调皮的胜利笑容。

我本来打算劝她赶紧先回去，可是不等我开口，她已经斩钉截铁地说："我已经和我妈妈说好了。李老师，您放心上课吧，我一下课就会回去的！"

她长大了，拥有自己的独立想法了！难道我能拒绝她的独立吗？我应该尊重她。她想要学习作文的单纯固执的热情一下子深深地感染了我，让我感动不已。我顿时觉得热血澎湃，一种受到信赖、得到欢迎的成就感弥漫在我的身心，我的心一片火热："大家都赶紧坐好，我们抓紧时间上课。"

3

她坐得端端正正，目不转睛地凝视着我，满脸流露着兴高采烈的欢乐。几个孩子仿佛被她感染，都专心致志地听讲。看着眼前的孩子们,我的心里溢满感动。此刻,我体会到了作为老师的幸福!

当我讲完一些写作的方法,孩子们都开始认真地写作文。一个孩子的字写得有点慢,我偶尔走到他的旁边,小声提醒着他写快一点;一个孩子写作文爱读出声,我赶紧强调要他管好自己,不要影响到别人;一个孩子笔不停挥地写着作文,越写越兴奋,我羡慕地看着她……

整个教室笼罩在一种祥和、欢快、纯净的氛围里——这是孩子们精心营造出来的一种美好的氛围,置身其中,我久久地感动着……

聪明·勤奋

吃过午饭，在休息时间我抽空批改学生的作文。一拿起一个学生的作文本，我的心里就充满着期盼——这是一个非常聪明的男孩子，他这次的作文按照我的要求、再加上自己的创意，写得应该很优秀吧？

一篇四五百字的作文呈现在我的眼前，我逐字逐句阅读着，感受着文字的美妙，体会着字里行间流露的童趣。他的确写得挺好！仿佛刚刚吃了一点甜头，我的贪婪瞬间被逗引出来，我希望读到更加妙不可言的文字。

然而，伴随着我的继续阅读，一缕缕失望的情绪渐渐袭上我的心头。作文中一些地方并没有按照原先的构思描写详细，他似乎故意保留自己的才华，不愿意浪费更多的时间进行精雕细琢！唉，我不由得在心底重重地叹了一口气。

不等我心头的恼火熄灭，他作文中的两个字忽然径直跳跃在我的眼前。那是什么样的两个字呢？歪歪扭扭，摆出一副无精打采的模样——"懒惰！"对，这都是"懒惰"惹的祸！它们为什么要戕害我们的好少年呢?！它们自以为是，无孔不入，难道就不能洗心革面，重新做人吗?！

聪明的孩子啊，聪明是你们与生俱来的天赋。但是你们不要白白虚掷了你们的聪明，让它束之高阁、作茧自缚。"泯然众人矣"将是多么可怕、可悲的后果啊！你们要懂得时时磨砺你们的聪明，让它多去经历一些人世间的艰难困苦——"千锤万凿出深山，烈火焚烧若等闲！"

聪明的孩子往往不愿意付出太多的工夫！聪明的孩子什么时候才能够变得勤奋呢？

正当我陷入痛苦的思索时，突然，我的手机冒昧地唱起了歌曲。我呆呆地拿起手机，这是朋友打来的电话。彼此聊起了最近的生活。当我说到长期以来我几乎每天都在坚持写作，已经创作了上千篇文章，现在乃至未来都会依然"冥顽不灵"地走在文学的道路上，他不禁惊叫起来："你这么厉害啊！"随即他变得沉默了。"唉，可惜啊！"言谈中流露着无能为力的伤感。感受着他的伤感，我的心又被刺痛了；在安慰他，又像在安慰我，我只是淡淡地说："每天坚持做自己喜欢的事情就好……"

朋友是一个异常聪明的人，曾经也是一个狂热的文学爱好者。但他已经很久不写文章了……我深深地懂得朋友刚才话语中后半句蕴含的无奈。

随着我从事作文培训教学工作时间的增长，我越来越对勤奋的孩子抱有好感，我也经常给孩子们鼓励并且强调勤奋的重要性。也许我们从出生的那一刻起就无法掌控自己是否足够聪明，但是我们可以肆无忌惮地从出生以后就让自己变得无比勤奋！

勤奋是我们每一个人在这个世界上拯救自己的最大法宝！聪明是难能可贵的。这个世界上聪明的人非常多，但是愿意付出工夫的人并不见得有多少。我们都很聪明，可是如果我们更加勤奋，那么我们不就是更优秀的人吗？

别样的表达

一些孩子突如其来地出现在我的心里,他们的音容笑貌、行为举止惟妙惟肖地展示在我的眼前,让我感到满心的喜悦。那是一种别样的表达,流露出最纯真烂漫的情态……

提前十分钟来到了上课的地方,我默默地待在教室里等待着来上作文课的孩子们。教室里显得异常安静。"嗒嗒嗒",一阵骏马奔跑的声音忽然由远及近,闯入我的耳膜,踏在我的心里。这是多么欢快的声音啊!我不禁抬头凝视,一个胖胖的小男孩正急速地向教室奔跑。他的右手拎着一个绿色的手提袋,左手握着一条长长的细绳子,他像一匹小骏马,那左手握着的细绳子仿佛一根马鞭,轻轻地驱使着他向前奔跑。他一来到教室,随即就把手提袋往课桌上一丢,如同卸下货物,他的身体立即变得轻松起来。他握着手中的细绳子,一边自言自语地为自己摇旗呐喊,一边按捺不住地四处"冲杀",自娱自乐,玩得不亦乐乎。他以这样的方式表达着自己。这是他证明自己存在的一种表达——多么别样的表达啊!

我一不留神,一个小女孩不知何时化作一只白色的蝴蝶已经翩翩然飞进了作文教室。"军君老师,我来了。"这只白色的蝴蝶飞舞在我的身旁,轻声细语地向我打招呼,显得彬彬有礼。我温和地表扬她:"你今天上课来得很早啊。""对,我担心迟到了,所以早早地就赶紧跑过来了。"她轻快地表达着自己的想法。"咦?怎么空着手呢?"我感到好奇,"没有带另一个作文本吗?"她眨着纯真的眼睛,坦诚地看着我,立即把头摇得像拨浪鼓:"没有。""为什么没有带呢?我不是要求每次必须带吗?"我刨根究底。

我正等待她的回答,她却刹那间伸出双手,身体也微微一抖,似乎在跳舞——"对不起,来得急,一时没有找到。"她以这样的方式表达着自己。这是她的存在的一种表达——多么别样的表达啊!

孩子们迅速地坐到了各自的座位上,作文课一如既往有条不紊地进行着。我兴奋地对一个胖乎乎的小男孩说:"你来讲一讲自己的一件事情吧。""好,我来!"他欢呼雀跃,像一名奔赴战场的勇士,急不可耐地往教室前面奋力冲去,犹如表演魔术一般,他的身体突然凝固不动,接着在其他孩子的诧异中又迅疾地180度大转身,"军君老师,我能不能借助工具开始我的演讲啊?"——他把每一次发言都当作自己隆重的演讲,郑重其事。我自然给予他充分的肯定:"当然可以。"他赶紧从身上口袋里掏出一把玩具小手枪,紧紧地握在手里,一边滔滔不绝地讲,一边配合地挥舞着手中的小手枪,手舞足蹈,不亦快哉。他以这样的方式表达着自己。这是他的存在的一种表达——多么别样的表达啊!

....

孩子们正是以这些别样的表达来诉说着自己、展示着自己、证明着自己。在这些别样的表达里,孩子们与生俱来的天真可爱纤毫毕见。这些别样的表达给我带来的源源不断的感动,都珍藏在我内心的深处,渐渐化作醇香的美酒,让我未饮心已醉。

另起炉灶

"现在大家按照我刚才和你们一起表演的内容来写今天的作文。刚才我们是怎么表演的,现在就怎么写——很容易就能写好。"我对孩子们说完这些话,孩子们便紧握手中的笔开始写起今天要求的作文。

这时,一个胖嘟嘟的小男孩抬起头看着我,兴奋地说:"军君老师,我要写自己想写的内容!"听到他说的这句话,看到他满脸的神采,我是倍感欣慰的,我相信他完全能够写好自己想要写的新内容。他是一个热爱写作,并且写作优秀的孩子。"好!写你想写的内容!"我赶紧给他强调,"注意灵活运用我刚才强调的写作方法,写什么内容都是一样的。""知道了!"他信心满满地答道。

另外一个男孩子听到别人可以写自己想写的内容,马上随声附和地说:"我也要写自己想写的内容。""你觉得你想写的内容现在马上就能写好吗?并且能比刚才我们表演的内容更容易写吗?只有三十分钟的写作时间,不允许另外多考虑的。"我立即给这个男孩子分析事情的轻重缓急。因为我知道他目前的写作水平还不足以让他自如地驾驭一个新的内容来写。如果另起炉灶,对这个男孩子来说无疑是难上加难。"写不好。"他显然了解自己目前的写作能力,"我还是先写要求的内容。""那你就先不要随意写,按照老师刚才训练的内容来写,巩固方法,等到掌握了这种方法再随意写你想要写的任何内容。""好。"

刚才那个胖嘟嘟的小男孩已经紧握着笔,胸有成竹地写起自己想要写的内容;他的构思是敏捷的。我正向他投去欣赏的眼神,忽然发现他打开了我刚发的资料,打算借鉴其中一篇作文。他是一个聪明的孩子,懂得灵活借鉴别人的,再化为自己的;这是可以的。但此刻,我不能允许他借鉴别人的,我想让他寻找自己内心真实的东西,不要受到别人的束缚。既然他敢于另起炉灶,而且我相信他能够承担起另起炉灶的责任,那么他就必须用自己独特的实力来证实自己完全能够学以致用、独立写作。我想考验一下他。我必须激发出他的潜力,让他写出完全属于自己的作文。

于是,我轻轻地走到他的面前,一边把他桌子上的资料收拾起来,一边向他投去赞赏、鼓励的眼神:"好好写出属于自己的内容。"他一愣,又会意地点了点头,依然兴奋地说:"我要写出自己想写的!我有自己的想法!"他埋头奋笔疾书。我充满期待地凝视着他。他是会灵活运用知识的。他投入地写着,有时口中喃喃自语,有时脑袋微微倾斜,他需要思考。这对他来说,是一次冒险和挑战,他必须懂得学以致用,很好地运用这节课所学的方法,重新构思新的内容。

已经下课了,其他孩子轻松地写完作文交了以后离开了作文教室。他还在有条不紊地写着,而且越写越兴奋:"军君老师,我后面还有很多要写的,我的结尾是不一样的。"我随即鼓励他:"你厉害!抓紧时间写。"他在孤军奋战。我只能远远地陪着他,看着他在作文本上纵横驰骋。时间一分一秒地流逝着,他已经多写了十五分钟。他还在不停地写。他要为他的另起炉灶付出一些代价——他甘愿付出辛苦的代价。"军君老师,我马上就要写结尾了!这是我写得很满意的一篇作文!"他满脸洋溢着抑制不住的兴奋。

"我佩服你!你真能写!"我禁不住又一次称赞他。他把写好的作文本交给了我,流露出一副打了胜仗的得意模样。我赶紧捧起他的作文本,认真地阅读他刚刚写好的作文,看他的另起炉灶是否推陈出新、独立谋篇。他没有让我失望。满满的700多字的作文,匠心独运、巧妙构思,他写出了自己的独立想法。他只是一个三年级的孩子啊!他的实力得到了有力的证实。我由衷地为他感到高兴。

能够随心所欲地放弃原本已经想好并且亲身实践、酝酿良久的计划,另外从头做起,这的确是需要实力的!另起炉灶,不是表面看来那样轻松简单、占尽风头,它背后需要的是长久的知识积累、能力训练以及灵活运用。一个人想要另起炉灶,他必须拥有强大的勇气、独立的想法以及坚定的毅力。如果我们暂时还不具备这些,那么我们敢于随心所欲地另起炉灶吗?可见,另起炉灶需要我们更加勤学苦练!

淡定的拯救

他休学了！只剩下三个月的时间就要参加中考了，他却再也无法安心备考，无法在学校、在班级待下去。他是班里赫赫有名的"后进生"和"捣乱分子"。班主任建议他留级复读，他干脆直接休学。

不去学校了，他变得更加自由散漫。在家里，和父母吵架是他的家常便饭；在外面，和朋友相约"吃喝玩乐"是他的日常应酬。他像是一只逃脱了笼子的小鸟，经受不住花花世界的诱惑，尽情地享受着得来不易的自由。

父母大发雷霆，一次长谈让他意识到他眼下的生活是多么荒唐颓废。无奈之下，他接受了父母的决策：到培训机构去补课。身在曹营心在汉，强扭的瓜不甜。他的玩心一时是难以管束的。他的"业务"繁忙，手机铃声总是响个不停。他的内心是浮躁的，外界的动静随时控制着他的心神。对正处于青春期的他来说，这无疑是人生中的一大困境。

因缘巧合，我被朋友请去给他补习语文。初次相见，他就给我留下了难以忘记的印象。一米八的身高，花格子的短袖短裤，蓬松的头发上闪烁着明亮的发夹，这些明目张胆地搭配在一个男孩子的身上，真是显得多么时尚而前卫！他叛逆的脸上流露出疲倦的神色，与这个年龄段的孩子格格不入。

　　我和他的相处还是融洽的。攻心为上。如果想要他收心敛性、专注学习，就必须从心理上对他予以引导。走进他的内心，这是我和他相处的前提。谈心，是我们交流的前奏。每次上课前，我都会按部就班地询问他的心情以及他的想法。他是率真的，总是毫不掩饰地表露他的烦躁、郁闷，抱怨父母给他施加的诸多压力。他的痛苦泛滥在脸上，是真实而具体的。当谈到与他的"狐朋狗友"——他清醒地这么称呼朋友——偷空出去玩时，他的眼睛里才迸射出兴奋的神采，激动与快乐滋润着他。这是他在现实的巨大压力中所仅有的自由。他觉得自己现在就像是被如来佛祖压在五指山下的孙猴子，浑身的劲无法发泄，整日心烦气躁、无聊空虚，灵魂无处安放。我是一个合格的倾听者，颇有耐心地倾听他的诉说，不失时机地点拨他的困惑，我想抚慰一颗年轻的躁动不安的心。

　　对于他和朋友的交往，我是不反对的。那些朋友毕竟给他现在的黯淡生活带来了一丝希望。为了更加安心地投入学习，适当的调节休息是必要的。只要他能够合理地安排好学习与玩乐的时间，明确自己当前的责任与目的，就不要过多地给他压力。过犹不及，每一个人的成长都要遵循自然的规律。社会的诱惑是无处不在的，重要的是自己的内心要葆有平静。

　　"看着以前的同学今年都参加了中考，我感到被遗弃了，心里不是滋味。"虽然他漫不经心地说着这句话，但是我从他的语气中察觉出他的落寞与难受。他的确是被"遗弃"了。现实的处境把他排挤出学生原本学习的轨道。父母的责骂把他推搡到孩子不应承受的境地。他"无地自容"！这是他所有痛苦的来源。他被挥之不去的烦躁死死纠缠，如何才能够保持内心的淡定呢？

认清现实的状态才能走出困境，明白生存的意义才能成就自己，洞悉烦躁的真谛才能回归淡定。从现实与梦想出发，以束缚与自由引导，我希望他抛开烦躁，保持淡定，拯救自己。作为一个学生，本职工作就是静下心来读书。只有淡定，他才能抵御来自外界与内心的侵袭。只有淡定，他才不会迷失自己而获得心灵的拯救。

一个人保持了内心的淡定，他就会抵御诱惑，淡泊心境，超然物外，坚守自己，珍惜时间，有所成就。在淡定中，我们的人生在重重困境中必将豁然开朗！

乖巧的小女孩

"大家好，我是平安里学校三年级4班的学生……"一个小女孩正乖巧地站立在教室的讲台上，一双水汪汪的大眼睛透露着笑意，洋溢着聪慧，面对我和孩子们落落大方地进行着自我介绍。她是今天新来上我作文课的学生。

她一来到作文教室，就懂事、安静地坐到座位上，眨着好奇、认真的眼睛专心致志地看着我讲课。当孩子们要求她介绍自己时，她便乖巧地站起来，轻轻地走到了教室前面。虽然是第一次来到这个教室，虽然面对几个陌生的孩子，但是她可以落落大方地介绍自己。

没有命令要求，她自觉地坐得端端正正。每当我提出一个问题，她总是能够积极地举手，真诚地表达自己的看法；每当其他孩子再没有其他新颖的想法时，我的目光充满期待地注视着她时，她常常能出人意料地再次说出与众不同的答案。回答完问题以后，她就静静地坐在座位上，抬头看着前面。咦，她真乖巧啊！

孩子们开始写作文了；我给孩子们梳理清楚写作文的思路，孩子们便埋头写作。她一拿到新发的作文本，就赶紧翻到第一页，左手轻轻地放在作文本上，右手小心翼翼地写下题目，认真地写起来。她埋头沉浸在写作的天地里，同时她的写作情态不自觉又自然而然地表露无遗：一会儿，她的左手像一个小支架支住稚嫩的小脸；一会儿，她的左手握成拳头靠在鼻子下面陷入沉思；一会儿，她的小嘴巴嘟在一起，一根手指不经意地放在嘴角；一会儿，她的眼睛注视着前方，似乎在空气中搜寻着写作的灵感……这些动作、神态都是她写作文时自然的流露，她的乖巧都和谐地融进这些自然的动作、神态中。

忽然，一声"军君老师"的呼唤犹如莺啼山谷，轻快地响起，沉静的湖水上荡漾起一圈圈迷人的涟漪。我定睛看时，她正不好意思地微笑着，一边用一只手挠着头，一边轻轻地说："'腿'字怎么写？一时想不起来了。"我赶紧走到她的身边，给她写下这个故意调皮捣蛋的字。她认真地照样子写好，继续乖巧地写着作文。

"我写完了！"她的声音又一次曼妙地飘起，清脆地落下，她看着我，流露出一副欢快的模样。我充满欣喜地望着她："哇！第一个写完啊！这么快！——你先自己读一遍，改一改。"她又乖巧地埋头读起自己精心创作的作文。

一举一动、一颦一笑都是那么率真，那么自然。啊，她真是一个乖巧的小女孩啊！虽然这次的作文课已经结束了，但是她的乖巧给我留下了深刻的印象，总是浮现在我的脑海里。她的乖巧犹如冬日里的一缕阳光，温暖着我的心。

孩子们，你们的乖巧是大自然最神奇的恩赐！拥有着这样的乖巧，你们将为这个人世间增添永远鲜活的美好！！

认真的孩子

上了一整天的作文课,我静下心来想写点文字时,那些孩子忽然就像一只只活泼的小鸟一样在我头脑的天空中东奔西窜、飞来飞去。这些"小鸟"中给我留下恒久印象并让我念念难忘的却是一些能够认真的孩子。

几位家长带着各自的孩子来到了上课的地方,陌生与熟悉的面孔同时呈现在我的眼前,我的目光不由得倾注在孩子们的身上。熟悉的孩子依然大方随意,陌生的孩子有些害羞拘谨。一个小女孩跟随着妈妈默默地坐在客厅的沙发上,她的旁边恰好坐着她熟悉的一个男孩子。她安静地和他打了一声招呼。她看起来是一个乖巧、认真的小女孩。她的乖巧、认真让我感到欣喜——所有认真的孩子总能够吸引我的注意力。这是上午的作文课,她一坐到作文教室的座位上,就认真地坐得端端正正。她认真地听着我讲课,每当我提出一个问题,她想要回答时,都会端正地举起小手,等到我让她回答,她便稳稳地站起来,认真地说出自己的想法。一次又一次,她那副认真的样子便深深地刻在我的脑海里。啊,她真是一个认真的孩子啊!

下午,作文课还有五分钟就要上课了,这时,一位爸爸带着儿子来到作文教室。这个男孩子安静地走了进来,一声不响地坐到自己的座位上。他的爸爸站在教室门口,微笑着和我打招呼。我简单地表扬了这个男孩子的作文写得越来越好。他的爸爸表示已经看过孩子的作文,写得很好。这也是一个看起来做事认真的爸爸,儿子同样认真。课堂上,我特意表扬了他上次写的作文,并且让他带回去给爸爸妈妈看,他的脸上洋溢着喜悦,认真地点头:"嗯。"他认真地听讲,认真地写作文,他能够懂得他目前在做什么。啊,他真是一个认真的孩子啊!

  这个作文班里,另外一个六年级的男孩子又浮现在我的眼前。他是一个聪明的孩子,个性独立,拥有着超越同龄人的独特想法。他的作文写得很好,曾经在《冰心少年文学》杂志上发表过作文。这学期他继续跟我学习作文。他的思维活跃,想法很多,但也许因为这些,使得他给人的印象时不时会笼罩着一层不认真的阴影。每当他认真时,他活跃的思维就会带动他手中的笔,神奇地写下一篇优秀的作文。每当他不认真时,他就会意兴阑珊,手中的笔似乎伴随着诸多不安分的想法一起逍遥玩耍去了。无疑,认真像是一对翅膀,会带领他更加自由地飞翔于蓝天白云之中,只要他能够多一些认真。啊,希望他会成为一个认真的孩子!

············

  认真是人类最优秀的品质之一。无论人怎么进化,无论事情如何复杂,认真必定是开启人生大门必不可少的一把钥匙。我深深地祝愿每个孩子、每个人都能够更认真一些。认真的我们必将是最强大最丰盈的大写的人!

"我才穿得厚呢"

下午,我正坐在前台的电脑前打印一会儿上作文课使用的作文资料,忽然,一位骑着电动车的年轻母亲在培训机构的门口停了下来。"这是给我儿子盖的被子——换了一个更厚的!天气冷了,那个薄的我带回去吧。"年轻的母亲一边热情地说着,一边用手拎着一包厚厚的棉被急匆匆地走了进来。

负责午托的女老师连忙接过棉被,笑呵呵地说:"今天天气一下子变冷了,穿个外套都有点冷呢。"她们寒暄着讨论这变冷的天气。年轻的母亲无暇说多余的话,满脸流露着关切的神情,细心地叮嘱道:"我那儿子很怕冷的,午睡时要让他盖好。"

此刻,这位年轻的母亲心里装着的只有她那宝贝儿子,孩子的冷暖紧紧地牵系着父母的一颗心。

几个孩子放学以后陆续来到了作文教室,一个个穿得都比往日更厚了一些,似乎在进行着一场穿衣比赛。我把教室的门窗都关紧了,冷风正在外面的天地间肆无忌惮地横冲直撞,孩子们在温暖的教室里有恃无恐地安心上着课。

一个男孩子一跑进作文教室就把绵软的外套迅速地脱掉了,随意放在桌子上。"你怎么乱脱衣服呢?"我急忙提醒他,

"小心感冒！"他撇撇嘴："没事，里面还有，我穿得多。"一个四年级的女孩子刚刚安静地坐在座位上，就急忙把她穿来的外套脱下了——那是一件厚厚的羽绒服！她的小脸蛋儿红彤彤的，已经被温暖呵护得忍受不住了！看着这件厚厚的羽绒服，我禁不住有点纳闷了：至于穿这么厚吗？虽然天气转冷，但深圳的余热依然存在。

在其乐融融的氛围里，孩子们都按时写完了作文，准备回家。"大家都穿好自己带来的衣服，外面冷，把自己'打包'好。"我对孩子们强调着。一个戴眼镜的男孩子嘿嘿地笑："我今天穿了两件衣服呢！"他的同桌听到他在"炫耀"自己，早已忍无可忍，不甘示弱地抢着说："我才穿得厚呢！你们看，我穿了三件衣服呢！"他的同桌骄傲地一件一件展示着自己的衣服，好让别人来羡慕。"我穿了四件衣服呢。"一个女孩子的声音突然从孩子们中间欢快地响起，她一边说着，一边迅速地把外套的拉链拉严实，"我下次来再戴上一个口罩，全副武装。"她调侃着自己，摆出一副胜利者的模样。

这时，那个四年级的女孩子并不说话，只转过身站起来，悄悄地从旁边的座位上拿起她脱掉的羽绒服，轻轻地抖了抖，潇洒地穿了起来。一瞬间，她已经是一个肥嘟嘟的棉宝宝了。

注视着这些孩子，我的内心里溢满甜蜜的温馨。孩子们是多么纯真、可爱啊！他们竟然在这里比赛谁穿得"厚"，并且引以为荣呢。孩子们穿得真是暖和啊。面对这些孩子，我满怀好奇，明知故问："孩子们，是谁让你们穿那么多衣服呢？""我妈妈。""我爸爸。"……孩子们争先恐后地回答，声音此起彼伏、悦耳动听，久久地回荡在整个教室的空气里，缓缓地浸透在每一个人的内心深处。

　　孩子们啊，这一件件衣服，都丝丝如缕地凝聚着父母牵挂子女的心啊，都款款深情地蕴藏着父母疼惜子女的爱啊！

关于急躁的忏悔

"嘘!大家都安静一下,认真听她的回答。"我对眼前的几个孩子叮嘱道。一个女孩子正要回答问题,另一个声音不期然横空炸响:"我知道,这么简单……"他刚刚回答过问题,此刻又禁不住抢着说话了,在别人正要说出自己想法的时候!他真是有点急躁了。

"尊重别人!先认真听!"我加重语气强调着。他依然按捺不住地表达着自己的想法,别人慢条斯理的声音淹没在他气焰嚣张的争辩里。我知道他要迫不及待地表达自己,对于他的活跃思维我是非常赞赏的,但是对于他不尊重别人的行为,我生气了:"你不要急,好吗?先听听别人说!"

他的急躁不仅给别人带来了伤害,也给自己造成了伤害。每一个心灵都是敏感的,既然这样,我们能不急躁吗?

一个胖乎乎的男孩子忽然出神地看着一个穿黑色衣服的女孩子,像发现了什么珍宝似的,一边露出兴奋的笑容,一边不断地说着什么。正在上作文课,我正在讲着课,他竟然随意说笑。他一直是我非常看重的孩子,我不能允许他这样随意,便脱口而出:"你管好自己,怎么乱说别人呢?!"他立即像一只受惊的小鹿,不说话了。

我们刚好谈到一个话题,孩子们便炸开了锅,都争先恐后地想要说出自己的想法。而一个调皮的小男孩却趁机捣乱，大家都跟着肆无忌惮地哄笑了起来。"你个调皮鬼，你到底怎么回事呢？坐好！"我的心里升腾起一丝火焰。

"大家先别急，写作文之前听老师讲一讲应该注意哪些问题，怎么才能写得更好。"我的话音刚落，一声断喝突兀地在我的耳畔炸响："闭嘴！不要影响我写作文！"这句话一下子刺激了我，我心里升腾起的一丝火焰瞬间被点燃，我生气地批评他："你怎么说话呢？！你平时在学校就这样对老师说话吗？不要光想着自己！多为其他同学着想一下。"他顿时感到惭愧，低着头不说话了。

他太急躁了，总管不好自己。他的急躁犹如一颗石子投进平静的湖面，激起了千层浪。大家都被他带进了急躁的旋涡里。

然而，作为老师的我呢？难道我就任凭急躁水漫金山？难道我没有急躁吗？为了让孩子们更认真地听课，更好地写作文，我的一颗心绷得紧紧的，太过忧虑的心让我总是禁不住处于急躁的边缘。我是太急躁了。急躁有时也是一个人对自己、对别人的期望值过高而造成的。与其说是孩子们引发了我的急躁，不如说是我的急躁在潜意识里影响到了孩子们。

想到这里，急躁便排山倒海般向我涌来！痛苦便惊涛骇浪般向我袭来，难以自拔！我不该急躁！美国盲聋女作家、教育家海伦·凯勒在《假如给我三天光明》中写的话在我的耳畔响起："我总是把炙热的脸庞藏在凉气沁人的树叶和草丛之中，让急躁不安的心情冷静下来。"我是应该警告自己："不要急躁，静下心来。"我是应该告诫自己："不要急躁，静下心来，好好地教教孩子们，和孩子们亲密地在一起。"禅心初定，我是应该心平气和的！一切痛苦将在心静中慢慢痊愈。

温柔地呵护

"咣当!"教室的地板突然发出一声嘶哑的哀鸣。一支白板笔落寞而无助地躺在地板上,像一个刚被抛弃在荒郊野外的孩子。"嗖——"一缕寒风不知从哪里吹来。我的心刹那间被什么东西刺痛了。

"站住!"我禁不住喊出一声命令。一个小男孩立即停住脚步,转过头,睁着一双纯真无邪的大眼睛,好奇而无辜地凝视着我。我缓和了语气,一本正经地对他说道:"你看看,你把什么东西丢了?""没有啊。"他摊了摊手,流露出一副不知所措的样子。我的目光牵引着他的目光,栖落到地板上的白板笔上。他恍然大悟,赶紧走上前去,抓起羸弱的白板笔,放到我的手里。握着白板笔,我顿时感到欣慰。他毕竟发现了由于自己的慌乱与疏忽,让白板笔无辜掉落在地。他做事太急躁了:一写完字,他就随手把白板笔往旁边一扔,若无其事地甩手而去。白板笔摔落在地发出的哀鸣根本不会刺激他的耳朵,引起他的关注。尽管他的这种做法无伤大雅甚至司空见惯,但是我依然觉得他做得太粗鲁了——为什么他不能温柔地呵护一支笔呢?

我不能允许孩子这么粗鲁地对待一支笔。孩子们粗鲁地对待的难道仅仅是一支笔吗?不,不是的。在我长期与孩子们的接触中，我已经见过数不胜数的孩子，若无其事以至肆无忌惮地苛待身边的事物。孩子们天生是调皮的，总会制造出防不胜防的恶作剧。"嘭！"教室的门又被哪个调皮鬼撞开了；"哗！"桌上的书又被哪个捣蛋鬼推倒了；"哧！"作业的纸又被哪个淘气鬼撕掉了……一次又一次，孩子们在不经意间充当了残忍的刽子手——这是孩子们始料不及的。

　　在成年人的眼睛里，那些都是无生命的。粗鲁地对待那些无生命的东西又能说明什么问题呢？然而，在孩子们的世界里，一切东西都应该是有生命的。孩子们的世界是一个梦幻的世界，一个童话的世界。在梦幻与童话里，万事万物都像人一样可亲可爱。孩子们的心应该是柔软的，但是孩子们为什么会粗鲁地施暴而不懂得温柔地呵护呢？

　　虽然时代在变迁，但是人心是否已经蜕变？教育总要坚守一些人心本质的东西——那是作为人所世代传袭的。我们是否曾经拥有一颗温柔的心？我们是否曾经懂得去温柔地呵护周围的一切呢？我之所以面对孩子们漫不经心的做法产生巨大的反应，是因为我的内心深处一直坚守着一些本质的东西。在我的观念里，温柔地呵护万事万物才是人心最本质的价值。无论阅读过的书籍还是经历过的事情，都在不断强化我的观念：温柔地呵护这个世界。在我的记忆里，一个高中时的朋友身上展现出的温柔常常让我自叹弗如。每次走进教室，他都会轻轻地推开门，又转身静静地关上门。无论教室里有人还是没有人，他都是温柔地呵护门，如同自己的亲人。他的温柔曾经像刀子一样刺痛着我日益麻木的心，现在又像阳光一样抚摸着我逐渐冰冷的心。从他身上，我深刻地洞悉了人心。这是我从小到大受到过的最好的教育之一，我

339

一辈子都铭记于心，温故知新。

我们常常教导别人要善待自己，要善待他人，但是我们是否能够善待万物呢？我们是否能够做到温柔地呵护万物呢？如果我们能够温柔地呵护身边的事物，那么我们必将能够温柔地呵护身边的陌生人以及自己的亲人。在这种温柔的呵护中，我们的内心将变得越来越强大，我们的爱意将变得越来越强烈，我们的力量将变得越来越强悍。那时，我们才能成为一个真正的人——我们有多么温柔，我们就有多么刚强！

纯真的沉稳

  这个小男孩身上闪烁出的像金子一样的光映照着我的眼，滋润着我的心。我禁不住一遍又一遍重温着这个新认识的小男孩出现的一幕幕情景。

  "孩子过来了吗？"拿起手机，我认真地询问一个小男孩的爸爸。一个浑厚的声音顿时传来："快到楼下了，马上到……"放下一颗心，我安心地等待他们的到来。一会儿，一声"军君老师"的呼唤在门外缓缓地响起，我赶紧循声出门迎接。一位爸爸带着他的儿子信步走了进来。

  一个小男孩站在我的面前；他是新来我这里学习作文的。他是一个三年级的小男孩。一看到他，我就感到一种异样的亲切，以及一种神秘的魅力。他身上到底有什么东西隐隐地吸引着我呢？胖乎乎的脸上洋溢着属于这个年龄的可爱，似乎与其他孩子并无二致。然而淡定自若的表情透露着超越这个年龄的平静——平静得犹如静静的湖面。

  面对一个个孩子，我总是比较敏感，在第一次接触他们时，便会对他们的性格有一个总体上的感觉，再从这个总体上的感觉出发，在日常的教学上更进一步地了解他们。通常，孩子们都是好动的，虽然有的活泼一些，有的内向一些，但是，这个新来的小男孩以一种别样的感觉莫名地吸引着我。

　　也许是第一次相见，我们都免不了有陌生人之间的距离感。但他显然表现得过于内向。这是内向性格中的害羞吗？不！他从刚才进来到现在交谈都一直流露着非常平静的神态。那是什么呢？哦，对了，沉稳！作为性格中的一种特征，沉稳是我所喜欢的性格——一种卓越的性格。沉稳常常在成年人的身上绽放出来，而小孩子身上透露出的沉稳却显得难能可贵。

　　作文课上，我让他先做自我介绍。他镇定地站起来，只是很沉稳地说："我不想说什么。"我的期待有点落空。这时，另一个他所在学校班级的小女孩笑嘻嘻地说："他就是这样，不想多说，让我替他介绍吧。"

　　"好啊，"他转过头，依然平静地说，"让她替我介绍吧。""不行。那我下次称呼她时直接叫着你的名字，行吗？"我也平静地对他说。"不行。"他说了两个简单的字以后，便只介绍了自己的名字，在其他同学热闹的提醒下，他又加了一句他的班级。如此而已。

　　他是那么与众不同，我自然而然关注着他。等到写作文时，他很主动地安静地写着自己的作文。他似乎挺会学习，写作文之前不时翻一下这节课上读过的几篇作文，然后沉默不语、全神贯注地写自己的作文。"你的作文写得挺好。"我刚称赞他，那个同班的小女孩忽然插进一句话："他在班里的作文本来就写得好！"

　　犹如磁石对铁的吸引，他紧紧地吸引着我。这节课从始至终，他一直显得格外沉稳。

　　和所有的孩子一样，他也是其中普普通通的一个。每一个孩子都有属于自己的独特性格，每一种性格都有着属于它自己的吸引力。那是什么特别的东西吸引着我呢？难道沉稳具有如此大的魅力？

不，不仅仅是沉稳。那是一种纯真的沉稳！如果这样的沉稳是从成年人身上绽放出来，那么它就不会如此吸引我。而这样的沉稳恰恰是从一个小孩子身上迸射出来的。纯真是小孩子的天性。纯真的孩子是最动人的。纯真，让沉稳显得神采奕奕！

别样的吵架

一个人趾高气扬,另一个人大发雷霆,声音越来越响亮,情绪越来越高亢;他们两个人究竟在干什么呢?唉,除了吵架,还能干什么!这样的吵架当然是让我们感到哀叹甚至愤怒。这样的吵架是让人反感不悦的,我一向不喜欢这样的吵架。但是从孩子们的身上,我意外地发现了别样的吵架,我禁不住喜欢上了这种别样的吵架——孩子们的吵架让我兴趣盎然。

看!那两个小女孩在干什么呢?一个小女孩圆圆的小脸气鼓鼓的:"你怎么拿我笔呢?"另外一个小女孩睁着一双纯真的大眼睛,依然若无其事地继续拿着那个小女孩的笔欣赏。"纯真的大眼睛"一边欣赏,一边好奇地询问:"你这支笔从哪里买来的?""就不告诉你!""圆圆的小脸"使劲地发出哼的一声。"你不告诉我,我就去问你妈妈!""你去问呗。"听!这是多么有趣的"吵架"啊!这种别样的吵架吸引着我。

这是两个小女孩来上我的作文课前的一次"吵架"。她俩是一对好朋友,但是常常不期然地吵架。不知道从哪里刮来一阵风,不知道从哪里飘来一阵雨,别人还不知道是怎么回事呢,她俩就已经风风雨雨,纠缠在一起。只听到一个声音忽然大了，另一个声音忽然响了，你一言，我一语，唇枪舌剑，刺来刺去。有模有样，脸闹翻了，架吵起了。

吵归吵，她俩还是能够随即投入学习中的，似乎瞬间就忘记了刚才的吵架。她俩齐刷刷地坐在一张课桌前，你看着我，我望着你，相视一笑，一起听课。这是多么难得的风平浪静啊！

瞧！这又是怎么回事呢？现在不是课间休息时间吗？她俩又怎么了？这次，不知道谁先说了一句话，谁后顶了一句嘴，她俩又开始吵了起来。"圆圆的小脸"萌萌地鼓着腮帮子，"纯真的大眼睛"高高地嘟着小嘴巴，不容分说，她俩立即各自伸出一只手在课桌上象征性地划分清楚了"楚河汉界"，紧接着两人嘴巴纷纷紧闭，谁也不理谁。这种别样的"吵架"就是这么憨态可掬。

她俩跟着我学习作文已经有一段时间了；伴随着她俩长期以来的"吵架"，我是经历过风风雨雨的：刚开始莫名其妙，逐渐地忧心忡忡，到后来其乐融融——我只能接受并且欣赏这种别样的吵架啊。正因为我已经多次领教过她俩吵架的"绝招"，我决定还是采用"冷处理"的方式，摆出一副满不在乎的样子，随她俩鼓腮嘟嘴，嬉戏贪玩。转瞬间，当我提醒孩子们准备写作文时，如同我料想中的一样，她俩又彼此笑了笑，相互说一句口头禅——"我们又和好了"，就坐在一起，和好如初了。一场别样的吵架就这样落幕了。

记得前段时间的一次作文课，为了防止两个孩子再次上演"吵了又好，好了又吵"的喜剧，孩子妈妈建议让她俩分开坐。这时，她俩就都不乐意了，两个小嘴巴噘得高高的，郑重承诺"绝不会再吵！我们是好朋友"！而且一致保证一旦发现她俩上课有吵架的迹象，就甘愿接受"惩罚"。每当上课时，她俩刚要忍不住准备上演"吵架"的节目，其中一个小女孩马上自觉地自我反思："我俩并没有吵啊。"她俩都露出一副笑呵呵的模样，煞是可爱！

　　孩子们是可爱的、单纯的。孩子们的吵架并没有什么实质性的东西，像风一样吹起了，又飘散了。一会儿吵架，一会儿和好，对孩子们来说，这本是平常的事情。阴晴转化一瞬间，毕竟孩子们还是想一起玩，毕竟孩子们还是好朋友。好朋友才会没事就吵一吵、闹一闹、玩一玩……这才是真正的好朋友嘛。一个人太在意好朋友了，才容易生气，才会不由自主地和他闹别扭；亲近的人，孩子们才愿意和他吵架——"我跟你很好，我才和你吵。"这是多么充满趣味啊！

　　孩子们的吵架是天性使然。我们不必过多干预，他们自己的问题就让他们自己来解决吧——无须火上添油，只求自然熄灭；有时，我们不必去评价谁对谁错，不必去指责谁先谁后。我们不妨抱着一种欣赏的态度，怀着一种宽容的目光去看待孩子们这种别样的吵架；在这种无关痛痒而又妙趣横生的"喜剧表演"中，我们会在不经意间感受到一种妙不可言的单纯、可爱的童趣！

未泯的童心

一个三年级的小男孩一来到作文教室，就满脸洋溢着喜悦的笑容，面对其他同学欢快地询问："我想请问一下大家在儿童节都收到了什么礼物呢？""儿童节"和"礼物"扭成了一根导火索，瞬间点燃了孩子们的热情；孩子们争先恐后、眉飞色舞地展示各自的礼物，沉浸在儿童节的幸福里。

孩子们的幸福感染着我，我目不转睛地凝视着孩子们的小脸，希望沐浴到一丁点幸福的光辉。在孩子们的心里，幸福是触手可及的，是随时随地都能轻松感受得到的。孩子们的心灵是多么单纯、多么敏锐、多么神奇！我深深地陶醉在孩子们的一颗颗童心里。

童心啊！难道我只能陶醉在孩子们的童心里吗？我的那颗童心究竟去哪儿了？

儿童节还没有到来之前，我就已经兴奋地满怀着期待，恭候它的大驾光临，仿佛在迎接一个属于自己的节日。一个经历世事的成年人怎么无事生非地来争抢本只属于孩子们的节日呢？难道我也想要过儿童节吗？对！我渴望过每一个儿童节——儿童节对我来说是一种儿童的心境。也许只是因为我的灵魂深处依然葆有一颗未泯的童心。

孩子们是我的一面明镜，我常常通过观察孩子们来审视自己的心灵；是否依然葆有童心，是我规警自己成长的标尺。在潜意识中，我甚至从不愿意把自己当作成人来看待。我愿意这一辈子都活在孩子们的世界里。

然而，年龄的增长让我一天天远离了童年，远离了孩子，迈向成人，迈向俗世。这是大自然铁定的规律，任凭谁也无法阻止。尽管作为一名老师，我能够经常和孩子们待在一起，但是我既不能阻止时间的流逝，又不能像《铁皮鼓》（德国作家君特·格拉斯的长篇小说）里的主人公小奥斯卡一样永远做一个小孩子——那曾经是我执迷不悟的白日梦啊。所以，我只能一边怀念着童年，一边挽留着童年——我可以怎么挽留童年呢？

对孩子们来说，儿童节是一个无比快乐的节日。但它对我们成年人来说意味着什么呢？岁月一去不复返，童年往事已如烟。我们多么希望能够重温那无忧无虑的童年时光啊。这应该是我们每一个成年人共同的梦想。

时间总是不能改变的，我们唯一能够改变的就是守护住一颗童心。童心未泯成为我们梦寐以求的向往。那些童心未泯的成年人在经历繁杂的世事以后不被世俗熏染，依然保持着孩子的天真，能够拥有着孩子特质的心境、个性以及趣味。他们用儿童的心灵感知这个世界，对人世间的一切充满好奇。他们始终保持着与生俱来的童心情结，保持着对城市钢铁森林的抗拒，就算是外表不可避免地变得成熟，也要在内心深处为自己保留孩子的一个自由自在的角落。

在日本著名导演宫崎骏的《哈尔的移动城堡》里，虽然索菲被变成了90岁的老太婆，但她还是保留着小女孩的天真和纯洁。这部动画片要表达的就是永远的童心，容颜可以苍老，心灵却能够永远年轻。他们崇拜时尚、可爱的事物、漫画书，关心潮流、新奇事物，他们的口头禅是"好可爱啊"。他们的童心让他们活得年轻而自由。

童心常常是真性情的自然流露。童心的重要特点是纯真不伪、本色自然。孩子葆有一颗童心，天真烂漫、无拘无束。孩子的感觉没有受到功利的污染，也没有被岁月所钝化。孩子是天生的艺术家，对世界永葆新鲜的美感。

中国明代思想家李贽在《童心说》中写道："夫童心者，绝假纯真，最初一念之本心也。若失却童心，便失却真心；失却真心，便失却真人。"真人必定葆有一颗未泯的童心。思想家孟子说："大人者，不失其赤子之心者也。"孟子告诉我们："有德行的人是童心未泯的人。"

作家冰心在《寄小读者》里写道："因为我若不是在童心来复的一刹那顷拿起笔来，我决不敢以成人烦杂之心，来写这通讯。"冰心是一个一辈子葆有童心的人，正是未泯的童心铸就了她在文学上斐然的成绩。

童心并不只属于孩子们，童心属于一切年龄段的人，童心属于一切热爱生活的人！那些长大以后依然葆有童心的人，一定是充满了人生的智慧，彻悟了生活的真谛。一颗未泯的童心是一颗纯净的心灵，是一颗神奇的心灵，将始终蓬勃着、陪伴着他们单纯而丰富的人生。

思考的幸福和痛苦

作文班里两个高年级的男孩子相对而坐，面对一盘象棋正全神贯注地投入战斗。一个男孩子伸出一只手握成拳头支在下巴上，目不转睛地凝视着棋盘，摆出一副沉思的模样。

他的模样立即吸引了我，这是多么熟悉的姿态啊！一幅图像刹那间浮现在我的脑海里，那么雄浑有力，那么深不可测。它是法国雕塑艺术家罗丹的作品——《沉思者》。沉思者低头沉浸在孤独而深邃的思考中，遗忘了自己、遗忘了别人、遗忘了时代，守望成了一个穿越千古历史的英雄。

沉思者的确是我心目中的英雄，他的伟大源于他的思考。对于思考，我有着近乎神圣的喜好。可以毫不夸张地说，人类的高贵全都蕴含在思考之中。一颗会思考的头脑总是散发着诱人的魅力。

思考，作为一种生活方式，被一些与众不同的人所接受、奉行。他们自觉地选择了思考的方式来度过漫漫人生。那么，思考究竟具有怎样的魔力而驱使他们心甘情愿为她献身呢？那些与众不同的人为什么会对思考情有独钟呢？

德国哲学家康德对待思考犹如对待爱人。他宁愿舍弃安稳的世俗生活而一辈子枯守思考，执子之手，与子偕老。这该是怎样的痴迷啊？如果思考没有给他带来过生活的幸福，他也许就不会如此痴迷。享受着一种深沉而又持久的幸福，他甘愿用整个身心来终生守护思考。

懂得了思考会给我们带来幸福感，这是我们的进步，这是我们的幸运。剥夺了我们思考的权利，也就剥夺了我们幸福的权利。"人只不过是一根苇草，是自然界最脆弱的东西；但他是一根能思想的苇草。"法国哲学家帕斯卡这样说道，"人是为了思考才被创造出来的。"法国哲学家笛卡尔又理直气壮地提出："我思故我在。"这些是多么惊世骇俗的言论啊！他们都是被思考的幸福宠坏的痴儿。

思考固然能给我们带来莫大的幸福，但与此同时我们的痛苦似乎也加深了。越能思考的人，越能感受到无处不在的痛苦。也许这是智慧的代价。苏联作家高尔基说得惊心动魄："思想像冤家对头那样追逐着人，像蛀虫那样不知疲倦地蚕食他的头脑，像干旱那样把他的心田变为一片荒漠，又像刽子手那样将他拷打。"承受着无穷无尽的痛苦，思考的人们到底为了什么呢？

那幅"沉思者"的雕像又浮现在我的眼前。他俯首而坐，沉默不语，思考的表情是那么痛苦；他在思考着人世间的种种罪恶以及对人类命运怀着深切的同情与爱惜。拥有这样广博而伟大心胸的人自然避免不了痛苦的肆虐。

人们在世俗的物质生活中过得太久了，心灵逐渐会被消磨得日益空虚。这就需要精神生活的救赎，而思考是人们通向心灵救赎的一条康庄大道。无论是享受着幸福，还是承受着痛苦，只有思考才能救赎人们沉沦的心灵，才能守护人们精神的家园。况且，只有真正爱恋思考的人，才能感受到思考的魅力。

作为一个对思考充满热爱的人，我自然希望更多的人来享受思考的幸福。当代作家王小波意味深长地说："作为一个有过幸福和痛苦两种经历的人，我期望下一代人能在思想方面有些空间来感受幸福，而且这种空间比给我的大得多。"这同样是我的深切期望。

善良·忏悔

天使是善良的，那爱心天使就更加善良了。我觉得我自己就是一个"爱心天使"。让世界各地拥有爱是我的梦想，所以我会尽我所能地帮助身边的人，让他们充满爱，感受到爱，让他们的心中充满一股暖流。

读到上面的这些句子，一些人立即会抛来嘲笑的眼神，责骂我大言不惭，很多人会露出尴尬的笑容，数落我装腔作势。我自然理解他们的心情。如果上面的这些句子是我此时此刻写出来的，那么我肯定会感到脸红心跳，甚至无地自容。它们的确不是我写出来的——我也不敢写出这样的话。这是我的一个四年级的学生作文《爱心天使》中的句子。它们是他内心的真实表达。它们出自一个纯洁善良的灵魂，也只有这样的灵魂才敢于说出这样的话。

这样的话对我来说真是久违了！我可以毫不做作地说，曾经——那是多么遥远的学生时代——我也郑重其事地说出过这样的话。现在，尽管我在内心深处依然是这样想的，但是我已经不敢随意从口中说出这样的话了。我担心自己成为别人的笑柄，我担心自己没有资格说出这样的话！

读着这个男孩子写的作文，我一方面被他的善良深深地感动，一方面竟然心怀鬼胎地认为他举的事例也许有点虚假。在第一个事例中，他写到在上学的路上他连忙跑去给一位冒雨清扫树叶的清洁工撑伞，直到雨停，导致上课迟到。他理直气壮地心想："我乐于助人，被罚就被罚，我不怕，我宁可被罚也要帮助需要帮助的人。"在第三个事例中，他写到在公共汽车上，一位叔叔因为粗心忘记带零花钱而被司机驱赶，他不假思索地帮助叔叔付钱，并且义正词严地说："不用谢我，如果下次你也遇到像你这样粗心的人，请你也为他投币。"这些事例从常理上来说是成立的，但总让我滋生出一丝怀疑：他真的这么善良而义无反顾地帮助别人吗？

"你写的是真事吗？"我带着一丝试探的口气温和地询问他，我担心不经意间伤害了他一颗善良的心。

"绝对是真事！"他看着我，斩钉截铁地回答，目光中透露出一种清澈的纯真。

"你真善良啊！"我真诚地赞赏他——我的学生啊，同时扪心自问，自我反省，"你做的这几件事，老师是做不到的。"

读着他的文字，听着他的回答，面对这个孩子纯洁善良的灵魂，我禁不住自惭形秽啊！难道我真的做不到吗？难道我的一颗善良的心泯灭了吗？难道这样的善良只能在孩子身上才能真实而自然地表现出来吗？难道成年以后的我就不能明目张胆而率真无邪地做一些善良的事吗？我是应该进行一番深刻的忏悔了。为什么现在的我觉得善良和爱心会被别人嘲笑呢？为什么现在的我对别人善良的行为会滋生一丝怀疑呢？为什么现在的我不敢善良地帮助周围的人呢？

我不得不痛彻心扉地呐喊：在这个人世间长久的生活中，我已经变得冷漠了！我已经变得世故了！我一颗单纯而柔软的心,不再轻易地为生活中的人或者物而多愁善感了——曾经,我时常被随处可见的人或者物感动得热泪盈眶、热血沸腾!如今,面对生活,很多时候,我只是想想而已,从来不会付诸行动!我成了一个过客,只是冷眼旁观着人世间的悲欢离合。我的善良被束之高阁,我的爱心被冰封雪藏,我小心翼翼地生活。

尽管生活艰苦,尽管现实残酷,但是我不应该把善良放逐,把爱心禁锢!

爱是伟大的,爱是无限的,爱是永恒的。我也始终坚信这样一句话:"聪明之人用智慧照亮世界,善良之人用爱心感动世界。"这句话同样是那个四年级的男孩子在作文的结尾发自内心的抒情,也正是我内心深处的呼喊!

如果我曾经善良过,那么我现在必须依然坚持善良!如果我曾经冷漠过,那么我现在必须加倍散布爱心!没有品尝过人世间的辛酸,我不足以谈论善良;没有经历过生活的磨难,我不足以忏悔人生。懂得了忏悔,我坚信我的人生将会在善良的道路上洒满明媚的阳光……

那个遥远的时代

晚上，给孩子们上作文课，趁两个孩子修改作文时，我拿起手机给他俩拍了一张照片。一时感触，我想留下他俩可爱的身影。他俩兴高采烈地欣赏着照片中的自己，好不快活！

随后，我就把这张照片上传到我的微信朋友圈，但愿能够永远定格孩子可爱的样子。我在照片旁边标注下两句话："今晚，我的两个作文学生正在认真地修改作文。我不由得想到同桌的你——那个遥远的时代，单纯而美好……"写完以后，我依然反复默默地阅读着后一句话。"同桌的你"四个字像在最亲爱的人耳畔说出的悄悄话，是多么温馨甜蜜啊！凝视着他俩的照片，想念着同桌的你，我的思绪久久地沉醉在这句话里。难道我仅仅是在为一句话而沉醉吗？不，不是的，我的心早已沉醉在那个遥远的时代——那个单纯而美好的学生时代。

我的学生时代似乎真的太遥远了！小学时代更是如同重重迷雾中的一团白色的云，缥缈不定而又难以捉摸。如果不是因为今晚的这张照片，我就不会如此仓促地去想念我的小学时代——它深深地贮藏在我的记忆深处，是我取之不尽、用之不竭的心灵资源，我不愿意轻易打开它让它裸露在光天化日之下。它像蓬莱仙岛,曲径通幽,路转溪桥忽见。它是我心底最单纯的记忆……

我的小学时代是在一个小乡村的一所简陋的学校里度过的。那是位于陕西渭南的一个名不见经传的小乡村——筱村。也许是它太小的缘故,村子里的大多数人都美其名曰:小村。是啊,它是太小了,在整个中国根本毫不起眼,无人问津。但是它在我的小学时代却是那么大——大得让我在很长一段时间内都没有走遍它的各个地方,大得让我觉得别有洞天,仿佛它蕴藏着巨大的秘密,一直等待着我去勘探。虽然它是一个小村庄,但是它拥有自己的六个孩子——六个小队。我是三队的,三队成了我小学时代身份的一个代表。我与其他五队的孩子共同到离我家一里路的学校去上学。除了在学校我们一起上课、玩耍以外,其余时间我们很少见面——在我的感觉里,我们还是离得太远了!终于有一天——五年级的一天,我忍不住内心的好奇,在一个阳光明媚的下午,一颗闲得无聊的心被阳光逗引得按捺不住,我决定冲出三队,探访其他五队。这在当时是一个重大的决定,犹如奋勇奔赴战场的英雄,我迈出了人生的一大步。我是一个内向孤僻的男孩子。家里和学校是我每天驻守的地盘;我只是一个父母和老师眼里的乖孩子,从来不是一个撒野的孩子,不会到处无拘无束地私自跑出去没头没脑地瞎玩。然而,那时,我一声不响地独自出发了。怀揣着一个美好的念头:走!到外面去看看!到远方去探探!从三队出发,我勇往直前地迈向四队,绕街串巷,一户又一户,我从每一个屋子前走过。我只想简单地走,只想简单地看。四队到五队、五队到六队、六队到一队、一队到二队、二队回三队。我就这样绕了一大圈子，好像走了五六个小时，直到天黑才顺利返回。伴随着渐渐西沉的太阳，我走得悄无声息，但是内心充满了喜悦感和成就感。我懂得我是可以迈出脚步的，即使那是我心中大得无边的六个小队，我也可以义无反顾地走出去。

怀揣着这种单纯走的念头，我的小学时代都是在走路中度过的（因为长得瘦小，我直到上初中以后才学会骑自行车）。从家里到学校，从学校到家里，每一天，我用脚步丈量着黄土地。我的村庄留下了我多少前进的脚步啊！每天早上，母亲总会在六点钟按时叫醒我，穿衣起床——准确地说是"起炕"，农村人是在火炕上睡觉的。母亲忙得不可开交，我动作飞快。夜色依然笼罩着整个村庄，我独自迎着月光——那皎洁妩媚的月光啊，温暖了我寂寞的童年——走向学校。每一次，迎接我的都是学校门口黑色的大铁门。大铁门在那里默默地守候着我的到来，我总是第一个前来问候大铁门的孩子。一根根坚硬的铁棍横亘在我的眼前，让我禁不住想要穿越过去。往往这时，一个和蔼可亲的老爷爷就出现了。老爷爷笑呵呵地说："你又是第一个过来啊，起得这么早，爱学习的好孩子啊！"虽然我不说话，但是我心里感到暖洋洋的，也许正是因为老爷爷的表扬才让我长期以来每一天都坚持第一个到校。我默默地走进学校，走向教室，走向知识的殿堂。

在小学时代，我的头脑中只知道读书学习。在学校里，我是最沉默寡言的孩子，总是抱着书本埋头学习；在每个老师的心里，我都是优秀的孩子，学习成绩总是名列前茅。在家里，我是最安静少动的孩子，仍是抱着书本埋头学习；在父母的心里，我是乖巧的孩子，学习总是不用督促。每当看到我在看书学习时，亲戚们总会微笑着对我说："书呆子，整天只知道看书。""书呆子"，多么美好的称呼啊！我非常喜欢这个充满诗意的称呼！我觉得我就是书呆子！我是天生为书而活的。只要能够看书学习，我就满足了。我的想法就是这么单纯！我在这样单纯的想法里获得了多少快乐啊！

我和同学的交流自然是少的。但是农村的孩子都是单纯而朴实的，我们在一起即使不说话也能玩得开心。在我的记忆里，我没有和任何一个孩子打过架，甚至没有拌过嘴，同学们似乎都很尊重我，我们在一起格外融洽！

我的思绪还在漫天飞舞，值得追忆的真是太多了！我的心里只是感到一团单纯的快乐！那单纯而美好的小学时代！尽管那个时代离成年的我已经非常遥远了，但是她始终守护在我的身边，甚至融进了我的血液里。几回回魂牵梦萦，一次次热血沸腾，我在永远的追忆里，陪伴那个时代一起走向更为遥远的未来，相亲相爱，不离不弃，一生一世！